中原の虹《ちゅうげんのにじ》

第一巻

浅田次郎

講談社

中原《ちゆうげん》の虹《にじ》 第一巻・目次

中原の虹　第二巻・目次

装幀　多田和博
写真　ＰＰＳ通信社

中原の虹　第一巻

緒章

嫗《おうな》を負うていくらも行かぬうちに、鈍空《にびぞら》を轟《とどろ》かせて北風が吹き始めた。箒《ほうき》を立てたように並ぶ街道のポプラが一斉に撓《たわ》み、枯葉と氷の屑《くず》とが剃《そ》り上げた弁髪の額を打った。

しかし俯《うつむ》けば嫗の顔が風に晒《さら》されてしまう。背負った体は藁《わら》のように軽く、掌《てのひら》に触れる尻は紙の薄さであった。自分が俯けばそのとたんに、嫗の体は風に拐《さら》われて長城の涯《は》てまで飛ばされてしまいそうに思えた。

曠野《あれの》には身を寄する小屋のひとつとてなく、地平はきっぱりと天地を分かっていた。奉天城は遥かだった。

「もうよい。わしを棄《す》ててゆけ。おまえが世にも稀なる義侠であることはようわかった。仏様へのみやげ話にもなろう。さあ、わしに構わず行きやれ」

耳元で囁《ささや》く嫗を揺すり上げて歩みを早めた。こうして無事に奉天城まで辿《たど》り着けるとは思えぬ。しかし凍土にうち棄てられて死ぬよりは、人の背に負われて息絶えるほうがいくらかはましであろう。

「婆様は、いったいいくつなんだ」

歩きながら余りの軽さを怪しんで訊《たず》ねた。

「さてな。勘定をするのが面倒になってしもうたゆえ、八十より先はわからぬ」

「ははっ、そいつはいいや。もしや百寿を超えてなさるんじゃねえのか。だとすると、お生まれは乾隆様の御世《みよ》かえ」

「これこれ、下賤の者が軽々しう乾隆様のお名前など口にするではない。天罰が下ろうぞ」

「へっ、天罰ならとうに下ってるわい。おやじは野垂れ死に、おふくろは俺を捨てて馬医者の嫁になった。拾われた鍛冶屋はおん出されて、ようよう旅籠《はたご》に住みこんでおまんまが食えるようになったら、このざまだ」

「すまぬ」と、媼の体がしぼんだ。

「乾隆様なら、わしは存じ上げておるよ。子供の時分、たいそう可愛がっていただいた」

「へいへい。そいつァ大したもんでござんすね。婆様は御殿のお生まれでござんしたか。まったく、そのおひいさんが何の因果で俺みてえな貧乏人に背負われて、こうしてやがるんだろう」

短慮であったとは思わぬ。辛抱強いたちの自分のしたことが、誤りであるはずはない。宿賃のかわりに卦《け》を占うという約束で泊めた老婆を、旅籠の亭主はさんざ打ちすえたうえに放り出したのだから、その無体を止めた自分は、人として当然のことをしたまでだと思う。

「それにしてもよ、婆様。易者ってものは、もうちょいとはうまいことを言うもんじゃねえのか。商売繁盛、家内安全、健康長寿とかよ、そういうことを言ってやりゃあ、ぶん殴られるどころか、見料だってめぐんでもらえただろうに。それを、何だって。さほど遠くねえうちにこの宿は匪賊《ひぞく》に襲われて、運の悪いお客もろとも一家皆殺し。そりゃねえだろ、婆様」

媼の乾いた掌が、弁髪の額を風から被《おお》った。思いがけずやさしげな、温かい掌であった。

「わしは嘘が言えぬ」

「へえ。そしたら、婆様をかばって飛び出した俺は、命が助かったんか」

「そういうことになるであろうな。おぬしの義侠を、仏様がおほめになったのであろうよ」

図河堡《トウホバオ》飯店に傭《やと》われてから四年がたつ。亭主の吝嗇《りんしょく》ぶりには肚《はら》を据えかねていたが、罷《や》めたところで飯を食うあてはないのだから、乱暴を諫《いさ》めるだけならともかく、老婆を背負って宿を飛び出たのは早計というものであろう。

「その匪賊は、いつやってくるんだ」

「わからぬ。しかしさほど遠い先のことではない。四日か、五日か」

「おやじさんも、おかみさんも、子供らも殺されちまうのか。だったらこうしちゃいられねえ」

踵《きびす》を返そうとすると、媼は強い声で叱った。

「ならぬ。天命に逆ろうてはならぬ。あの者らは天命により死に、おぬしは天命により生き延びた。それを覆さんとすれば、おぬしの天命も消えてなくなる。振り返ってはならぬ。さあ、行け」

再び風に向いて歩き出す。一筋に続くポプラの並木の先は、散りまどう氷の帳《とばり》に隠されてしまった。

天命という言葉のあらたかさが、力に変わったようであった。体が温もってきて、奉天城まで歩き通せそうな気がしてきた。

「おぬし、齢《とし》はいくつになる」

「光緒様のご即位の年に生まれた。とてもそうは見えねえんだが、これでも二十歳《はたち》なんだ」

「ほう、小さいの。わしはまた、年端《としは》もいかぬ子供かと思うたが」

「なんだよ。婆様は人の未来がわかるくせに、齢もわからねえのか。やっぱし信じられねえな。俺ァつまらねえことをしちまった」

「つまらぬことであるものか。わしは嘘をつかぬ」

体は小さいが、力は強い。頭もそう悪くはないと思う。ただ、幼いころから食うだけが精一杯で、未来などは考えたこともなかった。

「婆様。ちょっと休ませてくれ。腕が痺《しび》れちまった」

風をよけるのにころあいの槐《えんじゅ》の古木の下で、媼をおろす。出がけに宿の台所からくすねてきた饅頭《マントウ》を二つに割り、肉の詰まった大きなほうを老婆に手渡した。

「名を聞かせてくりょう」

と、媼は皺《しわ》だらけの目を向けた。

「チャン」

饅頭をかじりながら無愛想に答えると、媼は娘のようにころころと笑った。

「この国に、チャンとリイは馬の糞と同じほどおるわい。姓と名を教えてくりょう」

答えるのも面倒だが、けっして嫌いではない名前が口からすべり出た。

「チャン・ヅォリン」

「どのような字を書く」

「字は書けねえ。俺が書けるのは、これだけだ」

石くれを拾って、「虎」の字を地に書いた。いつであったか、宿の客にその一字だけを教えてもらった。虎は勇敢な獣だから、その字だけを覚えようと思ったのだ。

「フー、か。それはおぬしの名とは何の関りもないの。しかし、おぬしの義俠としなやかな肉は、虎に似ていなくもない」

それから老婆は、汚れた爪の先を地になぞった。

「リンの字は、ちがうと思う。林じゃなくって、雨だとおふくろが言ってた」

媼は少し考えてから、「対《トエ》」と肯《うなず》いた。

張作霖。

老婆の書き直した字には見覚えがあった。たぶんそれにまちがいはない。

「対。そうだよ、婆様。俺の名前は張作霖《チャン・ツオ・リン》。生まれは海城《ハイチヨン》県の家掌寺《ジアチャンス》村だが、れっきとした漢族なんだ。俺の爺様が、長城を越えて満洲にやってきた」

老婆は深く肯き、黒檀《こくたん》の数珠《じゅず》を額に当てて目をつむった。その瞼《まぶた》の裏には、飢饉に追われて父祖の地を棄て、遥か関外の沃野《よくや》を目ざした流民の姿が映っているようであった。

ややあって目覚めたように顔をもたげ、氷のかけらの舞う空を仰ぎ見ながら媼の口にした託宣は、明日というものすら信じなかった作霖《ヅオリン》をおののかせた。


張作霖《チャンヅオリン》。

汝、貧しき流民の子よ。

父もなく母もなく、銭も馬も家も、恃《たの》みとする人のひとりとてない、天の涯つるところ地の滅ぶかぎりまで何物も何ぴともなき、汝、張作霖よ。

聞かずともよい。媼の戯《ざ》れ言《ごと》と聞き流すのであれば、それもかまわぬ。しかし汝の生涯は、大いなる紫微宮《しびきゅう》の星座に護《まも》られている。

今、媼の老いたる眼《まなこ》は、天蓋《てんがい》の雲を透《すか》して空の究《きわ》みに拡がる星ぼしを見た。もし媼の修めたる百年の易占に憾《うら》みなくんば、汝は遠からず百騎の兵を率い、やがては五十万の軍勢を養う大元帥となるであろう。そしてその威令の及ぶところ北は大興安嶺《ダアシンアンリン》、黒龍江《ヘイロンジアン》のほとり、西は大ホロンバイルの平原を越えてゴビの砂漠にも至るであろう。

張作霖。

汝、貧しき流民の子よ。

恐るるではない。汝の生涯は大いなる紫微宮の星座に護られている。虎のごとく野を駆ければ、出会う者はみなことごとく汝を畏《おそ》れ崇《あが》め、服《まつろ》うであろう。

張作霖。

汝、満洲の王者たれ。汝、東北の覇王たれかし。

見よや、張作霖。顧《かえり》みてわが指先を辿れ。いつしか垂れこめる雲が割れ、耀《かがよ》う蒼穹《あおぞら》に七色の虹がかかっておるではないか。

天が、汝の明日を寿《ことほ》いでおるのじゃ。

奔《はし》れ、張作霖。

遥かなる中原《ちゅうげん》の虹をめざして。

第一章　白虎の張

一

李春雷《リイチユンレイ》は懸命に馬を追った。

咽《のど》もさけよと声をあげ、手綱《たづな》をしごきにしごき、ともすると吹雪の中に消え入りそうな白馬の尻を追って走った。

懐をはたいて買った自慢の竜騎馬《ロンチユイマ》が、飾り物のような白馬に負けるはずはない。コサック騎兵のシベリア馬と、屈強な蒙古馬をかけ合わせた竜騎馬である。しかし一回りも小さな白馬は、いかにも空《くう》を排し気を馭《ぎよ》すごとく、追えども容易に近づいてはこなかった。

これは馬の力ではあるまい。馭する者の軽い体と、その技のせいだと春雷は思った。

こいつは何者だ。

北三条子《ペイサンチャオヅ》の浪人市場で命を売ったのは、望外の金に目が眩《くら》んだからで、まさか自分にふさわしい頭目だと信じたわけではなかった。

あの小さな体と役者もどきの色白の顔と、子供のような夢見ごこちの二重瞼《ふたえまぶた》を、いっぱしの攬《ラン》把《パ》だなどと誰が信じるものか。

従う子分どもがみな畏《おそ》れ入って媚《こ》びへつらい、その男を「攬把」という尊称で呼ぶのが、春雷はおかしくてならなかった。市場で浪人たちの品定めをするほかの攬把たちは、どれもその名に恥じぬ馬賊の頭目だった。

春雷は一千元というけたはずれの金で命を売っただけだ。

北三条子からの帰りがてら、凍《い》てついた玉帯河《ユイタイホー》を渡りおえたあたりで、攬把はふいに馬の首を東に向けた。子分も買われた浪人たちもあわてて後を追ったが、いくらも行かぬうちにみな遅れてしまった。十華里も走ったころ、かろうじて従っているのは春雷ひとりだった。

春雷は懸命に馬を追った。

横なぐりの吹雪の中を、ようやく頭目の小さな背が近づいてくる。

「攬把ァ、いったいどこに行きなさるんで」

長剣を斜めに担いだ皮大衣《ピイダアイー》の背中に並びかけて、春雷は叫んだ。

攬把は馬を走らせながら雪原を振り返り、追ってくる者のほかにいないことを確かめると、苦々しげに笑った。

「誰かと思や、収買壮士《ショウマイチヨアンシ》か。どいつもこいつも、情けねえ子分どもだ」

「奉天城は方角がちがいますぜ。哥《にい》さんがたもみな遅れちまいました」

「ほっとけ。俺の行く先なんざ誰も知りゃしねえ。とっと奉天に帰っちまってるさ」

唄うような甲高い声で攬把《ランパ》は言った。従っていた子分たちは、どれも錚々《そうそう》たる満洲馬賊の包頭《パオトウ》である。むろんその子分どもが情けないわけではなく、この攬把が疾《はや》いのだ。吹雪の凍土を走りに走って攬把の姿を見失ってしまえば、根城《ねじろ》に戻るほかはあるまい。

攬把は駒を攻める手をかたときも休めなかった。眉も睫毛《まつげ》も真白に凍りつき、馬上の叫び声は風に吹き散った。

「壮士の名は何という」

ただ一騎の手下に、攬把は敬意をこめて訊《たず》ねた。

多くの攬把に命を売ってきたが、数知れぬ戦《いく》さでどれほど手柄をたてても、壮士と呼ばれたことはなかった。嬉《うれ》しくなって春雷《チュンレイ》は答えた。

「一千元壮士《イーチエンユワンチヨアンシ》でようござんす」

「まじめに答えろ。親から貰《もら》ったおまえの名だ」

春雷には馬賊として名を売るつもりなどなかった。だから命を買われるたびに、いいかげんな名を口にしていた。浪人市場ではほかの壮士たちのように、仁義を切ることもしなかった。そんな形ばかりの売りこみなどしなくとも、鋼《はがね》のような体と黒鹿毛《くろかげ》の竜騎馬《ロンチユイマ》と、宙高く投げ上げた銭を撃ち落とす拳銃の腕前があれば、攬把たちはきそってこの命を買ってくれた。

「変わったやつだ。それなら、俺が先に名乗ってやろう」

言うが早いか、小さな攬把は馬を走らせたまま鐙《あぶみ》に力をこめて腰を浮かせた。そのまま手綱も放し、膝頭で体を支えた騎馬立ちの姿勢をとった。

まっすぐに行く手を睨《にら》み、右の拳《こぶし》を腰にあてて、左手でくるみこんだ。当方に敵意なしとする、満洲馬賊の敬礼である。地上に立ってかわすべき仁義を、攬把は疾駆する馬上で行おうというのだ。

「祝健康弟兄《チユージエンカンテイシヨン》、壮揚兵馬《チヨアンヤンビンマア》！」

大声で仁義の定《き》めぜりふを口にしたあとで、攬把は続けた。

「俺は奉天の総攬把《ツオンランバ》、張作霖《チヤンツオリン》」

聞いたとたんに春雷は愕《おどろ》いて腰を上げた。手綱を放し、同じ馬上の抱拳《パオチユエン》の礼で答えた。

「祝健康弟兄、壮揚兵馬！　奉天の総攬把といえば、白虎張《パイフーチヤン》大頭目か」

「そうだ。その白虎張に名を名乗らせて、一千元壮士はなかろう」

これは夢かと、春雷は凍りついた髯面《ひげづら》を振った。

「壮揚兵馬、張作霖総攬把！　俺の名は李春雷《リイチユンレイ》」

名乗りを上げてから春雷は気付いた。抱拳の礼はひとかどの攬把がたがいに交わすものである。噂に高い白虎張が、攬把に対する仁義を通してくれたのだった。

いったいどうしてよいものかわからずに、春雷は思いついて言った。

「一千元はお返しします。俺にァとうていそんな値打はねえ」

すると作霖は鞍《くら》に腰をおろし、手綱を握り直してからからと笑った。

「おまえの命に値をつけたのは俺だ。今さら勝手は言わせねえぞ。いいか春雷《チュンレイ》、俺の目に狂いはねえ。見かけ倒しの収買壮士《ショウマイチヨアンシ》に誰が千元の金を出すものか。俺は子分を持たねえ攬把《ランパ》をひとり買ったんだ。文句あるか」

張作霖《チャンツオリン》がようやく手綱を緩めると、賢い白馬は煙のような息を吐きながら並足で歩き始めた。

いったいどこが道で、どこが野か畑かもわからぬ茫々たる雪原を、二騎は轡《くつわ》を並べて歩いた。

やがて玉帯河《ユイタイホー》に沿うた平地は谷《きわ》まり、唐松に被われた峠道にさしかかった。横なぐりの風は凪《な》いで、雪は氷のかけらに変わった。

「ところで、雷哥《レイコオ》――」

どうやらこの親分は、金で買った浪人を勝手に子飼いの手下と決めたようである。むろん満洲にその名の知れた白虎張《バイフーチャン》からそう呼ばれて、悪い気はしない。

「まだ二十歳《はたち》ばかりのころ、俺は旅の占い師から妙な卦《け》を立てられた」

攬把の齢はいくつなのだろう。横顔を窺《うかが》えば未だ少年のようにも見えるが、たぶん自分と同じほどの、三十をいくつか出たころだろうと春雷は踏んだ。

何人かの子分を養ってさえいれば攬把にはちがいない。だが、百の兵を従える大攬把《ダアランパ》ともなれば財力のほかに人物が問われる。ましてや総の字を冠せられる大攬把は、全満洲にも指折り数えるほどしかいないはずだ。だとすると、張作霖が見た通りの齢であるはずはなかった。

「それァ、何年前の話ですかね」

と、春雷は遠回しに年齢を訊ねた。

「そうさな、十二、三年も昔のことになるか」

やはり思った通りである。小さな体と色白の端整な顔立ちが、張作霖をひどく稚《おさ》なげに見せているのだ。

春雷はふと、その十二、三年前に自分はどこで何をしていただろうと考えた。

河北の村に、働き手を失った家族を置き去りにした。病弱な兄と母、そして年端もいかぬ弟と妹だ。そのままでは一家が飢え死ぬと思ったから、一か八《ばち》かで都に上ったのだった。家族も故郷もそれきり捨ててしまった。

「で、その妙な占いってのは」

悔悟を顎《あご》で振り払って、春雷は訊ねた。

「まあ聞け。何でも俺様は、いずれ満洲の王者になるのだそうだ。天上の星に護《まも》られているんだとよ」

「そりゃあ、たいそうなこって」

噂に高い白虎の張が口にすれば、あながち冗談には聞こえぬ。だが本人の口ぶりに、ご託宣を信じているふうはなかった。

「今のところ、婆様の占じた卦はことごとく当たっている。働いていた旅籠《はたご》はほどなく土匪《どひ》に襲われて皆殺しの目に遭ったし、本当ならともに殺されるはずだった俺は、とにもかくにもこうして総攬把《ツオンランバ》などと呼ばれる馬賊の頭目になった。べつだん、なりたくてこうなったわけでもねえんだがな」

謙遜しているわけではあるまい。無欲の果報というものは春雷《チュンレイ》も知っている。たとえば、ひとつしかない命にしてもその通りである。死にたくないやつが流れ弾に当たって死に、いつ死んでも悔いのない自分のような者は、存外生き延びている。

「だったら総攬把《ツオンランバ》はいずれ満洲の覇王におなりなすって、子分に雇われた俺もそれなりの出世ができるってことですかね」

「さあな。俺様はともかく、おまえの命がそれまで保《も》てばの話だ」

春雷は笑った。生きようが死のうが、それはけっこうな話だ。王者の家来ならば、どのみち死ぬまではいい思いができる。

「ところで、何だって総攬把はどこの馬の骨ともわからねえ俺に、そんな話をなさるんですかね」

「さあな」と、張は少し考えるふうをした。何事も熟慮して行うたちではなさそうである。勘まかせに体が動き、その結果がふしぎと辻褄《つじつま》の合う、頭目の典型に思えた。むろんこの手の攬把が最も信頼に足ることは、春雷も知っている。勘が鋭く、運の強い男である。

「ひとつは、北三条子《ペイサンチャオツ》の浪人市場でおまえを見かけたとき、こいつは使えると思った。もうひとつは、俺の本気の早駆けについてきた馬は、おまえの竜騎馬《ロンチュイマ》だけだ。手下の包頭たちもいい馬に乗っているが、誰も追ってはこられねえ」

「こいつは自慢の馬でしてね」

「いや、そうじゃねえ。馬の足は人の腕次第さ」

なるほど総攬把の白馬が、春雷の馬より上等だとは思えなかった。この小さな白馬をあれほど疾く長く走らせる技倆は、なまなかではない。

「へえ、北三条子でねえ」

「おうよ。俺は、馬を馭することと人を見る目には自信がある」

唐松の森は進むほどに深くなった。もしや玉帯河《ユイタイホー》を溯《さかのぼ》って、長白山《チヤンパイシヤン》の山中に踏みこんでいるのではなかろうかと、春雷は行く手を殆《あや》ぶんだ。

氷の屑《くず》が馬褂《マーコワ》の肩を叩くほかに、物音はひとつとて聞こえぬ。今ここで拳銃を空に向けて撃てば、世界がガラスのように粉々に砕け散ってしまうのではないかと思うほどの、寒さと静けさだった。


生きようが死のうが、一戦《ひといく》さ三十元が収買壮士《シヨウマイチヨアンシ》の命の相場である。騎馬ならば百元、子分を連れていればさらにそれなりの値がつく。

去年の夏に錦州の大攻城戦で一儲けし、竜騎馬を買ってからというもの、春雷は百元壮士の仲間入りをした。浪人市場では拳銃も馬も持たぬ物乞い同然の男どもが広場の外周にぐるりと座りこみ、輪の中には騎馬の壮士が寄り集まる。

春雷が張作霖と出会った北三条子は、満洲でも指折りの浪人市場だった。厳寒の季節でも命を鬻《ひさ》ぐ浪士の数は一千を下らない。

春雷には馬賊としてのし上がる気持などさらさらなかった。明日をも知れぬ命なのだから少しでも高売りをして、うまいものを食い、いい女を抱いて今日を過ごせればよかった。馬も拳銃もそのための看板である。

だから壮士たちが広場のあちこちで交わす仁義などは、面倒くさいばかりだった。一戦さをおえて金も遣い果たした春雷《チュンレイ》のいる場所は、彼らのやりとりを遠目に見る、壊れた堂の石段だった。

馬を繋《つな》ぎ、日がなぼんやりと広場を眺めていれば、よく手入れをされた二挺《ちょう》のブローニングと自慢の竜騎馬《ロンチユイマ》に目をつけた攬把《ランパ》が、しばしばやってきた。広場に集う見かけ倒しの連中たちのように、大声で自分を売りこむ必要などなかった。

それでも、値を訊《き》かれて五百元と答えると、攬把たちは苦笑して立ち去った。いかな歴戦の壮士でも、十人前では勘定が合わんというわけだ。だが春雷は、かけひきに応じて命を値切るような真似はしなかった。少くともこれまでの戦さでは、常に十人前の働きをしてきた壮士の自負はあった。

その男が春雷の目の前に立ったのは、市場が鴇色《ときいろ》に染まる夕刻だった。そろそろ旅籠に帰って酒でも飲もうと腰を上げかけたとき、三人の子分を従えた小さな攬把が、石段の下からじっと春雷を見上げたのだ。

「これはおまえの馬か」

と、攬把は女のように甲高く澄んだ声で訊ねた。答える前に、春雷は攬把の品定めをした。小柄で色白の風貌は馬賊の頭目というより、自警団を任された良家の御曹子《おんぞうし》に見えた。馬褂《マーコワ》の上に黒革の皮大衣《ピイダアイー》を羽織り、モーゼルの弾をみっしりと詰めた弾帯を斜めに掛けたなりは一丁前だが、血と硝煙の臭いがしなかった。

たとえ五百元でもこいつに用はないと春雷は思った。

「ああ、俺の馬だよ」

ぞんざいに答えた。だからどうしたと言い返したつもりだった。

「拳銃を見せてくれ」

無礼なやつだと思った。武器も命の値段のうちなのだから気持はわからぬでもないが、買い手からそんな注文をつけられたことはなかった。

手下の包頭《パオトウ》が石段を昇りかけて、手を差し出した。春雷はその頭ごしに拳銃を投げた。攬把が胸元で受け止めたとき、春雷はもう一挺の拳銃を抜いていた。

「他人様《ひとさま》の恨みは山ほども買っているもんでな」

言ったとたん、春雷はぎょっとした。小さな攬把は拳銃を受け取ったなり、片方の手で自分の銃を抜き合わせていたのだった。

「あいにく俺は、おまえに恨みがあるわけじゃねえ」

二人は睨《にら》み合いながら同時に銃を収めた。攬把の拳銃は小さな体にはおよそ不似合の、大型モーゼルだった。

慣れた手付きで弾倉をはずし、ばねの具合を確かめる。遊底《ゆうてい》を引いて空撃ちをする。

「多少銭《トウオツサ》?」

いくらだ、と粗野な満洲訛りで訊かれて春雷《チユンレイ》は不快になった。

「銃は売らねえ。たとえおまえさんのモーゼルと引きかえでも、使い慣れた得物《えもの》は譲れねえよ」

攬把《ランパ》は苦笑した。

「ブローニングの話じゃねえ。おまえはいくらだね」

「一千元」

と、春雷はさして考えもせずに言った。どのみちこいつに命を売るつもりはない。

しかし攬把は、やはり考えもせぬふうにあっさりと答えたのだった。

「好《ハオ》。おまえを一千元で買おう」

やりとりを見ていた周囲から、どよめきの声があがった。それは広場のまん中で、軍旗まで立てて店開きをしている一隊の馬賊を、まるごと買えるような値段だった。

「腕は試さなくていいのか」

「馬と銃を見れば、おまえの腕前はわかる」

包頭がずっしりと重い革袋を、春雷の足元に置いた。

こうして李春雷は、得体の知れぬ攬把に命を売ったのだった。

峠を下ると雪山が退き、巨大な氷湖が眼前に横たわった。

「薩爾滸《サルフ》の湖だ。遠い昔、長白山《チヤンパイシヤン》から群らがり出た満洲族が、ここで明の軍隊を撃ち破った。努爾哈赤《ヌルハチ》を知っているか」

その奇妙な名前には聞き覚えがあった。読み書きなどできずとも、誰もが知っている肇国《ちょうこく》の英雄である。

「ああ、大清国の太祖様だね」

「そうだ。長城を越えて北京に入ったのは孫の順治帝だが、関外に満洲の国家をうち立てたのはヌルハチだ。俺は、やつを尊敬している」

国は麻のごとく乱れ、洋人《ヤンレン》たちの恣《ほしいまま》に分かたれてはいるものの、徳宗光緒帝の御世であることにちがいはない。すなわち神に等しい太祖公を「やつ」と呼ぶ総攬把《ツオンランパ》を、春雷は訝《いぶか》しんだ。

「俺はヌルハチの話を、死んだおやじからずっと聞かされて育った。おやじはどうしようもない博奕《ばくち》打ちだったが、義侠心だけは人一倍だった。そのおやじの話のしめくくりはいつだってこの一言だった——太祖様はけっして神様じゃねえ。愛新覚羅《アイシンギヨロ》努爾哈赤《ヌルハチ》という、満洲族の勇者だ。清国がだめになったのは、その勇者の血が薄くなっちまったからだ、とな」

「総攬把は勇者か」

春雷は訊き返した。すると張作霖《チャンツオリン》は、勇者に似ぬ二重瞼をぱちくりとしばたたいて笑った。

「できればそうありたい」

湖を渡って吹き寄せる風を、張作霖は避けようとはしなかった。熊皮の帽子も皮大衣《ピイダアイー》も、真白な氷に被われていた。

春雷は総攬把が太祖公を「やつ」とよばわった理由を知った。ヌルハチは崇め奉る神ではなく、おのれもかくありたしと信ずる勇者なのだ。だから同じ勇者として、「やつ」と呼んだ。

こいつは大物かもしらねえ、と春雷《チュンレイ》は思った。多くの攬把《ランパ》に雇われてきたが、口ではどれほど有難い御説を唱えたところで、みな収買壮士《ショウマイチョアンシ》とどこもちがわぬ守銭奴だった。一戦をおえると彼らは口を揃えて、「俺の包頭《パオトウ》になれ。金ははずむ」と言った。だが春雷は、助ッ人に雇われても子分にはならなかった。

「ひとつ訊いていいかね」

春雷は凍った髯面を総攬把《ツォンランパ》に向けて訊ねた。

「俺はガキのころから、満洲族を憎んで生きてきた。やつらは漢土を奪って、俺たち漢族を支配した。おかげで俺たち百姓はひどい目に遭った。こんな国は早いとこ滅んだほうがいいと思っているが、総攬把はどうだね」

目先の利欲ではない大義が、この頭目の肚のうちにあるかどうか、春雷はそれが知りたかった。

「雷哥《レイコオ》――」

壮士に対する敬意をこめて、総攬把はもういちど「哥い《あに》」の名で呼んでくれた。

「ひどい目に遭ったのはおまえひとりじゃねえ。四億の民のうちの、三億九千九百九十九万までがひどい目に遭っている」

「対《トエ》。その通りだな」

「ならば、敵は清国か。そうじゃあるめえ。欲得まみれの連中が国を動かせば、話はみな同じだろう。ほかの攬把どもはどうか知らねえが、俺の敵はただひとつ――」

春雷の髯面を見つめて、総攬把は馬褂《マーコワ》の懐から饅頭《マントウ》を探り出した。馬上に投げ渡された饅頭はなかば凍っていたが、ひとくち齧《かじ》ると勇者のぬくもりが春雷の飢えた腹にしみ入った。

「で、あんたの敵は」

「貧乏だ。俺は王者になどなりたくはない。だが、おのれの欲得ではなく、万民の王道楽土を夢見る者がこの国のどこにいる。俺の敵は、貧乏と飢渇だ」

顎《あご》が止まってしまった。命を的の浪人稼業を十年も続けていたのは、この攬把を待っていたのかもしれない。

働き手の春雷に見捨てられた故郷の家族は、とうに飢え死んでしまったにちがいなかった。悔悟は春雷を苛《さいな》み続けていた。

「あんたは食わねえのか」

「チビは腹がへらねえのさ。おまえのような大兵は不自由だな」

三億九千九百九十九万の清国人が、お題目のように唱える「没法子《メイファーツ》」の文句を、この男は信じぬのだろう。「どうしようもない」のではなく、「どうにかなる」と考えている。いや、どうにもならなければ自分がどうにかすると。

唐松の木の間《こま》がくれに、雪を頂いた山なみが近づいてくる。太祖ヌルハチに率いられた満洲八旗が、遥かな漢土に向けて矛《ほこ》を挙げた長白山塊だった。勇者の敵は、いつも「没法子」の一言なのかもしれない。

（ああ、ああ、没法子だねえ……）

呆《ほう》けた母はそう呟《つぶや》きながら、日がな糸のない機《はた》を動かし続けていた。貧乏のせいで育ち切れぬ二哥《アルコオ》は、ずっと寝たきりだった。父と兄は流行病《はやり》で死んでいた。年端もいかぬ弟の春児《チュンル》も、妹の玲玲《リンリン》も、凍てついた街道に捨ててきてしまった。

「つらいことは忘れろ。俺もそうしている」

架《チャー》！　と甲高い気合を入れ、総攬把《ツォンランバ》は白馬の腹を蹴った。

「架！」

春雷《チュンレイ》も後を追った。氷のかけらが顔を叩く。道なき雪原を、二騎の馬賊は東に向けてひたすら走った。

「総攬把！　いったいどこに行きなさるんで」

「天命をとりに行く」

「何です、そりゃあ」

「黙ってついてこい」

どこへ何をしに行くのか、そんなことはどうでもいいような気がした。このふしぎな攬把とともに凍土をひた走ることが、春雷は快くてならなかった。

二

永陵は雪に埋もれていた。

街道から北に向かって樅《もみ》の並木が続き、臥龍《がりよう》の姿をした横山の裾に、紅色の壁をめぐらした堂宇の一群があった。

太陽は厚い雲の中に満月と見紛《みまご》う形を徴《しる》しており、そのわずかな熱のせいか氷の屑《くず》は粉雪に変わっていた。

参道の入口に、行く手を阻《はば》むような下馬碑がそそり立っていた。

「雷哥《レイコオ》、字は読めるか」

石碑を見上げながら攬把《ランパ》は訊ねた。

「それァ、訊くだけ野暮ってもんです。だが、上下の下と、馬っていう字はわかります」

「俺よりはましだな。つまり、ここで馬を下りろというわけか」

「ごたいそうなところのようで」

「ああ、たいそうなところさ。なにせヌルハチの祖宗の墓だ。なら、おおせの通り馬を下りるとしよう」

樅の木に馬を繋《つな》ぎ、二人は永陵の門に続く道をまっすぐに歩き出した。

まるで雪原に忽然と姿を現した禁城のたたずまいである。紅牆《こうしよう》の壁は色のない世界に刷《は》かれたひといろの赤で、降り積む雪の裂目からは瑠璃《るり》色の屋根瓦が覗《のぞ》いていた。

天命をとりに行くと、張作霖《チャンツオリン》は言った。その言葉の意味はわからない。だが、ただの墓参りでないことは、長靴《ちようか》を軋《きし》ませて一歩を踏む足どりからも、そうと知れた。

歩きながら張はモーゼルの弾倉を確かめ、皮大衣《ピイダアイー》の背に負った長剣の鎺《はばき》を緩めた。春雷《チユンレイ》もそれに倣《なら》って、左右の脇腹に差したブローニングの安全装置をはずした。

縦の参道は一華里ばかりも続いた。

「俺はこれから墓泥棒をするが、罰当りが怖けりゃ逃げてもいいぞ」

春雷《チユンレイ》は愕《おどろ》かなかった。むしろこの攬把《ランパ》には、墓参りより墓泥棒のほうが似合いだ。

「へえ、そいつは罰当りなこって。だが総攬把《ツオンランパ》、大清の御陵なら衛兵ぐれえはいるでしょうが」

作霖《ヅオリン》は鼻で嗤《わら》った。

「俺のモーゼルに十発、おまえの二挺拳銃の加勢があれば、官兵の一個分隊を皆殺しにするぐらい、わけはなかろう」

「ごもっともで。もし総攬把がそうせえとおっしゃるんなら、官兵の十人がとこは俺ひとりで片付けますがね」

清国軍正規兵のだらしなさはよく知っている。これまでにも命のかかる戦さといえば馬賊同士の縄張り争いで、官兵の討伐隊などまるで怖るるに足らなかった。

射撃が下手なうえに、馬賊と見れば早くも腰が引けている。北洋陸軍の精鋭でさえそうなのだから、こんな山奥で墓守りをしている官兵など推して知るべしだった。

裏山から吹き寄せる雪の合間に、門衛の姿が見えた。たしかに北洋軍の黒い外套《がいとう》を着ているが、ひとりは門前に座りこんで居眠りをし、もうひとりは柱に倚《よ》りかかって、ぼんやりとこちらを見ている。

ふと思いついて、春雷は訊ねた。

「噂によれァ、白虎張総攬把《バイフーチャン》は官軍に帰順して、将校におなりになったと聞いてますが」

愚問にはちがいない。官軍と対決するか帰順するかは、金銭の取り引きによる。戦わずに金で宣撫できればそれに越したことはないから、馬賊の変じた俄《にわ》か官兵などはいくらでもいた。つまり帰順するというのは、官兵と戦さをしない契約というほかにべつだんの意味はなく、馬賊の足を洗ったことにはならなかった。

「だとすると、官兵を殺すのはまずかねえですか」

「そりゃあ、おまえ」と、張作霖《チャンツオリン》はせせら笑った。

「ひとりでも撃ち逃がしたときの話だ。皆殺しにすれば、誰がやったかわかりゃしねえだろう」

この男はいったい今まで、どれくらいの修羅場をくぐり抜けてきたのだろうか。人間らしい感情のかけらもない落ちつきようは、まさしく獲物を狙う虎だった。

こちらを見ていた衛兵のひとりが、腰だめに小銃を構えた。

「站住《チャンジユ》！　止まれ」

いちど足を止めて、張作霖は言い返した。

「やあ、ご苦労。巡防五営統帯官の巡察である。異常ないか」

肩書きに嘘はあるまい。だが馬賊のなりをした官軍将校の巡察などに、衛兵が気を許すはずはなかった。

張は歩き出した。

「站住！　站住！　止まらんと撃つぞ」

「撃つのはおまえの勝手だ。巡察の将校を撃ち殺して銃殺になりたいかね」

こいつは無茶苦茶なやつだ。距離は小銃の射程に入っているのに、真正面からどうのこうのと言いながら、拳銃の使えるところまで歩み寄ろうとしている。

「撃たれますぜ。どうやら兵隊はあんたの面に気付いたようだ」

居眠りをしていたもうひとりの衛兵も、立ち上がって銃を構えた。

「どうせ単発の歩兵銃だ。一発で俺様を仕留めるほどの上手でもなかろう」

兵隊は狙いを定めながら叫んだ。

「白虎張《バイフーチャン》！　何をしにきた」

「だから、巡察だと言ってようが。ほらどうした。虎は撃たにゃ、てめえが食われるぞ」

二人の衛兵は同時に引金を引いた。そのうちの一発は春雷《チュンレイ》の耳元をかすめて過ぎた。

とたんに張作霖《チャンツオリン》は小さな体を丸めて突進した。門前の雪の上に滑りこむと、あわただしく小銃の槓桿《こうかん》を引いて装弾するひとりに向かって抜きがけの一発を見舞い、くるりと体を回転させてもうひとりを撃ち倒した。春雷がブローニングを抜き合わせる間もないほどの素速さだった。

春雷は両手に拳銃を握って走った。二人の衛兵はみごとに額を撃ち抜かれていた。

紅色の門の扉は木柵《もくさく》で、そのすきまから衛兵所の動揺を窺《うかが》うことができた。総攬把《ツオンランバ》は手套《てとう》を嵌《は》めたままの左手を、すっと春雷の胸の先に伸ばした。門を破ったら左の壁に張りつけ、という指示である。門内の左右の壁に二人が身を寄せれば、衛兵所から飛び出してくる兵隊に向かって十字の射線を組むことができる。

白虎張は戦さの名人だった。衛兵所から小銃を握って駆け出てきた兵隊を、二人は次々と撃ち倒した。

「一個分隊にゃ、まだ足らねえ」

手早く弾倉を入れかえて、張作霖は言った。

「分隊長の下士官がいねえ。片付けたのは兵隊ばかりだ」

間の抜けたころに、山々から銃声の谺《こだま》が返ってきた。しんしんと雪ばかりの降り積む静寂がやってきた。

白虎の張――こいつこそ満洲の総攬把だ。命を買われて、何度も押城《ヤアチヨン》の白兵戦に加わったが、先駆けて敵の銃弾に身をさらす攬把などに会ったためしはない。まっさきに躍りこんで命のやりとりをするのは、その場やといの収買壮士《シヨウマイチヨアンシ》と決まっていた。だが白虎張はちがう。歴戦の春雷に先んじて戦さを挑み、的確な指揮をし、みずから敵を斃《たお》した。

「好打《ハオタア》。たいした腕前だ」

春雷は思わず独りごちた。

「油断するな。雷哥《レイコオ》。まだ終わっちゃいねえ」

紅牆に囲まれた雪の庭には、まだ命の気配があった。皆殺しの押城を何度も経験した馬賊の勘である。どれほど息を詰めて隠れていようと、命の匂いは鼻が嗅《か》ぎとる。

二人はしばらくの間、門の壁際に身を寄せて様子を窺った。

静まり返った雪の庭である。正面には四基の碑殿が並び、その左右に黒煉瓦《れんが》の小屋が配されている。左の小屋には外から閂《かんぬき》がかけられており、これは倉庫だろう。

右のやや大きな建物が衛兵所で、兵隊の骸《むくろ》が散らばっていた。わずかな時の間に、そのあたりの雪は赤く染まっていった。残兵は衛兵所の中にちがいない。

「面倒かけやがって」

張《チャン》は立ち上がった。戦さの詰めとしてはたしかに面倒である。煉瓦造りの建物の中では迎え撃つほうがずっと有利で、しかも屋内の乱戦となれば跳弾があちこち飛び交うから、射撃の腕前はさほど意味がなくなる。運と度胸の勝負だった。

「俺が引き受けましょう」

春雷《チュンレイ》の申し出を、張は細い頤《おとがい》を振って往《い》なした。

「おまえがどれほどの者かは、まだわからねえ」

腕前はわかったが、運の強さはまだわからぬというふうに聞こえた。

張は血に染まった雪を踏んで衛兵所に近寄った。少しも臆する様子がなく、モーゼルを握った手はまっすぐ頭上に掲げられている。馬賊ならではの投げ撃ちの構えである。

春雷も同じ姿勢で後に続いた。戦さ慣れのせぬ官兵は、片手を挙げたこの格好を降参だと勘違いしてしばしば撃ち倒される。手綱《たづな》をしごきながらの馬上戦では、頭上から刀をふるうように拳銃を振りおろし、反動をその勢いで受け止めながら射撃をする。馬賊の投げ撃ちである。だから馬から下りたときの射撃姿勢も、天を狙うように銃口を真上に向けているのだ。

モーゼルを掲げたまま、張は堂々と衛兵所に入って行った。

竈《かまど》には石炭が燃えさかっており、流れ弾に撃ち抜かれた大甕《おおがめ》から水が迸《ほとばし》っていた。土塀を隔てて、左右に部屋がある。

「助けてくれ」

右の壁ごしに命乞いの声がした。

「金なら渡す。宝物も持って行くがいい。誰にも言わねえ」

張は靴音を響かせて壁に歩み寄った。

「どなたさんか知らねえが、命さえ助けてくれりゃ、俺は軍隊には戻らねえと約束する。それでよかろう」

張は銃口を下ろさずに、声が洩《も》れ出る扉を押し開けた。

「おまえはそれでよくとも、俺様はよかねえんだ。いくらか顔が売れちまってるもんでな」

温床《オンドル》と寝台のすきまに、下士官が蹲《うずくま》っていた。侵入者の顔をひとめ見たなり、下士官は抱えていた小銃を投げ出して、雌鶏《めんどり》のような悲鳴をあげた。

「白虎張《パイフーチャン》！」

「おうよ。だが、袁世凱《ユアンシイカイ》の手先に二ツ名で呼ばれるほど、俺様は安くはねえはずだ」

下士官は土間を這いずって、張の足元に叩頭《こうとう》した。

「張作霖《チャンツオリン》　総攬把《ツオンランバ》、あなた様は天下の義侠と噂が高い。ここはお慈悲を」

「恨みごとなら、都の老仏爺《ラオフオイエ》にでも袁世凱にでも言うがいい。魂になれば長城などひとっ飛びだろうぜ」

張《チャン》のモーゼルが鮮かな弧を描いて頭上から振り下ろされた。下士官は踏み潰された蛙《かえる》のように死んでしまった。

「行くぞ、雷哥《レイコオ》」

総攬把《ツオンランパ》は銃を収めた。永陵のどこにも、もう命の気配は感じられなかった。


肇国《ちょうこく》の祖宗の碑文を祀《まつ》った四基の堂の先にも雪の庭が続き、中華皇帝の象徴たる龍の彫刻をほどこされた立派な門がそびえていた。

人殺しには慣れているが、黄龍の姿を見て春雷《チユンレイ》はたじろいだ。もともと漢族には禁じられた満洲の地の、ここはさらなる封禁の聖域である。

「天子様のお宝を、かっぱらおうってんですかね」

「いや。俺は天命をとりにきた」

盗むのではなく、本来持つべきものをとりにきたのだというふうに聞こえた。

門には三つの扉があり、中央のそれに向かう石段には龍の紋様が刻まれていた。皇帝の歩むべき階段を示す、龍陛《りゅうへい》である。

張は龍陛を踏んで歩み、紅色の門前に立つとモーゼルの銃口を剣のようにふるって、門を粉々に撃ち砕いてしまった。硝煙の中で大扉はおのずから開いた。

踏み跡すらない雪の庭が再び拡がった。樅の大樹に縁取られた行く手に、紅色の壁と瑠璃瓦をまとった殿が鎮《しず》まっていた。大清の祖宗を祀る堂にちがいなかった。

「俺がとりにきたのは、金銀財宝じゃねえ。天から授かった中華皇帝のしるしが、この堂のどこかにあるはずだ。おまえは龍玉《ロンユイ》の伝説を知っているか」

考えるまでもなく、春雷は立ちすくんだ。

それは満洲馬賊の古い言い伝えである。

堯舜《ぎょうしゅん》の昔から、巨大な金剛石を持つ帝王が世界を統《す》べる。龍玉は秦の始皇帝が持ち、漢王劉《りゅう》邦《ほう》に伝えられ、歴代の皇帝の手から手へと委ねられた王者のあかしだという。それを喪《うしな》った皇帝はたちまち衰え、持つ者は天下の覇者となる。ただし持つべからざる者が触れれば、その五体は粉々に砕け散る。

清朝が衰亡の一途をたどっているのは、乾隆大帝がどこかに龍玉を匿《かく》してしまったからだそうだ。比類なき大帝国を築いた乾隆帝は、わが子にすら天下を譲ろうとせず、父祖の地満洲のどこかに、龍玉を匿してしまった。

「龍玉は、この永陵の地下に眠っていると聞いたことがある。総攬把と呼ばれる頭目なら誰もが知っているはずだが、とりにくる者はいねえ。なぜかはわかろう。どいつもこいつも、手に触れたとたん五体が砕けちまうやつらだからさ」

「やめとけ、総攬把。悪いことは言わねえ」

春雷は張の皮大衣《ピイダアイー》の袖を摑《つか》んだ。

「ほう。おまえはまだ、俺を並の馬賊だと思ってやがるんだな」

「そうじゃねえが、龍玉を手にしようなんてのは、あんまり畏《おそ》れ多いじゃねえか」

「だったら始皇帝は何様だ。劉邦が何様だってえんだよ。明の朱元璋《しゅげんしょう》だろうがヌルハチだろうが、もとは馬賊の親玉だろう」

ふいに雪空が霽《は》れた。永陵を繞《めぐ》る山々は風の唸《うな》りを止め、あらたかな光が天から降り落ちて、純白の庭に満ちた。

「ああ」と、二人は同時に息をついた。

「見ろ、雷哥《レイコオ》。天が寿《ことほ》いでいる」

「そうじゃねえって。やれるもんならやってみろと、そそのかしているんだ」

「俺にはそうと思えねえ」

張作霖《チャンツオリン》は南の正中にかかった白い太陽に向き合い、モーゼルの銃口を頭上に掲げた。

「俺様は満洲の総攬把《ツオンランパ》、張作霖。四億の命を救うために、百の命を奪ってきた。俺の非道に文句があるなら、今いちど光を隠せ。嘉《よみ》するのなら、ヌルハチの見た蒼穹《あおぞら》を顕《あら》わしてみろ」

大きく振りかぶって投げ撃たれた弾丸は白い空の一点の黒となって吸いこまれていった。

「是不是《シイブウシイ》！」

山々の轟きは谺ではなかった。応《こた》えるように空が哭《な》いた。日輪を被《おお》っていた紗《しゃ》がたちまち解け落ちて、猛々しいほどの陽光が春雷《チュンレイ》の瞳を射た。

「好打《ハオタア》！　やったぞ、あんたは王者だ」

春雷は叫んだ。二人ははろばろと豁《ひら》けた青空の下に双手《もろて》を挙げた。

啓運殿の中の荒れようは、没落する王朝そのものを見るようだった。誰が荒らしたわけではなく、行幸《ぎょうこう》する皇帝にも、祭祀を司る薩満《シャーマン》にも忘れられたまま、祖宗の位牌は埃《ほこり》にまみれていた。

「ここにはねえな」

張は一瞥《いちべつ》したなり殿から出た。雪が解ければ、瑠璃の瓦はくされ落ちており、庭は雑草が繁るに任せているのかもしれない。

まるで目に見えぬ力に導かれでもするように、張は壇を巡って啓運殿の裏手に回った。

遠目には巨龍が横たわるように見えた裏山が、殿の真後ろに迫っていた。唐松と樅の大木が木洩れ陽《び》を解き落として生い繁っている。

「ここだ」と、張は肯いた。

「これは臥龍の手だ。龍の手が地下の龍玉を摑んでいる」

ひときわ大きな楡《にれ》の老樹が幹を分かつ勾配にすりへった龍陛が横たわり、その先に五つの塚があった。清国皇帝の祖宗を葬った土饅頭《どまんじゅう》だった。

奥にはヌルハチの曾祖父福満《フーマン》、その両脇に祖父覚昌安《ギオチャンガ》と父王塔克世《タクシ》、少し下がった墓は父とともに戦った叔父のものである。愛新覚羅《アイシンギョロ》の勇者たちが、遥かな中原に向いてその地下に眠っている。楡の根は臥龍の手に見えた。

春雷の耳に微かな音が聴こえた。水の流れとも、風の唸りともちがう、弦《つる》を弾《ひ》くような間断ない音色だった。

「龍玉が哭いている」

張作霖《チャンツオリン》は背に負った剣を抜いた。地を這うように音のありかを探しながら、やおら塚に向かって登る龍陛に剣を突き入れた。

「手を貸せ、この下だ」

満身の力をこめて、二人は大理石の龍陛を引きはがした。ぽっかりと口を開けた暗渠《あんきょ》の底から饐《す》えた風が吹き上がり、龍玉の哭声がひときわ高まる。

その声に応ずるかのように、塚を被う巨樹の枝が、いっせいに立ち騒いだ。

三

万歳爺《ワンソイイエ》——

臣は今、幕営の浅き眠りのうちに、畏《かしこ》くもあなたさまの夢を見ました。

ジュンガルの大草原を、二人して風のごとく駆くる夢。二十万の軍勢を彼方に置き去って、乾隆皇帝陛下と大将軍兆恵《チャオホイ》めが、ひたすら大地に馬を攻むる夢でござりまする。

いや、夢ではござりますまい。幾たび重なる外征のつど、万歳爺は臣を遠駆けにお召しになられました。その至福のひとときを、臣は夜ごと夢に見るほど胸に刻みつけているのです。齢《よわい》八十を越えてもなお、兆恵が魂は陛下とともにあります。

臣は一丁字《いってぃじ》を識《し》らぬ武弁ゆえ、胸に滾《たぎ》る思いを書き留むることも、詩歌《しいか》に托することも叶いませぬ。しかしてかように思いのつのりましたる折には、幕舎を出でて満天の星を読み、宇宙を統《す》べるという昴《すばる》に向こうて三跪九拝《さんききゅうはい》して、ひとり繰り言を呟《つぶや》きまする。

剣を揮《ふる》い槍をしごくほか能のない一介の武弁を、どうかお笑いめされますな。


万歳爺――

臣は満洲八旗の陣営に生まれ、十歳にて初陣を務め、御祖父康熙帝、御父雍正帝、そして乾隆陛下のつわものとして、七十余年の長きを戦塵《せんじん》にまみれて参りました。弓馬の術のほかに父より与えられた訓《おし》えはただひとつ、「吾《わ》が道は一以《もっ》て之《これ》を貫く、夫子《ふうし》の道は忠恕《ちゅうじょ》のみ」という一言だけでございまする。臣はおのれでは書くことも読むこともできぬこの一言を座右《ざゆう》として、今も鎧《よろい》の前立てに縫いこんでおります。

臣は二十万の軍を率いる征討大将軍といえども、帷幕《いばく》に鎧袖《がいしゅう》を温むることなく、常に全軍の陣頭に立って戦って参りました。満身に蒙《こうむ》った傷も、越南の合戦で喪《うしの》うた片方の眼《まなこ》も、すべては万歳爺より賜《たまわ》った勲《いさお》しと心得まする。

ジュンガルの野にオイラートの賊を破って凱旋した折、金銀の褒美《ほうび》を喜ばぬ兆恵がために、万歳爺はまこと思いがけぬ栄誉をお授け下されました。

「来たる年の殿試正考官は、大将軍兆恵を以て任ずる」

この無学者を、内閣大学士も礼部尚書《れいぶしょうしょ》もさしおいて科挙試の正考官に任ずるなど、もってのほかでございましょう。しかし呆然とする百官に向こうて、万歳爺はこう仰《おお》せられました。

「文を以て国を治むるは、わが祖父康熙帝のご遺志のみならず、長きにわたる天下の伝統である。さりとて朕《ちん》は、女真韃靼《じょしんだつたん》族の尚武の気風に鑑《かんが》み、かかる偉勲をたてたる大将軍兆恵《チヤオホイ》を、武人というのみの理由で百官の階《きざはし》の下に置くことを潔しとはせぬ。禁中における序列は変えるべくもないが、朕はせめて殿試の策題を、手ずから授ける科挙正考官の栄誉を以て、将軍の忠恕の志に報いたい。内閣大学士、軍機大臣、礼部尚書を初めとする百官は、保和殿《ほうわでん》においてみなことごとく、正考官たる兆恵の足下に服《まつろ》え」

この隻眼《せきがん》が涙を流しましたるは、後にも先にもその一度きりでございました。

しかるに、万歳爺《ワンソイイエ》――

八十の齢を以て大将軍の職を退けと命ぜられましたるとき、臣はわがままを申し上げました。

「たしかにかよう老いさらばえましては、征討大将軍の任にはよく耐えられますまい。さらば陛下、臣めに盛京奉天府の鎮撫将軍をお命じ下され。北方のロシアに矛《ほこ》を向け、陛下のご馬前に死する名誉を、今いちどお与え下されませ。鎧を解き剣を収めて牀上《しょうじょう》に死するは、わが本意にはござりませぬゆえ」

わが本意と申しまするは、忠恕の道にござりまする。その道を全《まっと》うせずんば、わが生涯は全《まった》きにあらずと信じたゆえのわがままにござりました。

臣の望みをご嘉納になられ、われら満洲族の故都奉天府に、この老いぼれを差遣《さけん》下さりましたること、今さらながら恐懼《きょうく》の至りにござりまする。

おや――星あかりの砂丘の頂から、美しき胡弓《こきゅう》の調べが。

耳を澄ませばまるで星ぼしの雫《しずく》のように、乾いたわが心に滴《したた》り落ちまする。

なるほど、まどろみに若き日の夢を甦らせたるは、あの胡弓の調べでござりましたか。郎世寧《ランシイニン》老師の奏《かな》ずる西洋の楽曲のうるわしさに、鎧の胸もうち慄《ふる》えまする。

龍玉を守護し奉ってひそかに都を出で、長城を越え熱河の離宮を経て、一行はいま涯《は》てもなき砂漠を北に向こうております。日が地平に沈めば幕舎を営み、夜明けとともにまた歩み始めます。

十人の部下は奉天府の禁軍から選りすぐった精兵にて、昼は吹きすさぶ砂嵐の盾となり、夜は馬や駱駝《らくだ》とともに眠り、このふしぎな北帰行の任務について一言の疑念も口にはいたしませぬ。龍玉をかの地に安んじ奉ったのち、みなことごとく人柱となることにも、毛ばかりの怖れすら抱かぬ者どもにござりまする。人名につきましては、奉天府の副官より追って奏上いたしますれば、忠勇なる十人の満洲八旗兵の名を、どうか大御心《おおみこころ》のうちにおとどめおき下されませ。

ところで、万歳爺――

天下を統べるみしるしの龍玉を、満洲の地中深くに安んじ奉れば、われらが愛新覚羅《アイシンギヨロ》の御末裔《ごまつえい》はやがて力を喪《うしな》い、虚《むな》しうなるのではござりませぬのか。さなるご聖断を仰ぎますれば、いかな無学の臣とていささかの疑問を禁じえませぬ。

さりとて万歳爺のご宸念《しんねん》を覗《のぞ》き奉るなど、臣にできようはずはなく、ひたすら忠恕の道を以て大御心に添い奉りまする。

いずれにせよ、生涯に百戦して殆《あや》うからず、ついには牀上に死するの屈辱からこの身をお救い下された万歳爺《ワンソイイエ》のご鴻恩《こうおん》に、伏して謝し奉りまする。

郎世寧《ランシイニン》老師はいま、龍玉を砂丘の頂に据えて、祈るがごとくに胡弓を奏でておいでです。龍玉は星あかりをあたりの闇にちりばめつつ、胡弓の音色に和するがごとき低い唸《うな》りを上げておりまする。

それこそは天命の座《いま》すところ、天下をしろしめす中華皇帝のみしるしにござりまする。遠い昔、黄帝から顓頊《せんぎょく》へ、顓頊から帝嚳《ていこく》へ、帝嚳から堯《ぎょう》帝へ、堯帝から舜《しゅん》帝へ、舜帝から禹《う》王へと譲り継がれた天命の具体にござりまする。われらが太祖努爾哈赤《ヌルハチ》公の御前に、三皇五帝がかわるがわる立ち現われ、病み爛《ただ》れた先朝を滅ぼし、龍玉をおのが掌中に収めよとお命じになられたとか。太祖公は龍玉を得ず戦陣にお果てになられましたが、北京に入城なされた順治帝の幼き腕《かいな》の中に、龍玉は埋め匿《かく》された九龍壁をみずから割って転げこんだと伝え聞きおりまする。

さて――

かような龍玉の伝説にあれこれと思いをめぐらせますれば、畏れ多くも万歳爺のお命じになられた、「永遠に人の手の触れざる場所」のいかに虚しいかは、言を俟《ま》つまでもござりますまい。龍玉はおのずと王者の魂に呼応する、確かな意志を持っておるのです。

百年の後か、千年の後かは存じませぬ。しかし天命ある者のひとたび世に現われれば、龍玉は幼帝の腕に転げ入ったごとく、たやすくその者の掌中に安んずるはずでござりまする。

臣は万歳爺の大御心に逆ろうてはおりませぬ。龍玉を安んじ奉る場所は、この兆恵めにご一任下さったはずでござりましょう。

奉天城を出でて東に向かい、撫順《フーシュン》の町を過ぎて玉帯河《ユイタイホー》ぞいの山道を登りつめれば、やがて太祖努爾哈赤《ヌルハチ》公が明の大軍を撃ち破った薩爾滸《サルフ》の湖が開けまする。そこから遥かな長白山《チャンバイシャン》をめざしてひた走ると、人獣の踏み跡すら絶えてない山ぶところに、大清の祖宗の眠る永陵がござりまする。

永陵に至るまでの道程の険しさ遥けさは、かつて詣でられた万歳爺もよくご存じでござりましょう。臣は畏れ多くも、祖宗の陵《みささぎ》の奥深くに龍玉を安んじ奉りまする。

確かなる風水の姿に護《まも》られた祖宗の陵にて、龍玉は百年の後か千年の後か、いずれ現れる英雄をひたすら待ちわびまする。

臣は今、満天の星ぼしの下で老師の胡弓を聞きながら、万歳爺のご真意に思い至りました。われらが偉大なる英主、乾隆皇帝愛新覚羅《アイシンギョロ》弘暦《ホンリイ》陛下におかせられましては、民草の飢渇のみを唯一の仇《あだ》と信ずる勇者に、龍玉をお譲りしたいとお考えになられたのでござりましょう。

ご宸念を覗き奉る無礼を、どうかお許し下されませ。八十四の齢を算《かぞ》え、乾隆陛下の御稜威《みいつ》の及ぶところ南は台湾、越南、北はバイカルのほとり、西はチベットを越えて遥かヒマラヤの峰々が行く手を遮《さえぎ》るグルカの地まで、常に陣頭にあった大将軍兆恵にしかわからぬご宸念にござりまする。

英明なる万歳爺に覇者の野望なきことは、臣がよく存じております。陛下は民草の平安のために百万の兵を失い、かつ幾百万の服《まつろ》わぬ者どもを殺し、その行いがけっして目的にかなわぬことをすでに知っておられました。しかしかように版図を拡げた帝国は、もはや後戻りはできませぬ。かくなるうえはすみやかに帝国の前途をとざし、民草の飢渇のみを唯一の仇となす勇者の出現を、陛下は待望なされたのでございましょう。

臣もまた、わが矛と剣を以て数限りない人の命を奪い、従う兵士を数限りなく喪《うしの》うて参りました。

しかし、さような兆恵《チャオホイ》めを人は不敗将軍と呼び、陛下を十全老人と讃えまする。

内心は面映《おもは》ゆく、ときにはそう呼ばれるたびに辱《はずかし》めを受くるがごとき思いがいたしましたのは、陛下も同じでございましょう。

いかに版図を拡げようと、民草のくらしに平安をもたらすことにはなりませぬ。すなわち戦さのために戦さをする帝国を、われらは識《し》らず築き上げてしまったのでございまする。

ならば民草の飢渇なき世とはどのようなものであるかと申せば、臣にはとうてい考え及びませぬ。はたして万歳爺《ワンソイイエ》の大御心のうちには、さなる天下の姿がお見えなのでしょうか。

いずれにせよ、後世万民のために御みずから帝国を滅さんとする万歳爺のご英断には、ひたすら恐懼し奉るばかりにございまする。

思えば太祖努爾哈赤《ヌルハチ》公は漢士を欲されたのではなく、飢渇に苦しむ民草を救わんとして、長白山中に兵を挙げられました。

臣はただいま、百戦を経た赤ぞなえの大鎧に大将軍の徴《しるし》たる黄緞の馬褂《マーコワ》を羽織り、甲《かぶと》の紅の房を風になびかせて佇《たたず》んでおりまする。忠勇なる八旗兵は、駱駝とともに眠りにつきました。老師はまことの龍玉を砂丘の頂に据え、あかず胡弓を弾いておいでです。黒貂《くろてん》の冠には三品の位を表す花翎《ホワリン》が揺らぎ、洋人《ヤンレン》の赤い弁髪が朝袍《チャオパオ》の背に垂れておりまする。

あの痩《や》せたお体では、とうてい長旅には耐えまいと案じておりましたが、どうやらその心配はございますまい。臣が労《いたわ》るたびに老師はにっこりと笑い返して、「わたくしはもっと長い旅をして参りました」、などと申されます。たしかに老師のふるさとイタリアは、満洲よりも遥かな国にございましょう。

われらはともに、康熙大帝の御世より三代をお仕えした老臣にございまする。得物は剣と筆とに異なりまするが、忠恕の心にはいささかの変わりもございませぬ。齢八十の老いぼれが二人、生涯の最後にかような大命を拝しましたること、ともに深く感謝いたしおりまする。

それにいたしましても万歳爺。

かの円明園を造り、都の街衢《がいく》を斉《ととの》え、数々の肖像画を描き、ついには神のごとき技を用いて龍玉の模倣までなしたる老師の忠恕にひき比べ、戦さにあけくれたわが人生の、何と卑小なことでございましょうや。

胡弓の音色が兆恵を責めまする。

「おぬしは何をしてきたのか」、と。

返す言葉もございませぬ。兆恵めは人を殺すことを忠恕と信じ、老師は人を癒し慰むることこそ忠恕の道であると信じておられるのですから。

龍玉の耀《かがよ》いは砂丘に七色の帯を解き、星ぼしは胡弓の音に耳を傾けつつ、われらが天蓋《てんがい》に鎮まっておりまする。

ごらんなされませ、万歳爺《ワンソイイエ》。

星も砂も、風も大地も、みなこぞって陛下のご聖断を嘉《よみ》しておりまするぞ。

四

くろぐろと口を開けた暗渠《あんきょ》の前で、張作霖《チャンヅオリン》と李春雷《リイチュンレイ》はしばらく立ちすくんだ。

深い眠りから目覚めた獰猛な獣が鬣《たてがみ》をふるうように、あたりの樹々は降り積む雪を一斉に払い落とした。山は低く唸り、暗渠の底からは弦《つる》を弾《ひ》くような音が、間断なく聴こえた。

「攬把《ランバ》、やっぱしやばくはねえですかい」

張の顔色にはいささかも怖れるふうがない。いったいこの小さな体のどこに、これほどの胆力があるのだろう。少くとも、男の値打ちが図体でないことだけはよくわかった。

「亜麻仁油《あまにゆ》を持っているか」

春雷は馬褂《マーコワ》の懐を探って小瓶《こびん》を取り出した。銃の手入れをするための亜麻仁油は、馬賊の武器に等しい。布にひたして火をつければ松明《たいまつ》にもなる。

「おまえはここに残れ。もし俺が出てこなかったら、一千元を持ってどこへでも消えるがいい」

襟巻《えりまき》を棒きれの先にくくりつけ、亜麻仁油をひたしながら攬把《ランパ》は言った。

「いや、俺も行く」

馬賊が心を許し合うのに時間は要らない。たとえ一度でもともに敵と戦えば、その瞬間から契りを結んだようなものである。

「どうして攬把は、この塚の下に墓穴があるとわかったんだね」

張作霖は火をつけた松明の先を、森の斜面に並ぶ五つの土饅頭《どまんじゆう》に向けた。

「まず、まんなかに立つ楡《にれ》の巨木の根が浅い。根が横に長く這《は》うのは、下に堅い岩盤があるからだろう」

なるほど言われてみればその通りだが、塚の前に立った一瞬でそう読みとったのは、理屈ではなく勘であろうと春雷は思った。

「それに、満族は火葬だ。骨壺を納めるだけならば、土饅頭の下に高く土を盛る必要はない。深い墓穴を掘り、その中に骨壺を納めた上に、満族らしい土饅頭を造った。考えてもみろ、王朝の祖宗らの骨が百姓と同じ土饅頭に埋められているはずはなかろう」

元来が定住地を持たずに狩猟生活をする満洲族は、亡骸《なきがら》を獣の餌《えさ》にさせぬために火葬をする。墓はみな粗末な土饅頭である。しかし永きにわたる風習とはいえ、ひとつの王朝の祖が土饅頭の下に葬られているはずはなかった。地中に立派な玄室を設け、その上に古来の風習に則《のっと》って土饅頭を造ったと言われれば得心する。

張作霖という男は勘が鋭いばかりではなく、勘づいたあとに深く物を考えるらしい。しかも、頭がいい。

「そんなわけで、俺はこの龍陛《りゅうへい》の下に墓穴の入口があると踏んだのさ」

「なぜここだとわかった」

殿の裏手から土饅頭へ向かう斜面には、龍を彫りこんだ石畳が延びる。皇帝が詣でる道である。張《チャン》は迷うことなく、剣先を龍陛の一枚に差しこんだのだった。

「ここだけ雪が薄い。裏側が凍土じゃねえ証拠だ」

暗渠には大理石の石段が下っていた。その先は身を縮めねば歩けぬほどの隧道《ずいどう》である。

「図体のでかいやつは苦労だな。おまえに墓泥棒はできそうもない」

張は松明を行く手にかざしたまま、小さな体を隧道に滑りこませた。

やがて二人が降り立ったのは、つややかな白玉の切石に囲まれた広間である。方形の隧道から滑り落ちたとたん、春雷《チュンレイ》は思わず拳銃を抜いて身構えた。

「あわてるな、雷哥《レイコオ》。誰もいるはずはねえ」

松明を闇にめぐらせる。古い鎧甲を身につけた兵士の骸《むくろ》が、ある者は床に俯《うつぶ》せ、ある者は壁に倚《よ》りかかっていた。

春雷は声に出して骸を算《かぞ》えた。十体の白骨は、どれもその掌《て》に剣を握っていた。

壁にもたれた一体のされこうべを覗きこんで、張はいにしえの兵士に訊《たず》ねた。

「おまえさん、龍玉の衛士かえ。立派な鎧を着て、この甲《かぶと》の赤い房飾りは乾隆様の近衛兵だな。身は魂魄《こんぱく》となってとこしえに龍玉を守護し奉らんか。いや、感心、感心。今さっき俺様が片付けた腰抜けの子孫どもとは、えらい違いだ。誰も褒めちゃくれねえだろうから、この白虎張《パイフーチャン》が褒めてやる。ご苦労さん、よくやった」

張が鎧の肩に手を置くと、骸は長い任務をおえたかのようにがらがらと崩れた。

「どういうことだ、この有様は」

春雷も石床に俯せた兵士の顔を覗きこんだ。

「さあな。何があったかは知らねえが、百年前の官兵はたいしたもんだ。この時代に生まれていたら、馬賊は命がいくつあったって足りゃしねえ」

足元の白骨は両手で剣の柄を握り、刃を咽《のど》深くに呑みこんでいた。

「もし墓泥棒がここまでたどり着いても、この有様を見りゃあ、真青になって逃げ出すだろうな」

「何なら逃げてもかまわねえぞ、雷哥」

「いや。俺は粉々に砕け散った攬把《ランパ》の骨を、奉天城まで送り届けにゃならねえ」

張作霖《チャンツオリン》は立ち上がった。広間の奥に続く白玉の廊下に松明を向ける。光の行く手は闇に呑まれていた。墓穴は裏山の地中深くにまで続いているのだろう。

龍玉が哭《な》いている。音は近づくでもなく遠のくでもなく、耳鳴りのようにまとわりついていた。

いったいどういう構造になっているのだろうか、白玉を円《まる》く組み上げた天井に梁《はり》は見当らず、柱もなかった。壁面には細密な雲龍の模様が彫りこまれており、十歩ごとに置かれた獅子の像が侵入者たちを睨《にら》みつけた。

深く歩みこむほどに、廊下は高く広くなった。石のすきまから滲《にじ》み出る水が、足元に薄い流れを作り始めた。緩い勾配が地の底へと続く。

松明を掲げた張《チャン》の後に従いながら春雷《チュンレイ》は訊ねた。

「俺にはどうとも納得がいかねえんですがね。その若さで奉天の総攬把《ツォンランバ》なら、いずれ満洲の王になるかもしらねえ。そんなことはご本人が一等承知していなさるはずだ」

「それがどうした」

と、張は歩きながら言った。

「いえね、あんたのなさることにいちいち文句をつけるわけじゃねえが、つまり、このうえ命を張って天下を取ろうってのが、俺にはよくわからねえ」

「おまえさんの言うことはごもっともだ。たしかに、何だってうまく行っているときに命がけの勝負をする馬鹿はいるめえ」

「だったら、なぜ」

今まで大勢の頭目を見てきた春雷は、人の上に立つ者の正体を知っていた。金を蓄えれば蓄えるほど人間は吝嗇《りんしょく》になる。養う兵が多くなればなるほど臆病になる。今の生活と地位を失うまいとして、ひたすら保身に奔《はし》る。春雷がこれまでに、請《こ》われても彼らに従う気になれなかったのは、そうした攬把たちの性根《しょうね》が反吐《へど》の出るほど嫌だったからだ。

しかし、この小さな攬把は吝嗇とも臆病とも保身とも無縁である。なぜか。その答えはどうしても聞きたかった。

「俺のおやじは博奕打《ばくち》だった。どうやらその気性を引き継いじまったらしい」

答えになってはいない。春雷は長靴《ちょうか》の踵《かかと》をかつんと鳴らして立ち止まった。

「そのあたりをきちんと聞いておかにゃ、ばらばらになったあんたの体を奉天府まで運ぶわけにはいかねえ。女房や子供らになぜだと問われて、俺はどう答えりゃいいんだ。総攬把は博奕に負けましたとでも言うんですかい」

白玉の壁に声を弾かせて張は笑った。それから松明の炎を春雷の鼻先に向け、ふと真顔になった。

「男が照れもせずに本心を口に出すのは難しい」

「ごもっともで」

「だが、十中八九は五体が粉々になるんだろうから、言っておかにゃなるめえな——いいか、雷《レイ》哥《コォ》。俺様は満洲の民を飢渇から救う自信はある。龍玉なんざ要らねえ。俺の力でこの東北に楽土をこしらえてやる」

「だったら、まずそれをなさいまし」

張は女のような二重瞼《ふたえまぶた》をもたげて、頭ひとつもちがう春雷の目をじっと見上げた。

「俺のじいさまは流民だった。満洲を楽土だと信じて、長城を越えてやってきたのさ。待っていたのは凍えた土だったがな。わかるか、雷哥。俺が満洲を楽土に変えれば、人はこぞって長城を越えてやってくるだろう。漢人の俺は漢土を曠野《あれの》にするわけにはいかねえんだ」

言葉をいちど咀嚼《そしやく》してから、春雷《チユンレイ》は「很好《ヘンハオ》」と肯いた。

「満洲だけを楽土にしても、意味がねえとおっしゃるんで」

「そうだよ、雷哥《レイコオ》。てめえだけが食うに困らねえ幸せに、いってえ何の意味があるんだ。だから俺は、満洲を楽土に変える前に博奕を打つことにした。すべてがなくなるか、すべてを手に入れるかの大博奕だ。もし万がいち龍玉を抱いても俺の体が砕けなければ、いつか必ず四百余州が楽土になる。四億の民が飢えずにすむ」


頭上に炎の尾を曳《ひ》いて、張作霖《チャンヅオリン》は歩み出した。


地上の粗末な土饅頭からは想像もつかぬ地下宮殿である。進むにつれて、天井は炎も届かぬほど高くなった。

廊下はやがて円く石を組んだ門につき当たった。樫の厚板に鉄鋲《てつびよう》を並べた門扉には、外側から閂《かんぬき》がかけられていた。だが朽《く》ち錆《さ》びたそれは、春雷の剣の一薙《な》ぎで毀《こぼ》れ落ちた。

扉を押し開いたとたん、春雷は思いもよらぬ明るさに目を射られた。白玉の広間の四隅に大瓶が置かれ、縁から垂れた太綱の灯芯があかあかと燃えているのだった。あたりは濃い胡麻油の匂いに満ちていた。

どこかに風抜きの穴があるのだろう。とこしえの灯明は百年の間、二人を待ちかねるように灯《とも》り続けていた。

「やれやれ、またお出迎えかね。まったくご苦労なこった」

広間の中央に生けるがごとき武将が佇《たたず》んでいた。

灯明の熱が骸を朽ちさせなかったのであろうか。武将は落ち窪んだ隻眼をかっと瞠《みひら》き、腰前に剣を杖として立往生していた。

「おめえさん、ずいぶん偉そうな野郎だな」

張作霖は武将の巨軀《きょく》をしげしげと見上げた。赤い房を頂いた黄金造りの甲《かぶと》。胸元まで垂れる白髯《はくぜん》。鎧の上に着こんでいるのは、大将軍にのみ下賜《かし》される黄馬褂《ホワンマーコワ》である。

「もしや百戦不敗の大将軍、兆恵閣下《チャオホイ》か。まさかな」

その名前は子供でも知っている。乾隆帝の寵臣兆恵将軍は、関羽《かんう》や張飛《ちょうひ》と同じ英雄だった。

「そのまさかかも知れませんぜ、攬把《ランパ》。ここには誰がいたって、ちっともふしぎじゃねえや」

骸には死の臭いがいささかも感じられなかった。

黄馬褂の胸に錦糸の縫い取りがあった。

「何と書いてあるんだ、雷哥」

「野暮は言いなさんな。俺が読める字といったら、そうさな――この『一』と『忠』ぐれえのもんです」

張作霖はしばらく小首をかしげて考えるふうをした。

「そんなら、こうか。吾《わ》が道は一以《もっ》て之《これ》を貫く、夫子《ふうし》の道は忠恕《ちゅうじょ》のみ。ちがうか」

字の読めぬ張が、何やら難しい文句を口にしたことに春雷は驚いた。

錦糸を指先でなぞる。

（吾道一以貫之　夫子之道忠恕而已矣）

なるほどそうかも知れぬ。

「攬把《ランバ》はどうしてそんな難しい言葉を知ってなさるんで」

「俺のおやじは博奕打ちのくせに、くどくどと説教をたれるやつでな。孔子様はこうおっしゃったなんて、おたがい読み書きもできねえのに毎日聞かされた」

「へえ。それにしたって大したもんだ。で、どういう意味ですかね」

「さあな」と、張《チャン》は見るだに怖ろしげな隻眼の貌《かお》に向き合った。

「立派な男はとことん忠義者だってことだろう。だとすると――こいつは本当に兆恵《チャオホイ》大将軍かもしらねえな」

乾隆大帝は巨大帝国を永遠にわがものとせんがために、天命のみしるしである龍玉をどこかに匿《かく》したのだと、馬賊の伝説は語る。けっして敗れることのなかった百の戦さののちに、兆恵将軍は龍玉に殉《じゅん》じたのだろうか。

「俺は子分どもに忠義だてなどしてほしくはねえがな」

「そいつは、どうしてです」

「孔子様はどういうおつもりか知らねえが、親の都合ばかり言いやがる。ところがどっこい、子分が忠義な分だけ親分は弱くなるもんだ。おかげで偉いやつほど偉くねえのが今の世の中さ」

張は松明を春雷《チユンレイ》に手渡すと、後ずさって武将の骸に正対し、満洲馬賊の抱拳《パオチユエン》の礼を以て敬意を表した。

「祝健康弟兄《チユージエンカンテイシヨン》、壮揚兵馬《チヨアンヤンピンマア》。俺は奉天の総攬把《ツオンランパ》、張作霖《チヤンヅオリン》。四億の民のために、龍玉をいただきにきた」

張の仁義は真摯《しんし》このうえなかった。いかにも突然思いついたようにここまでやってきたが、けっしてそうではないことが春雷にはようやくわかった。長い間思い悩んだ末、家族も大勢の部下たちも捨てて、張は天命を取りにきたのだった。

だとすると、自分はこのためだけに一千元で雇われたのかもしれぬ。十中八九は粉々に砕け散る白虎張《バイフーチヤン》の亡骸《なきがら》をかき集めて、奉天城に送り届ける役目だ。なるほど一千元といえば、ころあいの報酬だと春雷は思った。

だがもし張の手がちぎれ飛ぶことなく龍玉を抱いたとしたら——その先のおのれの人生を、春雷は想像する勇気がなかった。

張作霖は革の長靴を軋《きし》ませて骸の背後に回った。白玉を円く組んだ最後の門の向こうからは、一律に弦を弾くような天命の哭き声が洩《も》れ出ていた。

紅色の門扉に閂はかけられておらず、そのかわり中華皇帝の色である黄色い布が、黄金の把手《とって》を固く封印していた。

張は手套《てとう》を投げ棄《す》てて結び目を解いた。とうてい百年の歳月を経ているとは思えぬ、鮮やかな黄巾だった。

門扉の正面に立って、張はいちど深く息をついた。それから惑うことなく、両手で扉を押した。

輝かしい禁色《きんじき》が二人の目を射た。よろめき踏みこたえて、春雷《チユンレイ》は玄室を見た。

白玉の壁は一面に黄巾で包み隠され、天井からは黄金の飾りのついた黄色い幡《ばん》が、無数の滝のように解き落ちていた。禁色と黄金の荘厳《しようごん》に春雷はおののいた。

玄室の奥には愛新覚羅《アイシンギヨロ》の祖宗を祀《まつ》った五つの祠《ほこら》が、二人を待ち受けるように並んでいた。そして、巨大な雲龍を浮き彫りにした床の中央に、大官の朝服を着た一体の骸が胡座《あぐら》をかいていた。

怯《ひる》まずに歩み寄ろうとする皮大衣《ピイダアイー》の背に向かって、春雷は松明を振った。

「やめとけ、攬把《ランパ》。こればかりはやっぱり手に負えねえ。奉天の総攬把《ツオンランパ》で十分じゃねえか。東北王《トンペイワン》でよかろう」

「不是《ブウシイ》」

張作霖《チヤンツオリン》は振り向きもせず、きっぱりと答えた。

「俺に欲はない」

「いや、あんたは欲深だ。なぜこのうえ天下まで欲する」

禁色の濤《なみ》に歩みこんで、張は両膝を床に屈した。

「もうそんなことはどうだっていい。この大官も、将軍も兵たちも龍玉に命を捧げた。ならばどうして俺ひとり、命を惜しむことができよう」

大官の骸は起花珊瑚《きかさんご》の冠を俯けて、おのが蟒袍《マンパオ》の胸深くに抱いた龍玉を、愛しげに見つめているかのようだった。龍玉は哭き続け、七色の彩《あや》かな光を発し続けていた。

張作霖がその前にしめやかな三跪九拝《さんききゆうはい》の礼を尽くすさまを、春雷は呆然と見届けた。

礼をおえると、張は徐《おもむ》ろに膝行《しっこう》した。

「やめろ！」

春雷は身を慄《ふる》わせて叫んだ。あとは床に蹲《うずくま》って目をそむけ、天命の忿怒《ふんぬ》を待つほかはなかった。

「雷哥《レイコォ》――」

疲れ果てた声に呼ばれて、春雷はおそるおそる顔をもたげた。子供のように両足を投げ出して石床に座りこんだ張の掌に、哭き声をひそめ光だけを放つ龍玉が鎮まっていた。

「どうやら俺様に、天命とやらが下ったらしい」

赤児《あかご》の頭ほどもある金剛石は、たしかに新たな主を得て、その掌の中に安んじたように見えた。

「おまえは、これからどうする」

「どうするって、攬把がいいとおっしゃるなら、とことん付き合わしていただきます」

「忠義な子分なら用はねえぞ」

「そんなたいそうな性根は、はなっから持っちゃいません。俺は、あんたに惚れた」

龍玉を撫《な》でさすりながら、張は薄い唇の端を吊り上げて笑った。

「いい心掛けだ。孔子様のおっしゃる忠恕の心ってのは、たぶんそれだろうぜ。こいつにしたって――」

と、張は龍玉を奪われた骸に目を向けた。

「そっちの大将軍にしたって、乾隆様にしんそこ惚れていたんだろうよ」

ひからびた大官の骸が、ようやく務めを果たしおえて息をついているように見えた。龍玉を抱いた形に定まる指は枯木のように朽ちてはいるが、たとえば熟練の職人のそれのように、細く長かった。

どっしりと膝を組んで座っているからには、漢人ではなかろう。胡座は満洲族の習慣で、春雷《チュンレイ》もその姿勢で座ることはできない。漢族の張作霖《チャンツオリン》もむろん同じである。

おそらく骸は、愛新覚羅《アイシンギョロ》の眷属《けんぞく》か満洲八旗の長《おさ》にちがいない。だがその鼻梁《びりょう》は異様なほど秀で、冠から垂れた弁髪の色は、まるで洋人《ヤンレン》のように赭《あか》かった。

その骸は龍玉を喪ってもなお、見えざる真心を胸に抱いているようだった。

五

奉天城から西に九十華里を隔つ新民府の町が、張作霖《チャンツオリン》の根城《ねじろ》である。

表向きは巡防五営統帯官として帰順しているが、その実は官軍と不戦の手打ちをした満洲馬賊の大頭目であった。

張作霖と李春雷《リイチュンレイ》は雪原に一昼夜馬を攻めた。川に沿うて走れば、吹雪に巻かれても道を見失うことはなかった。

永陵を出て玉帯河《ユイタイホー》を下り、氷結した渾河《フンホー》と合流するあたりで、驚くほど強靭《きょうじん》な張の白馬はようやく並足になった。

「みちみち考えたんだが――」

と、張は龍玉を納めた革袋を腹の前で撫《な》でながら言った。

「この龍玉のあるじは、俺じゃねえのかもしらねえ」

「今さら何をおっしゃるんだね。あんたの体は砕けずに、そうして龍玉を抱いてるじゃねえか」

「いや」と、張は白馬の鬣《たてがみ》にこびりついた氷を毟《むし》り取って口に含んだ。

「俺はヌルハチと同じなんじゃねえかと、ふと思ったのさ」

「大清国の太祖様なら、天下人にちがいはありますめえ」

答えてから春雷は思い当たった。努爾哈赤《ヌルハチ》は肇国《ちょうこく》の英雄だが、天下をその手中に収めたわけではなかった。長城を越えて北京に入城し、中原の覇者となったのは孫の順治帝福臨《フーリン》である。

「俺には倅《せがれ》がいる。長城を越えるのは、その倅じゃねえのか」

「それならそれで、大したものだと思いますがね」

張作霖は肯いた。

「俺が若い時分、旅の占い師からありがてえご託宣を受けたって話を、覚えているか。あの婆あは、俺様が天下を取るとは言わなかった。満洲の王者になると予言したんだ。東北王《トンペイワン》が龍玉を持つはずはねえ。つまり、俺はいっとき龍玉を持つが、めでたく紫禁城の玉座につくのは、俺がくたばった後に龍玉を受け継ぐ倅じゃねえのか」

そう思い至っても、張の表情に虚《むな》しさはなかった。子を持たず、父という人の記憶も薄い春雷には想像するほかはないが、親の情とはそういうものなのかもしれない。

「どうりで漢卿《ハンチン》のやつは、生れついて品がいいと思った。とうてい俺の子とは思えねえお坊っちゃまだ。あいつが皇帝になって、俺を太祖様に祀《まつ》り上げるってか。うん、それも悪かねえ」

張作霖《チャンツオリン》は高らかに笑った。

龍玉は天子のみしるしだが、正しく奉ずる者の体に害を与えることはないのだろう。だから永陵の地下宮殿の大官の骸も、砕け散ってはいなかった。張作霖が倅のために天命を奉ずる者であれば、旅の占い師の予言もすべて説明がつく。

やがて撫順《フーシュン》の町を過ぎると雪もやみ、夕陽が白い大地を朱に染めかえた。奉天府の城壁を遥かに望む対岸には、馬賊の一群が頭目の帰還を待ちわびていた。

氷結した渾河《フンホー》の川幅は広く、人の声も馬の嘶《いなな》きも届かないが、目を凝らせば槍の穂先に翻《ひるがえ》る黄色の三角旗には、「張」の一文字が書かれていた。

「黄旗とは畏れ入った。官軍は文句をつけねえんですかね」

正黄旗は言わずとも知れた愛新覚羅《アイシンギョロ》の旗である。皇帝のほかにはいっさい使うことの許されぬ禁色を、張はあろうことか軍旗に掲げているのだった。

「むろん文句はつけられたがな。だったらそのかわりに、官軍の旗と軍服と武器をよこせと言ってやった」

そう切り返されたのでは答えようもあるまい。ようやく形ばかり帰順させた白虎張《バイフーチャン》に北洋陸軍の兵器まで与えたのでは、奉天城を明け渡すのも同然だ。

「帰順の見返りには、さぞかし大金をちょうだいしたんでしょう」

「まあな。おかげさんで新民府の町に腹っぺらしはひとりもいねえ。これからだって官軍が四の五の言やあ、奉天城《ツオンランバ》なぞ一晩で攻め取ってやる」

対岸の馬賊は総攬把《ツオンランバ》に気付いたらしい。黄旗が高々と掲げられ、左右の土手から駆け寄った騎馬が一列に轡《くつわ》を並べた。

「行くぞ、雷哥《レイコオ》。おまえは誰にへつらうこともねえ」

張作霖は「架《チャー》！」とひとこえ叫ぶと、モーゼルを空に向かって撃ち上げながら白馬を追った。たちまち対岸にも、出迎えの銃声が一斉に湧き起こった。

春雷《チュンレイ》は土手を駆け下った。渾河の氷に竜騎馬《ロンチユイマ》の蹄《ひづめ》がひときわ高鳴る。朱色に染んだ雪上がりの空めがけて、春雷も拳銃を撃った。追えども容易に近づかぬ攬把の背中が、馬賊などではない伝説の英雄の背のように思えてならなかった。


日はとうに昏《く》れているのに、新民府の街衢《がいく》は市場のような賑わいである。辻々の焚火《たきび》には女子供までが群れている。胡同《フートン》の奥を覗けば、どこも鋼鉄の篝《かがり》台が置かれて闇を照らし上げていた。凍った魚や乾肉や饅頭《マントウ》を売る店先には、威勢のいい客寄せの声が飛びかう。

「祭ですかね」

馬を寄せて訊ねると、張作霖は満足げに行く手を見つめながら答えた。

「いや、毎晩こんなものさ。新民府に腹っぺらしはいねえんだ」

通り過ぎてきた奉天城外の町は、まだ日のあるうちから静まり返っていた。無数の馬賊が跳梁《ちょうりょう》し、たちの悪い兵隊までが物盗りに変じる満洲には、夜の華やぎなどどこにもなかった。

開け放したままの城門を抜けると、先頭を行く包頭《パオトウ》が松明《たいまつ》を振った。

「総攬把《ツオンランパ》のお通りだ。道をあけろ！」

とたんに街路はいっそう湧き立った。

「回来了《ホイライラ》、総攬把！　お帰んなさい」

「回家《ホイジヤ》、張大人《チャンダアレン》！」

「ご苦労さんでした、白虎張《パイフーチャン》。辛苦了《シンクウラ》！」

春雷《チュンレイ》は呆気《あっけ》にとられた。人々の顔には馬賊団を怖れる様子などかけらもなく、みな嬉々として張作霖《チャンツオリン》の帰還を讃えていた。

白馬の鼻先に担ぎ売りの老人が歩み寄って、山査子《さんざし》の実の糖胡蘆《タンフル》を差し出した。

「回来了。少爺《シャオイエ》のおみやげになすって下さい」

張はにっこりと笑い返して、砂糖漬の果実を受け取った。

「ありがとうよ、じいさん。漢卿《ハンチン》の大好物だ」

ふと春雷は、すべてが夢なのではなかろうかと思った。雪原を駆け、永陵を暴《あば》いて龍玉を奪ったことも夢のようだが、それにもましてこの平和な町の風景が信じられなかった。

新民府の人々は夜を畏えない。こんな町は満洲のどこを探してもあるはずはなかった。

「どうした、雷哥《レイコオ》。腹っぺらしのいねえ町がそんなに珍しいか」

「へい。びっくりしちまいました」

「馬賊はもともとが町の自警団だからな。まさかこの新民府に夜襲をかける命知らずはいるまい。だが、この町の噂を聞いて流民がやってくるのは困りものだ。くるなとは言えねえし、盗《ぬす》ッ人《と》に情はかけられねえしな」

振り返ると、従う馬の数が少なくなっていた。それぞれ町なかの家に帰ったのだろう。しばらく行くと荒れた天主堂があった。残る子分たちは馬上で軽く挨拶をし、灯りの洩れる教会の庭に入って行った。軍隊のように規律正しくはないが、ひとりひとりがいかにも正統の黒山《ヘイシャン》馬賊を思わせる剽悍《ひょうかん》な壮士だった。

「みなさん方は、俺のことを何者だと思っていなさるようで。明日の朝にでも仁義を通させちゃもらえませんか」

「面倒くせえ。北三条子《ペイサンチャオツ》の浪人市場で買った収買壮士《ショウマイチヨアンシ》だってことは、みんな知っているだろう。いいじゃねえか、それで」

戦さのたびに雇われる助ッ人稼業で、一度も親分子分の契りを結んだことのない春雷には、このさきの身の処し方がまったくわからなかった。

「雷哥」という呼び方は、ふつう小頭たる包頭にのみ許される。総攬把が見知らぬ新参者をそう呼んだのでは、生え抜きの子分たちが訝《いぶか》しむのも当然だった。

「いきなりみなさんの頭越しってのも、うまくありませんや。俺はあの天主堂に厄介になりますから、哥《あに》いと呼ぶのもこれきりにして下さい」

轡《くつわ》を返そうとする春雷《チユンレイ》を、張《チャン》は「待て待て」と諫《いさ》めた。

「あのなあ、雷哥《レイコオ》。よく考えてもみろ、たとえ俺とおまえがそれでよくとも、こいつが承知するめえ」

張は龍玉を納めた革袋を指さした。秘密を分かったからには、ほかの子分どもとはちがうのだと諭しているのだろう。

そもそも春雷は人付き合いが苦手だった。たとえ総攬把《ツオンランバ》の肝煎《きもい》りでも、生え抜きの子分どもを敵に回さぬ自信はない。

「ならば、これでどうだ」

と、張は提案をした。

「近いうちに、彰武《チャンウー》の杏山屯《シンシャントン》を叩く。おまえに先駆けをさせてやろう」

春雷は肯いた。願ってもない話である。戦さで手柄を立てれば誰も文句は言えまい。

「お安い御用で」

「相手は手強いぞ」

「命のかからねえ喧嘩なら、こっちが願い下げだ」

「よし。ならばきょうから、俺の家の客分ということでよかろう」

もしすべてが夢ではないとするなら、自分は龍玉の意志に導かれているのかもしれない。きのうまでとは明らかに光も色も、耳にする音さえもちがう世界に、春雷は歩みこんでいた。

若き総攬把の家は、馬がようやく通れるほどの胡同《フートン》を分け入った、古ぼけた四合院《スーホーユアン》だった。不用心なことに衛士の子分もおらず、門も開け放たれていた。警戒心に欠けるというより、そもそもが無頓着なのだろう。

厩《うまや》は門前の廠子《チャンツ》である。家に入るより先に、張は帽子から靴までみっしりと氷を張りつけたまま、ていねいに馬の手入れを始めた。

「おふくろが馬医者の後妻になったもんでな」

と、張は蹄に嚙んだ小石を取り除きながら言った。

「こき使われたおかげで、いざとなりゃ馬医者で食えるぐれえさ。だから馬の世話だけは他人に任せられねえ」

長旅をおえた白馬は愛しげに張の顔を舐《な》めた。

「浪人市場で目を凝らすのは、まず馬だ。人間は嘘もハッタリも言うが、馬をひとめ見れば馬賊の器量はわかる。おまえの馬はぴかいちだったぜ」

褒められたことがわかったのだろう、竜騎馬《ロンチユイマ》も張に鼻面を寄せた。

二頭の馬に水と飼葉《かいば》を与えてから、張は「ただいま」と子供のような大声をあげて門を潜った。

四角い庭の中央に真白な樹氷に被われた槐《えんじゅ》の木があり、三方を古煉瓦《れんが》の家が囲んでいる。

「回来了《ホイライラ》！　爸爸《パァパァ》」

母屋の軒下から、小さな男の子が鞠《まり》のように弾み出た。

「やあ、漢卿《ハンチン》。いい子にしていたかね」

急に父親らしく改った張《チャン》の声音がほほえましい。なおおかしいのは、黒い皮大衣《ピイダアイー》に剣を背負い、モーゼルの弾帯を斜めに掛けた総攬把《ツオンランバ》のものものしさにふさわしからぬ、倅の身なりである。

少年は北洋陸軍の大礼服を着て腰にはサーベルを吊り、白い馬毛の前立がついた軍帽を冠《かぶ》っていた。

貴公子は父に正対して、きちんと挙手の敬礼をした。

「はい。爸爸《パアパア》がお留守の間、おうちには何の異常もありません」

「そうか、ご苦労だった」

長子の出迎えはこの家の儀式なのだろうか。氷の花に曇った四合院《スーホーユアン》の窓に人影はあるが、迎えに出る者はほかにいなかった。

凍えた槐の枝が、甃《いし》を罅割《ひびわ》るような影を落としている。春雷《チユンレイ》は頭上の満月を見上げた。

「勉強はきちんとしただろうね」

「はい、爸爸。きょうはお習字と、論語のおさらいと、英語を勉強しました。たいへんよくできたと、先生方にもほめていただきました」

「好了《ハオラ》。しっかり学問を修めて、そのうち爸爸にも教えてくれ」

「だったら爸爸も、僕と一緒にお勉強をすればいいのに」

「残念だが、今はその暇がない」

白い息を吐きながら張は大礼服の肩を抱き寄せて、息子に頬ずりをした。

少年は父の肩ごしに春雷を見上げて、にっこりと笑った。色白の整った顔立ちは父によく似ていた。

春雷は長靴でおのれの影を踏んだ。幼いころに死に別れた父のことを、少し思い出したのだった。愛された記憶がないのは、父に人並みの情がなかったからではなく、貧乏のせいにちがいなかった。炎天下の畑で、父は干からびた河北の大地にしがみつくようにして死んでいた。今の自分とさほど変わらぬ齢《とし》だったはずだ。

張も幼いころに父を亡くしたと言っていた。百姓だろうが博奕打ちだろうが、父に死なれれば残された子の苦労は似たものだろうと思う。しかし張は痛ましいほどの愛情をこめて子を育て、自分は妻子を持つことさえ怖れた。総攬把と呼ばれる人物と命知らずの収買壮士《ショウマイチヨアンシ》のちがいとは、つまりそれだ。

「さあ、おみやげだよ、漢卿」

後生大事に掲げていた山査子の串を、張は倅に向けた。

「わあい、糖胡蘆《タンフル》だ」

一粒を小さな唇に押しこんで、張は屈んだまま春雷を振り返った。

やはりすべては夢なのかもしれない。張の顔は死人のように白かった。

「やめとけ、攬把。みやげは糖胡蘆だけでいい」

春雷《チユンレイ》は髯面《ひげづら》を振って言った。のどかな四合院《スーホーユアン》の夜が、たちまち暗幕に被《おお》われたような気がした。


「残りはおまえが食え。漢卿《ハンチン》にはもっといいみやげがある」

棒立ちになった春雷の胸に、張は山査子の串を投げた。

「あんたは、鬼か魔物か」

「鬼でも魔物でもねえさ。俺様は張作霖《チャンツオリン》だ」

「人の親がすることじゃねえぞ。倅の体がばらばらになっちまってもいいのか」

「それならそれで仕様があるめえ」

張は肩から吊った革袋の口を開けた。ほのかな七色の光が、親子の顔を照らし上げた。

「これ、なあに」

「世界一のおみやげだ。爸爸《パアパア》が天から授かったものだが、おまえにあげよう」

「そんなに大切なものなら、爸爸が持っていればいいのに」

「爸爸はたぶん戦さで死ぬ。だからこのおみやげは、おまえが持っていたほうがいい」

やめろ、と春雷は声にならぬ声を絞った。

張は龍玉を両掌に捧げ持ち、息子の目をまっすぐに見つめた。

「尊いものには礼を尽くさなければいけないよ」

漢卿は数歩退いて挙手の敬礼をしたが、父が不満げに顎《あご》を振ると、たちまち軍帽を脱いで甃《いし》の上に膝をついた。

「きちんと名乗らなければいけない。毎朝ご先祖様にそうするように」

貴公子はとまどいもせずに、清らかな声をあげた。

「はい、爸爸。謹んでご先祖様のみたまに謝し奉ります。僕は張作霖の長子、張学良《チャンシュエリヤン》。字《あざな》は漢卿。大切な宝物をありがとうございます」

三跪九拝《さんききゅうはい》の礼を尽くすと、張学良は父の捧げる龍玉に膝行した。

「好了《ハオラ》。ではおまえに、天命のみしるしを授けよう。手を出せ」

「はい、爸爸」

雲居の満月にかわって、仲冬《ちゅうとう》の夜空を正す星ぼしが、四合院の庭を青く染めていた。

春雷はきつく目をつむった。

わからない。この男のすることなすことが何もわからない。人並はずれて志が高く、知恵も勇気もある。総攬把《ツオンランパ》にふさわしい大器量であることはわかる。

その傑物が、なぜわが子を殺そうとする。北洋陸軍の小さな軍服を着せるほど溺愛する倅に、なぜ龍玉を抱かせる。

(鬼でも魔物でもねえさ。俺様は張作霖だ)

答えはそれひとつなのだろう。

そもそも馬賊は善悪の物さしを持たぬ。任俠《にんきょう》の名のもとに神を気取って、悪鬼の行いをする。そうしたおのれの生き方を偽らず口にするとしたら、答えはそれしかないのだ。

春雷の手はブローニングの握把《あくは》を摑んでいた。もし龍玉を抱いたとたん子供の体が砕け散ったとしたら、この男を撃ち殺す。理屈は何もない。子殺しの罪は万死に価する。

小さな掌《て》が七色の気をくぐり抜けて、龍玉に触れた。

「しっかり持て、漢卿《ハンチン》」

父は声を絞った。少年は軍服の胸に天命のみしるしを抱き止めた。

「謝謝《シエシエ》。感謝不尽《カンシエブウチン》。すてきなおみやげをありがとうございます、爸爸《パアパア》」

龍玉は何ごともなく漢卿の胸に鎮まり、顎《あご》の先からその顔を照らし上げ、甘えるように低く哭《な》いた。

「哪里《ナアリイ》、哪里《ナアリイ》――」

よほど力が脱けたのか、張作霖《チャンツオリン》はぺたりと褲子《クウツ》の尻をついてしまった。

「見ろよ、雷哥《レイコオ》。やっぱり俺の思った通りだ。俺は東北王《トンペイワン》になるが、倅は皇帝になる」

「どうやら、そのようで」

拳銃の握把を握ったまま凍えついてしまった手を、春雷《チュンレイ》はようやくほどいた。

甃《いし》の上に伸びた春雷の影をちらりと見て、張作霖は言った。

「おや。俺を撃つつもりだったか」

「へい、たしかに。子を殺す親は許せません」

張は背を向けたまま肯いた。

「おまえは、きょうび珍しい正義漢だな」

「そうですかね。当りめえだと思いますが」

「もし引金を引いたなら、おまえは俺を漢卿もろとも殺した刺客だってことになる。万が一にも新民府を生きて出られまい」

「だからって、子殺しをほうっておけますかい」

「你説得対《ニイシユオダトエ》。おまえはいい子分だ」

張作霖は立ち上がった。

「いい男だとは思わねえ。俺は正義漢が嫌いだからな。だが、死にてえときに殺してくれるのは、いい子分だ」

少年は両手に余る金剛石の塊《かたまり》を、あかず覗《のぞ》きこんでいた。革袋の口を開けながら、張はやさしい父の声で言った。

「いいかね、漢卿。これはおもちゃではない。とても値打ちのある宝物なんだ。だから人に見せてはいけない。触らせてもいけない。おまえが持っていることを、誰かにしゃべってもいけない」

「媽媽《ママア》や先生がたにも?」

「もちろんさ。これは爸爸と漢卿と、この春雷哥《あに》いだけの秘密だ。いいな」

少年は賢《さか》しげに首をかしげた。

「ひとつお訊《たず》ねしていいですか、爸爸」

「なんなりと」

「そんなに大切な宝物を、ちっちゃな僕がどうしていただけるのでしょうか」

張作霖《チャンツオリン》は龍玉を納めた革袋を握ると、もろともにわが子を皮大衣《ピイダアイー》の肩に抱き上げた。そして満身を鎧《よろ》った剣や拳銃や弾帯をがちゃがちゃと鳴らしながら、凍《こお》った四合院《スーホーユアン》の庭を踊るように跳ね回った。

「それはな、おまえがいつか天子《ティエンヅ》になるからさ！　ろくでなしの馬賊はみんな戦さで死ねばいい。だがおまえは、長城を越えて中原の覇者になる。張学良皇帝《チャンシユエリヤンホワンチー》！　そしたら爸爸を、太祖様に祀り上げてくれ！」

騒ぎを聞きつけた妻や子らや家庭教師たちが、四合院のあちこちの扉から出てきた。

「ティエン《天》ヅ《子》！」

張作霖はひとこえ叫ぶと、わが子を銀《しろがね》の月に向かって押し上げた。

六

その夜、春雷《チュンレイ》は悪い夢を見た。

村はずれの凍った街道を走っていた。生まれ育った梁家屯《リアンジアトン》の村は、まだ朝靄《あさもや》の中に寝静まっていた。

幼い弟がこけつまろびつ追ってくる。

(行かないどくれよ、雷哥《レイコオ》)

都で銭を稼いで、じきに帰ってくるから待っていろと春雷は言った。言いながら唇が寒くなった。そんなに簡単な話ならば、この凍えた河北の大地にしがみついて、毎冬大勢の村人が飢え死ぬはずはなかった。父が死に兄が死に、春雷は病弱な母と生れつき歩けぬ兄と、幼い弟妹とを食わせねばならなかった。

おのれひとり生きんがために、家族を捨てる。父や兄が命をかけて守ろうとした家族を自分は捨てるのだ。

（春児《チユンル》――）

立ち止まって振り返ると、幼い弟がしがみついてきた。兄弟が同じ「春」の字を持つわけが初めてわかった。それは生きる希《のぞ》みだった。末弟の春雲《チユンユン》は、春児と呼ばれていた。その通りの幼な児だった。

糞拾いをして稼いだ一枚の乾隆銭を、春雷は弟の掌に握らせた。

（この銭で春を待て。にいちゃんが帰ってくるまで）

弟は銭の値打ちなどわかるまい。一片の肉しか買えぬ銭を与えて、春雷は弟を欺《あざむ》いた。それは路銀のすべてだったが、身ひとつの旅ならば物乞いも盗みもできると思った。

（雷哥――）

弟の姿がいつの間にか、張作霖《チヤンツオリン》に変わっていた。

（どうせこんなことだろうと思ったぜ。正義漢が笑わせやがる。子殺しは許せねえだと。だったらこのザマは何だ。病気のおふくろも兄貴も、弟も妹も、みんな冬のうちにくたばる。おまえが見捨てれば十日と保《も》たずにみんなくたばる。それとも何か、子殺しは許せなくたって、親兄弟を

殺すのはかまわねえってのか。ふん、立派な正義漢だな)

ふるさとはそれきり捨ててしまった。せめて骨を拾いに帰っていれば、悔悟もいくらかは和らいだであろう。だが春雷《チュンレイ》には、その勇気すらなかった。

忘れえぬことを忘れようとして戦い続けた。弾丸が胸を貫けば家族殺しの罪はすすがれると信じた。

(帰ってきてよ、雷哥《レイコオ》。おいら、それまで一所懸命うんこを拾って、媽媽《マアマア》も二哥《アルコオ》も玲玲《リンリン》も、ちゃんと養うから。だから、きっと帰ってきとくれよ)

約束をした。後にも先にも約束をたがえたのはその一度きりだ。春児《チュンル》は約束を信じて牛馬の糞を拾い続け、そして糞まみれの小さな掌で、母と兄と妹の土饅頭《どまんじゆう》をこしらえたにちがいない。やがて火の気も絶えたあばら家で、人知れずひっそりと息を止めた。

いまわしい記憶と想像の夢のあとには、いつも真黒な闇がやってくる。空井戸の底のような闇の中に、春雷は膝を抱えて蹲《うずくま》っている。目が覚めるまでずっと、おのれの怯懦《きようだ》を呪いながら座り続ける。

「起きろ、新入り」

頬を叩かれて、春雷は夢から覚めた。

綿入れの袍《パオ》をまとい、肩までを被《おお》う風帽《フオンマオ》を冠った男が覗《のぞ》きこんでいた。斜めに背負っているのは、銃身の長い日本軍の歩兵銃だ。

春雷ははね起きて顔を拭《ぬぐ》った。四合院《スーホーユアン》の庭には朝の光が溢《あふ》れている。悪い夢を見たが、どうやらきのうまでのことは夢ではないらしい。

「総攬把《ツオンランバ》からのお達しだ。二当家《アルタンジア》に面通しをする。仕度をしろ」

「副頭目に？」

「そうだ。そこまで総攬把がなすったんじゃうまかねえ。もっとも、俺が連れて行くのもどうかと思うがな」

「あんたは」

「面倒な仁義は抜きにしようぜ。俺は張 作相《チャンヅオシャン》。三当家《サンタンジア》だ」

立ち上がって抱 拳《パオチユエン》の礼を通そうとする春雷を、男はいかにも面倒くさそうに顎を振って往《い》なした。

「当家」は頭目の尊称である。規模の大小にかかわらず頭目は「当家」にちがいないが、張作霖《チャンヅオリン》ほどの総攬把の配下とあっては、副頭目の「二当家」もそれに次ぐ「三当家」も、多くの子分を持つ大攬把《ダアランバ》であろう。

「総攬把の弟さんですかね」

張作相という名を聞けば、まずそのように思い当たる。小柄な体軀も張作霖に似ていた。

「いや、遠い親類だ。齢《とし》まわりも弟みてえなものだから、名前と体つきとでずいぶん得をしている。仇名は猫《マオ》——人を馬鹿にするにもほどがあるが、白虎の弟ならば白猫でも仕方あるめえ」

苦笑をすると、牙のように鋭い八重歯が覗いた。白猫《バイマオ》の名はこの表情にちなむのかもしれない。

身仕度を斉《ととの》えて庭に出る。家庭教師と子供らの素読の声が石畳に谺《こだま》していた。総攬把《ツォンランパ》は夜明けとともに近在の見回りに出たという。

「仕事熱心なのには頭が下がるが、不用心でならねえ。拳銃の撃ち方もろくに知らねえ乾児子《カンアルヅ》を何人か連れて、どこへでも行っちまう」

新民府の朝は清らかだった。胡同《フートン》を出ると、楊柳《ようりゅう》の並木がつらなる目抜き通りには荷車が行き交っていた。

「おはようございます、三当家《サンタンジア》！」

人々は気軽に声をかけ、作相《ヅオシャン》は手を挙げて応える。

「おはよう、猫攬把《マオランパ》！」

中にはそんなふうに呼びかける村人もいた。

きのうまでの雪空が嘘のような小春日和である。天主堂の庭では若い馬賊たちが大釜で湯を沸かし、それぞれの馬の手入れに余念がない。

こんなふうに住民たちと親しくうちとけている馬賊を、春雷《チユンレイ》はかつて知らなかった。

本来、馬賊は村の自警団である。治安のすこぶる悪い満洲では、壮丁が武装をして村を守り、あるいは有力者の雇った壮士がその任務につくという風習があった。しかし武器を持った彼らは、自分の村は守るが時に他の村を襲って略奪をこととした。そして長い歴史の間に、馬賊は自警団の本義から離れて、略奪と復讐と縄張り争いばかりをくり返す無頼の集団と化した。

むろん、この白虎張《バイフーチャン》の一味も例外ではあるまい。ただ、新民府の町を守る自警団としての本義を、彼らは忘れていないのだろう。

しばらく歩くと、朝市の立つ辻に出た。きのうの晩に総攬把が帰還の歓迎を受けたあたりである。氷が溶け出した始末におえぬぬかるみに、饅頭《マントウ》や饂飩《うどん》を売る店が並んでいる。

「二当家《アルタンジア》は好々爺《こうこうや》だが、怒らそうものなら手に負えねえ。殺した人間の数は総攬把の上を行く。ほれ、こっちを睨《にら》んでいるぜ。挨拶が遅いってわけだ。くわばらくわばら」

まず通りに並ぶ商店の二階を見上げた。それらしい姿はどこにもない。屋台に集う人々の中にも、副頭目らしき攬把は見つけられなかった。

「馬賊の貫禄からいえば、もともと総攬把より格は上だ。子分の数も年齢も場数の踏みようも、奉天の総攬把にふさわしい頭目といったら、ほんとうはあの張景恵《チャンチンホイ》しかいねえはずだった。俺や総攬把にしてみれば、もともと幼なななじみの兄貴分だしな」

二当家は見当らない。朝市に溢れる人混みの中に、春雷は大貫禄の攬把を探しあぐねた。

「ところが、好大人《ハオダアレン》は——ああ、それが二当家の通り名だがな——機嫌のいいときは何だって好《ハオ》なんだ。で、総攬把の座を白虎張《バイフーチャン》に譲って、自分は副頭目におさまった。なぜだかはいまだにわからねえ」

「俺はわかるような気がするがね」

「そうか。まあ、白虎張がひとかどの人物だというのはわかる。だが男ならば、年齢も実力も下のやつにへつらうことはできめえ。なにせ二人が義兄弟の契りを交わしたときには、三百の子分を持つ好大人にくらべて、白虎張《パイフーチャン》は三十の手下しかいなかったんだ。わからねえ。好大人《ハオダアレン》とはよくぞ名付けたもんだ」

屋台の店先で白猫《パイマオ》は立ち止まった。灰色の長袍《チャンパオ》を着た店主が、肥えた腹をつき出して豆腐を売っている。

「さあさあ、早く買っておくれ。できたての豆腐が凍っちまう。八角台の名物豆腐、奉天城のくされ豆腐とは豆腐がちがう。ほれ見ろ旦那。娘の尻みてえに真白でぷりぷりだ」

目の前に並ぶ豆腐はたしかにうまそうだが、春雷《チュンレイ》は笑って言い返した。

「あいにくだが、とっつぁん。俺は豆腐に用はねえんだ」

店主は高笑いをして口上を続けた。

「旦那が豆腐に用はなくたって、豆腐のほうで旦那に用がある」

「冗談はやめてくれ。俺は二当家《アルタンジア》を探しているんだ」

「好好《ハオハオ》。そいつァたいしたもんだ。朝寝のあとで張景恵《チャンチンホイ》二当家にご挨拶とは、いってえどこの攬把《ランバ》でござんすか」

「怒るぞ、とっつぁん。たいがいにせえ」

「好好。何とも短気なお人だ。だが男は短気なぐらいで丁度いい。喧嘩の極意は先手必勝さ」

好好——背筋がひやりとした。店主は肥えた丸顔の小さな目を細めて、豆腐を春雷の顎の先に差し出した。

白猫が耳元で囁《ささや》いた。

「二当家だ。挨拶しろ」

春雷は一歩さがってぬかるみに片膝をついた。立てた左膝に左手を置き、右拳を地に据える。

「祝健康弟兄《チュージエンカンティション》、壮揚兵馬《チョアンヤンビンマア》。ご無礼はお許し下さい。俺の名は李春雷《リイチュンレイ》。流れ者の収買壮士《ショウマイチョアンシ》でございますが、このたび縁あって張作霖《チャンヅオリン》総攬把《ツオンランバ》のご厄介になります。請多関照《チントウオクアンチャオ》」

こうした仁義のやりとりにはもう慣れているのだろうか、あたりの人々はべつだん愕《おどろ》く様子もなく春雷を見つめていた。

「好好。挨拶はそれでいい。わしは生れついて豆腐屋のおやじだから、仁義は苦手だ。白虎張が連れてきたからには、まちがいのない義士だろう。ま、くれぐれも命を粗末にせんようにな。好好」

春雷は後ずさって人混みに紛《まぎ》れた。冷汗が出た。どうもこの白虎張の一党は、今まで縁を持った馬賊とは勝手がちがう。

「これでいい。好大人にさえ仁義を通しておけば、他に気にかけるやつはいない」

この白猫にしても同様である。面構えからしても歴戦の大攬把《ダアランバ》にはちがいないのだが、威を誇るふうが少しもない。

「三当家は小銃を使うのか」

歩きながら春雷は訊ねた。拳銃ではなく、銃身の短い騎兵銃を武器とする馬賊は多いが、日本軍の歩兵銃を背負っている者は珍しい。銃身が長くて扱いづらいうえに、いちいち槓桿《こうかん》を引いて装弾する手間は、いかにも馬上戦闘には不向きである。

「この銃の長射程は何物にもかえがたい。半華里先の林檎《りんご》でも百発百中だぜ」

白猫《パイマオ》は牙を剝《む》いて笑った。

屋台の湯気の中を歩くうちに、ひどい空腹を覚えた。ずいぶん長いこと何も食っていない。

朝市が尽きた城門の近くに、繁盛している飯屋があった。白猫を誘って店先の卓につき、饅頭《マントウ》と烤羊肉《ガオヤンロウ》を注文した。

饅頭を貪《むさぼ》り食い、羊の肉を白酒《パイジュウ》で流しこむと、たちまち腹の中が煮えたぎった。

「近いうちに戦《いく》さがあるという話だが」

気にかかっていたことを訊ねた。こうして一味に加わったからには、早く戦さに出て手柄を立てねばならなかった。

「ああ、彰武《チャンウー》の杏山屯《シンシャントン》を攻める。そこのくそったれどもが奉天の外城を荒らしているのさ。そんなものは城内の官兵が何とかすりゃいいんだが、どうにも手に負えねえらしい。で、うちの総攬《ツオンラン》把《バ》に泣きを入れてきやがった」

白虎張《パイフーチャン》は官軍に帰順しているのだから、討伐戦ならば命令を下せばよさそうなものだが、つまり奉天城の官軍と白虎張の関係はそういうものなのだろう。

「強いのか」

「そうさな、強いかどうかは知らねえが、数なら二百は下るめえ。それがどうかしたか」

「総攬把が、俺に先駆けをさせてやると言った」

「なるほど」と、白猫は羊の骨をしゃぶりながら肯いた。

「まっさき駆けて敵の頭目の首を挙げりゃ、押しも押されもしねえ哥《あに》いってわけだな。うん、そいつァ名案だ。手柄さえ立てりゃ誰も文句はねえ」

そのとき、城門に荒々しい喚声が上がって、数騎の馬賊が駆けこんできた。門をくぐると手綱をしぼって並足になり、一列の隊伍を組んでこちらに近づいてくる。蒙古馬の鐙《あぶみ》はどれも短く、馬上の人間が鞍《くら》に蹲踞《そんきよ》しているように見えた。

「朝っぱらからえらく気合いが入ってやがる。子分どもを引き連れての遠駆けか」

「誰だね」

「馬占山《マーチャンシャン》という包頭児《パオトウル》だ。まだ若僧だが、蒙古から流れてきて総攬把に拾われた。このごろ喧嘩といやァ、いつもあいつが先駆けだ。腕はたしかだぜ」

もともと馬賊の小頭《こがしら》は、白い布を頭に巻いて目印にしていたという。包頭の名はその故事にちなむ。先頭を行く馬占山は、その昔ながらの純白の布を巻き、これ見よがしに裾を長くなびかせていた。

「秀芳《シウファン》！」

白猫は馬占山の字《あざな》を呼んだ。包頭ならば哥《あに》いとつけるところだが、そう呼ぶにはいかにも若すぎる。

字を呼ばれたことが不本意であるかのように、馬占山は鋭い三白眼をぎろりと剝いて三当家《サンタンジア》を睨《にら》み返した。挨拶も答えもなかった。

「どこまで駆けた」

「杏山屯《シンシャントン》！」

ひとこと言い捨てて、秀芳《シウファン》は二人の前を通り過ぎた。後に続く子分たちもみな若い。誰も三当《サンタン》家《ジア》に頭を下げようとはしなかった。

「聞いたか、雷哥《レイコオ》。野郎、喧嘩の下見に行きやがった」

白猫《パイマオ》にわざわざ行き先を告げるのは、先駆けは俺だと宣言しているようなものである。

春雷《チユンレイ》は白酒《バイジユウ》を舐《な》めながら、朝の光を背に浴びて去ってゆく五騎の馬賊を見送った。

「どうやら俺は、あの小僧と馬をせり合わせにゃならんらしい」

「めっぽう疾《はや》いぞ」

「ああ、疾かろうな。面構えもなかなかのもんだ」

「あの野郎、おめえさんのことを睨みつけてやがった。総攬把《ツオンランパ》から釘を刺されてるのかもしらねえ。今度の喧嘩の先駆けは新入りに任せろ、ってな」

「馬鹿にしなさんなよ、三当家。俺ァ助ッ人稼業を十年もやっているが、いまだに馬の尻を追っかけたためしはねえんだ」

白猫は風帽《フオンマオ》の庇《ひさし》を上げて、春雷の顔をまっすぐに見つめた。

「あの秀芳は、総攬把から釘を刺されてかしこまりましたというほど素直じゃねえ。もっとも、総攬把もそれは承知の上だろう。てえことは雷哥、おめえはどうあっても野郎に負けちゃならねえんだ」

「任せてくれ。俺ァ馬の尻に用はねえ」

白猫はにっこりと微笑《ほほえ》んで卓の上に銭を投げた。

「明日の夜明けに杏山屯を潰す。彰武《チャンウー》街道を北に六十華里。下見に行ってくるがいい」

白猫が去ってからも、春雷はしばらく飯屋の店先で陽を浴びていた。

秀芳という女のような名を持つあの若い包頭《パオトウ》を、総攬把は持て余しているにちがいない。齢のころならまだ二十歳そこそこで、四人の手下はさらに若く見えた。蒙古から流れてきた彼らを拾ったはいいものの、戦さのたびに先駆けをされたのでは、ほかの包頭たちの立つ瀬がない。

先を譲れと命ずれば秀芳はかえってむきになる。そこで竜騎馬《ロンチユイマ》の尻を拝ませる。秀芳は鼻柱を挫《くじ》かれ、春雷は押しも押されもせぬ「雷哥」となる。よろずめでたしである。

白猫はそうとわかるよう春雷に伝え、好大人《ハオダアレン》は「命を粗末にするなよ」と忠告した。たぶん総攬把は、きのうの夜おそくか朝早くかに二人の副頭目を交えて、この妙案を練ったのだろう。

春雷は咽《のど》を灼《や》く白酒を一息に呷《あお》った。役目に不足はなく、むろん自信もあった。酒は飲み足らぬが、戦場の下見はしておかねばなるまい。

七

竜騎馬《ロンチユイマ》は一夜の休息で力をとり戻していた。

杏山屯《シンシャントン》までの六十華里は、日のあるうちに往復できる距離である。

馬賊は地図を持たない。そんなものは持ったところで誰も字が読めないのだから使いようはなかった。幸い街道には、夜を通して駆け戻ってきた秀芳《シウファン》と手下どもの蹄《ひづめ》の跡が残っていた。

冬の太陽が南中したころに、蹄跡は彰武《チャンウー》街道を外れて東の雪原に向いた。見渡す限り樹木はなく、立ち枯れた葦《あし》の繁みが続く。雪が溶ければ広大な湿原が姿を現わすのだろう。風もなく、陽光はうららかで、視野を動くものといえば雪に映る雲の影ばかりだった。

こうして独り野を行くときには、あれこれと物を考えてしまう。白虎張《パイフーチャン》が満洲の王者となり、その倅《せがれ》がいつか長城を越えて中原に覇を唱えるとすれば、自分はどこまで彼らとともに戦うことができるのだろうと思った。

親分も子分も持たぬ浪人稼業を十年も続けているのは、馬を御することと拳銃を撃つことのほかに何の取柄もないからだった。そんな自分が、王道を歩む人物に長く付き随《したが》うとは思えない。おそらくはその征途のどこかしらで命を落とす。それは明日の戦さかもしれないし二十年の先かもしれないが、できることならその日を知りたいと思った。死する日さえわかっていれば、それが明日であろうと二十年後であろうと、潔く命を使い果たせる。春雷《チュンレイ》が恐れるものは、覚悟のないときに突然訪れる死だった。これまで数え切れぬ人の命を奪ってきたが、死ぬ気で死んだ人間とそうでない人間の骸《むくろ》の相がちがうことを、春雷はよく知っていた。魂の行方《ゆくえ》を定めるものは善悪ではなく、死するときの覚悟であるように思えてならなかった。

雪原の先は灌木の森だった。蹄鉄の踏み跡は静まり返った森の中に続いていた。やがて数戸の家が建つ貧しい村落に行き着いた。流民たちが杏山屯《シンシャントン》の郊外に居ついて、高粱《カオリャン》畑を拓いた村なのだろう。

ふと、その家々のたたずまいにふるさとを思い出した。春雷の家はやはり梁家屯《リアンジアトン》の村はずれに、貧しい流民たちが開墾した集落だった。

家々はどれも破《や》れ傾いており、人の息吹は感じられなかった。ふるさとの村もこんなふうに曠《あ》れ果ててしまったのだろうかと思えば、家の中を覗く気にもなれなかった。

村の中心に槐《えんじゅ》の大木が立ち、朽ちた荷車が捨てられていた。その荷台に白い衣を着た老婆が蹲《うずくま》っていた。

春雷は馬上で目をしばたたき、髯面《ひげづら》を左右に振った。夢でもまぼろしでもないとするなら、これはいったい何としたことであろう。

老婆はさほど愕《おどろ》く様子もなく、手庇《てびさし》をかざして馬上の春雷を仰ぎ見た。

「おお、わしもいよいよ耄碌《もうろく》したらしい。通りすがりの壮士《チヨアンシ》が、かつて親しく知った顔に見ゆる。それとも、汝《うぬ》は冥土からの迎えか」

春雷は黙って頤《おとがい》を振った。かれこれ二十年も経つというのに、白太太《パイタイタイ》は梁家屯に住んでいたころとどこも変わってはいなかった。

「よほど大人になったつもりだが、なぜ俺だとわかったんだ」

「大人になったか。わしにはそうも見えんがの。この嫗《おうな》の齢《とし》からすれば、人はみな子供のままじゃて。さて、名は何というたか。村はずれの李《リイ》家には五人の子がおって、大哥《ダアコオ》は李春風《リイチユンフオン》。たいした餓鬼大将じゃったが、気の毒に幼くして亡《の》うなった。二哥《アルコオ》は春雪《チユンシユエ》、生れついて歩くこともできぬ憐れな子じゃった。そして汝は、乱暴者の三哥《サンコオ》。たしか春雷というたな。子供に名を付けるのはむずかしい。その名の通りに育ってしまう。なるほど、汝は強い名をもろうて幸せじゃ」

たとえ夢であろうと、春雷《チュンレイ》には訊ねねばならぬことがあった。

「おふくろはどうなった。春児《チュンル》は、玲玲《リンリン》は」

白太太《パイタイタイ》は眩《まぶ》ゆげに春雷を見上げながら、白い溜息をついた。

「よう訊ねられるものよ。病の母と兄と、年端もゆかぬ弟妹を打ち捨ておって」

「知っているのか」

「ああ、知っておるとも」

春雷は馬を下りると、一摑みの銀を老婆の掌《て》に握らせた。にっこりと愛想笑いを返して、白太太は言った。

「母と兄は虚《むな》しうなった」

わかりきった答えではあったが、春雷は天を仰いだ。

「じゃが、雷哥《レイコオ》。春児と玲玲は生き永らえた。汝は家族を捨てたが、春児は捨てなかった。あれは大したやつじゃ。ともに達者で暮らしておるよ」

「どこにいる。どこで、どんなふうに暮らしているんだ」

「汝に語るべきではあるまいて。よいか、雷哥。すべてを捨てた汝は、弟妹にまみゆる資格がない。せめて安否を伝うるは、媼の情けじゃと思え。そうよ、この法外な銀の分だけの情けじゃ」

それでいいと春雷は思った。白太太の言葉に嘘はなかろう。もろともに飢え死んだとばかり思っていた弟と妹が、どこかで生きている。その報《しら》せだけで春雷は、胸の息を吐きつくしてしまうほど救われた気分になった。

「ところで雷哥。汝は悪い顔になったの。わしの知る十二、三の齢のころは、乱暴者でも義を感ずるよい面構えじゃったが」

「そうかね」と、春雷は髯面を撫《な》で回した。

「いったいいくつの命を奪った」

「さあな。五つ六つまでは覚えていたが、その先は数えるのもいやになった。義士だの壮士だのと呼ばれる馬賊は、みな似たようなものさ」

「怖ろしい話じゃ」

白太太は目をつむると、春雷の体にまとわりつく恨みつらみを払うかのように数珠《じゅず》をたぐった。

「そういえば、夜の明くる前に一隊の馬賊がここを通り過ぎた。包頭《パオトウ》は汝と同じほどの悪い人相をしておったな。人殺しばかりがうろうろしおって、さては戦さが起こるか」

「明日の朝、杏山屯《シンシャントン》を攻める。流れ弾に当たらぬよう気を付けろ」

「何と。官軍でも手出しのできぬ杏山屯の紅鬼子《ホンクイツ》を攻めるとは、どこの命知らずの攬把《ランパ》だね」

「張作霖《チャンツオリン》　総攬把《ツオンランパ》さ」

「太好了《タイハオラ》！」

老婆は掌を打って喜んだ。

「すると汝は、あの白虎張《バイフーチャン》の手下になったか。それはよいことじゃ。兵の運命は将の運命によって定まる。いかなるよき星の下に生れようとも、将帥の運命が悪ければ兵はたちまち死に、またよき将の下に直りおれば凶運は好運に転ずる。しかるに兵の命運ばかりは算じがたいのじゃ。そうか、それはよかった」

春雷《チュンレイ》は眉を上げた。

「白太太《パイタイタイ》。あんた、その昔に白虎張《パイフーチャン》の卦《け》を立てたことがあるだろう」

はて、と老婆は首をかしげた。とぼけているのか、それとも忘れてしまったのか。

「わしは人の運命を算じて生計《たつき》としておるでな。汝が人殺しを忘れてしもうたのと同様に、誰の卦を立てたかなぞ覚えてはおらぬ」

問答をはぐらかすように、白太太は槐の幹に背を預けて東を指さした。廃屋の軒先はるかに、杏山屯《シンシャントン》の村を囲む赤い壁が見えた。

白太太は悲しい声で、村の来歴を語った。

「わしは、問われぬことを汝に語るぞえ。杏山屯にたむろする紅鬼子《ホンクイヅ》は、漢人でも満人でもない。ロシアの遊兵どもが平和な村を襲い、わがものとしてしもうたのじゃ。村を食いつくしたのちは匪賊《ひぞく》と化して、近在を荒らし回っておる。この集落にも、去年の収穫の季節を狙い定めてやってきおった。怖ろしいものじゃった。男は殺され、女子供はみな拐《さら》われた。馬賊にすら手を焼いている奉天城の官兵など、ものの数ではあるまい。もしあの紅鬼子を倒すことのできる者がこの世におるとしたら、新民府の白虎張しかおるまいと、わしはつねづね思うていた。そうか、ついに立つか」

意外な話ではあるが、それでいくつかの謎は解けた。

新民府からわずか六十華里の村に、なぜ服《まつろ》わぬ馬賊がいるのか。奉天城の官軍が、なぜ討伐も懐柔もできずに、城外の民家まで略奪されるがままになっているのか。

「遊兵とはいうても、あれはロシア軍の先陣を預るコサック騎兵にちがいない。満洲馬の倍もありそうな馬に乗っておる」

白太太は竜騎馬《ロンチユイマ》に目を向けた。

「どの馬も、汝の馬にひけをとるまい。わしが隊列を見たときには、それらが二百騎ばかりもいただろうか。心してかかれよ、雷哥《レイコオ》。白虎張にもそう伝えてくりょう。敵は手強いが、ここは汝らの死場所ではない」

春雷は竜騎馬に跨《また》がった。もう一摑みの銀を投げ、杏山屯に向けて馬首をめぐらした。

怖れる気持ちはなかった。むしろ弟妹の消息を聞いて覚悟は定まった。

「ひとつだけ教えてくれ」

馬を歩ませながら、春雷は振り返って訊ねた。

「俺は明日の戦さで死ぬか」

白太太は白い衣の裾を曳《ひ》いて佇《たたず》んでいた。

「いや。汝が白虎張に先んじて死することはあるまい」

「では、いつくたばるんだ」

「汝の卦など立てとうはない」

「銀は余分に渡したはずだぜ」

ふいに陽が翳《かげ》り、雪原に風が渡った。唄うような媼の声が、細くありありと春雷《チユンレイ》の耳に届いた。

静海《チンハイ》の貧しき寡婦の三哥哥《サンコオコオ》、李春雷《リイチユンレイ》よ。

媼は汝が命運を算ずる勇気を持たぬ。すでに百の命を奪い、この先も千万の命を奪う者の命運など算じたところで仕方あるまい。

だが李春雷よ。銀の見返りとあらば、媼がいまこの老いた瞼《まぶた》のうちに、卦を立つるまでもなく見通した汝の未来を、ひとつだけ伝えおく。

媼が見たものは、遠い時の涯《は》ての一場面に如《し》かぬ。それがいつ、どこにおける出来事であるかはわからぬ。

李春雷よ、心して聞け。

汝は胸に勲《いさおし》を佩《はい》し、黄金の剣を帯びた大将軍の姿で、天を呪い泣きわめいている。その両手に、征途なかばにして粉々に砕け散った肉のかけらを握りながら。

汝は声をかぎりに叫ぶ。それは生れついてよりこの方、汝がけっして口にすることのなかった言葉じゃ。

「救人啊《チウレンア》！」

「救命啊《チウミンア》！」

「快快一点児《クアイクアイイーディアル》！」

「快快、救命啊！　請您原諒《チンニンユアンリアン》、救命啊！」

むろん、汝が虚しく救わんとしているものは、汝が命ではない。煙と炎に巻かれながら、汝は泣き叫ぶ。「殺すなら俺を殺せ」と。

媼が見た汝の未来は、ただそれだけだ。よって、明日の戦さで汝が命を落とすことはない。比類なき力を天より授けられし者、李春雷よ。力ある者は、またその力にふさわしき艱難《かんなん》を与えられている。それが勇者ぞ。

怖《お》じず弛《たゆ》まず、満洲の大地を駆けよ。風のごとく疾く、雪のごとく潔く、雲のごとく高く、そして雷《いかずち》のごとく猛《たけ》く。

行け、雷哥《レイコオ》。

かつてこの満洲の野を駆けた女真韃靼《じょしんだったん》の勇者のみたまはみなことごとく、汝の楯となって矢弾を禦《ふせ》ぐであろう。

汝は千万の敵を殪《たお》し、かつみずからは敗るることがない。人はみな汝を畏《おそ》れ讃《たた》える。不死身の雷哥、と。

行け、勇者のみたまに愛された者よ。

紅鬼子《ホンクイヅ》のまとう緋《ひ》赤《あか》の羅紗《らしゃ》を、汝が頭に巻いて勇者のしるしとせよ——。

八

扉が薄く開き、槍の穂先をつき入れたような月かげが延びた。

春雷《チュンレイ》は寝台に座ったまま、手入れをおえた拳銃を構えた。

「撃たないで。僕だよ」

絹の寝巻を着た漢卿《ハンチン》が立っていた。

「なんだ、少爺《シャオイエ》か。危なく撃ち殺しちまうところだったぞ。扉を開ける前に、ひとこと声をかけるもんだ」

人形のように美しい少年は、怖じることもなく寝台に飛び乗った。月光に輝く春雷の二丁拳銃を珍しげに覗きこむ。

「大前門《ダアチエンメン》じゃないね」

「ああ。モーゼルは手に合わねえ。ずっとこのブローニングだ」

「どうしてさ。馬賊はたいがい大前門を持ってるのに」

「俺の手にモーゼルは大きすぎる」

漢卿の小さな手が、亜麻仁油《あまにゆ》に汚れた春雷の指を握った。

「爸爸《パアパア》の手よりずっと大きいのに」

「総攬把《ツォンランバ》は射撃の名人だ。だから小さい手でもモーゼルを振り回すことができる」

春雷は真夜中の訪問客には構わず、戦さ仕度を始めた。

革の褲子《クウヅ》をはき、麻布の脚絆を巻く。雪の入らぬように長靴《ちょうか》の脛《すね》も縄でくくった。馬褂《マーコワ》の胸に弾帯をかけ、拳銃を左右に収める。右手で左脇腹の銃を、左手で右の銃をとっさに抜き出し、弾帯の締め具合を確かめる。腰に並べた替弾倉には、百発の弾丸が装塡《そうてん》してあった。

「僕も大きくなったら、爸爸と戦さに出なけりゃならないのかな」

少年の声は憂いを含んでいた。

「いやかね」

少年はこくりと肯いた。

「僕はお医者になりたいんだ。先生もそれがいいとおっしゃってたし。爸爸には内緒だけどね」

「医者よりも軍人のほうがよかろう」

「そうかな。僕はそうは思わないけど。でも、きっと爸爸は許して下さらない。軍人は人を殺すのが仕事だし、お医者は人を助けるのが仕事だからね」

少年の賢さに春雷はたじろいだ。この貴公子には、軍服やサーベルよりも士大夫《したいふ》の藍衣《らんえ》のほうが似合う。西洋医学の医師の白衣もまんざらではなかろう。だが、張作霖《チャンツオリン》の子に生れついたからには、軍人になるのが宿命だった。

「総攬把は悪いやつをやっつけに行くんだ。杏山屯《シンシャントン》の町を乗っ取って、罪のない人を殺したり苦しめたりしているやつらさ。そいつらを殺すのは、病気や怪我を治すのと同じことだろう」

聡明な少年は考える間もなく肯いた。

「白猫《パイマオ》のおじさんが言ってた。杏山屯《シンシャントン》の敵は大鼻子《ダアピイヅ》だって」

「そうさ。大きな鼻のロシア人だ。軍隊を逃げ出した連中が盗賊になった。官軍も手出しができないから、総攬把《ツオンランバ》が成敗するのさ」

「大鼻子は悪いやつだ」

「ロシア人ばかりじゃないぞ。ちっちゃな東洋鬼《トンヤンクイ》どもも、イギリス人もフランス人も、みんなこの国で悪さをしている」

戦さ仕度をおえて、春雷《チュンレイ》は少年の前に立った。扉から射し入る月の光が、父に似て非なる高貴なおもざしを照らしていた。

「軍服を着たとき、弁髪を切ったの。先生がたは反対したけど、爸爸《パアパア》がそうしろって」

このごろでは官兵も馬賊も、みな戦さのさまたげとなる弁髪を切り落としている。春雷も髪を切ってから久しい。

「弁髪は満洲族の習慣だから、漢族の僕がそうする必要はないって、爸爸が言ってた。でも、だとするとおかしいよね。満洲人の皇帝陛下は、漢族から見れば大鼻子や東洋鬼と同じじゃないのかな」

春雷は屈《かが》みこんで、漢卿《ハンチン》の小さな鼻の先に指を置いた。

「だったらおまえが、いつか皇帝になればいい。ここは満洲族の土地だが、長城の向こうは漢の大地だ。都の天壇に登って天を祀る皇帝は、漢人でなけりゃならない」

「天子《ティエンツ》？」

「そうさ。おまえは軍人でも医者でもない、天子様になればいい」

嘶《いな》きと干戈《かんか》の鬩《せめ》ぎが、夜のしじまを渡って聴こえた。

「雷哥《レイコオ》。元気で帰ってきて。死んじゃいやだよ」

春雷は長靴を軋《きし》ませて冷えた庭に出た。月は西空に低く、頭上には冬の星座がめぐっていた。

門前の廠子《チャンツ》では、出陣を悟った竜騎馬《ロンチュイマ》が鶴首《つるくび》をしならせ、前脚を掻きながら主を待っていた。

鞍《くら》を置き、腹帯をしっかりと締める。春雷が跨《また》がると、竜騎馬は首を振り鼻を鳴らして勇み立った。

胡同《フートン》を抜けた辻に、官軍の騎馬将校が待っていた。

「壮揚兵馬《チヨアンヤンピンマア》。総攬把が一千元で買った壮士《チョアンシ》はおまえさんかね」

馬上で軽く抱拳《パオチユエン》の礼をして、将校は腹に響く低い声で言った。

「壮揚兵馬。俺の名は李春雷《リイチユンレイ》。壮士はどなたか」

「官軍の顔を立てなきゃならんからこんななりで出てきたが、総攬把とは義兄弟の湯玉麟《タンユエリン》だ」

「官軍の顔を立てる、とは」

「いきさつはともあれ、帰順しているからには官兵にちがいねえから、形ばかりは黄龍旗を立ててくれだとよ」

「そいつァ面倒な役回りで」

「おうよ。おかげでこの苦しい立場を知らねえ若い者からは白い目で睨まれる。麒麟当家《チリンタンジア》は本気で帰順したらしいと、悪い噂まで囁かれる始末さ」

好大人《ハオダアレン》が二当家《アルタンジア》で白猫《パイマオ》が三《サン》当家なら、この麒麟《チーリン》は四《スー》当家というところか。がっしりとした体は馬賊に見えぬ気品があり、口さえきかなければ北洋陸軍の大隊長には見える。後ろには清国軍の黄龍旗を立てた二騎が従っていた。

「奉天城に軍費のかけあいに行ったら、銭と一緒にこの軍服と黄龍旗を渡された。嫌とは言えねえし、まさか総攬把《ツオンランバ》に着せるわけにもいくめえ。ま、せいぜい目立つように走り回ってやるさ」

言いながら麒麟は、退屈そうな大あくびをした。

天主堂の周囲は戦さぞなえの馬賊たちで溢《あふ》れ返っていた。すでに三百騎は集まっているであろう。これほど多く、しかもこれほど精悍《せいかん》な馬賊の群を春雷《チュンレイ》はかつて見たことがなかった。けっして凶匪などではない正統の黒山 馬賊《ヘイシャンマーツエイ》であった。

あちこちに白酒《パイジュウ》の大瓶《おおがめ》が据えられ、ある者は馬上から柄杓《ひしゃく》を延ばし、ある者は馬から下りて碗で掬《すく》っている。見習の乾児子《カンアルツ》が肉と饅頭《マントウ》を山盛りにした盆を担いで走り回っていた。

百の勢力といえば、ふつうは五十の騎馬に五十の歩兵である。銃も持たず剣や短刀で戦う者も多い。だが白虎張《パイフーチャン》の手下に歩兵は見当らず、馬上の誰もが磨き上げた拳銃や騎兵銃を携えていた。

どの顔にも恐怖のいろはなかった。生きようが死のうが、命を的に戦う男の喜びを満面にたたえていた。この馬賊たちの突進から抜け駆けるのは、容易ではあるまいと春雷は思った。

突然、一発の銃声が闇をさいた。

「壮揚兵馬《チョアンヤンビンマア》!」

あかあかと篝《かがり》を焚いた天主堂の扉の前で、白馬に跨った総攬把が大前門《ダアチエンメン》の銃口を空に向けていた。

「壮揚兵馬、張作霖《チャンヅオリン》総攬把！」

馬賊たちは声を張り上げて答えた。

「押城《ヤアチヨン》の的は北六十華里の杏山屯《シンシャントン》、敵は大鼻子《ダアビイヅ》の騎兵二百。行軍の先鋒は湯玉麟《タンユエリン》攬把、続いて張《チャン》作相《ヅオシャン》攬把、本隊の総攬把のあとに、殿《しんがり》は張景恵《チャンチンホイ》二当家が務める。杏山屯を攻囲したのち、夜明けとともに総攻撃をかける。策は突撃のみ。投降する敵、逃亡をはかる敵は殺せ。怯懦《きょうだ》なる味方、重い傷を負った味方も殺せ。祝健康弟兄《チユージエンカンテイシヨン》！　壮揚兵馬！」

総攬把が空に向けて大前門を撃つと、馬賊たちも「祝健康弟兄！　壮揚兵馬！」と叫びながら、一斉に拳銃や騎兵銃を頭上に撃ち上げた。

白馬が群衆を切りさいて駆け出した。その後を攬把たちが追い、包頭《パオトウ》が追った。城門を出てからもしばらくの間、馬賊たちは銃を撃ち続けていた。

楊柳の並木が縞模様を描く月明の街道を早駆けるうちに、隊列は誰が指揮するでもなく、総攬把が命じた通りの陣容を斉《ととの》えた。

茫々《ぼうぼう》たる雪原は、地平の彼方まで見はるかすことができた。人馬の吐く息が湧き起こる雲のように過ぎて行った。

「壮士《チヨアンシ》、おまえは誰の配下だ」

先頭から殿へと下がってきた好大人《ハオダアレン》が春雷に訊ねた。

「まだ何も聞いちゃいません」

「そうか。ならば俺と一緒に行こう」

先頭から逓伝《ていでん》されてきた「滑《ホワー》」の声を合図に、隊列は並足になった。

好大人《ハオダアレン》は朝市で見た豆腐屋の店主とは別人としか思えなかった。綿入れの長袍《チャンパオ》の胸に、大前門《ダアチエンメン》の大きな弾丸をみっしりとつらねた弾帯を十文字に掛け、熊皮の帽子の耳垂れをはね上げたさまは、まさに大貫禄の攬把《ランパ》である。

「どうして二当家《アルタンジア》は、豆腐なぞ売っていなさるんで」

「豆腐屋だからさ」

肥えた顔を春雷《チュンレイ》に向けて、好大人は笑った。

「もともとは八角台の豆腐屋だが、自警団を預っていた。そこに、金寿山《チンシヨウシヤン》という馬賊との戦さに敗けた白虎張《バイフーチャン》が、命からがら逃げこんできたのさ。生き残りの手下は、あの白猫《バイマオ》を含めて六人しかいなかった。好好《ハオハオ》、匿《かく》まってやるさ。若いころに義兄弟の契りを交わした仲だもの。ところが、金寿山が八角台に攻めてきた。好好、売られた喧嘩は買ってやる。だがこちとら兵隊が足らねえ。そこで鎮安県の桑林子《サンリンツ》を根城にしていた義兄弟の麒麟《チリン》のところに一ッ走り。まさかいやだとは言わせねえ。で、それをしおに俺たち四人の腐れ縁が始まったってわけだ。好好、腐れ縁だろうが何だろうが、義兄弟なんだから仕方あるめえ。ただし頭目はごめん蒙《こうむ》るぜ。俺は親の代からの豆腐屋だからな。で、俺が二当家、白猫が三当家《サン》、麒麟が四当家《スー》ってことになって、まあ腐れ縁なんだから上下《かみしも》なんてどうでもいいってのが本音さ」

少し話がちがう。どうやら白猫は、物事を大袈裟《おおげさ》にいう癖があるらしい。

「そのころ二当家の手下は三百人いたと聞いてますがね。齢も力も上なのに、総攬把《ツォンランパ》をお譲りになったのはなぜですかい」

「何度も言わせるな。俺は豆腐屋で、馬賊なんかじゃねえ。それに、そのころの手下は三百人じゃねえぞ。せいぜい三十人だった。ははあ、白猫が吹きやがったな。ともかくその三十人にしたところで、豆腐屋や肉屋や饅頭屋や百姓ばかりを寄せ集めた自警団だから、本物の馬賊なんてのはまっぴらごめんさ。麒麟の兄弟だって似たようなものだろう。そんなわけで、旗揚げした当座はせいぜいが三十人かそこいら、上の下のというほうがちゃんちゃらおかしい。だから俺は、何も白虎張の俠気に惚れて手下に直ったわけじゃねえのさ。好好。そんなことはどうでもよかった。ただ——危なっかしくて、あいつを放っておけなかっただけだ」

好大人に嘘は似合わない。そしてその真実のほうが、白虎張と三人の攬把にはふさわしかった。

「だが、それから六年の間に、俺はやつに惚れた」

好大人は顔を饅頭のように膨《ふく》らませて、月明りの街道を粛々と進む隊列を指さした。

「へい、たしかに。今じゃ三百人の総攬把というわけで」

「三百人だと。おまえさんは、まだ白虎張の力がわかっちゃいねえ。この戦さに出るのは、新民府に住まうほんのひとつまみの手下どもだ。いいかい、今じゃこの張景恵《チャンチンホイ》の手下だけだって、一千は下らねえ。ましてや全満洲のあちこちに散っている白虎張の手下は、そうさな——」

春雷《チュンレイ》は息を詰めた。好大人《ハオダアレン》は手套《てとう》をはめた指を動かしながら、ようやく数え上げた答えを口にした。

「三千八百。白虎張《パイフーチャン》がその気になれば、きょうの明日にでも官軍を長城の向こうに追い落として、満洲の王者になれるさ」

この数日の出来事を、春雷は改めて考え直さねばならなかった。龍玉を手にしたことも、白太《パイタイ》太《タイ》の予言も、遥かな未来の話ではなく疾走する現実なのだ。

「千人の子分を持っても、毎朝豆腐を売るんですかね」

「好《ハオ》。俺は豆腐屋だからな。馬に乗っても銃を撃ってもいっぱしのもんだが、豆腐を作らせりゃ誰にも負けねえ。俺の豆腐は満洲一だ」

ひとしきり笑ったあとで、好大人はふいに押し黙った。太い眉を被う氷をこそぎ落とし、星を読むように夜空を仰ぎ見ながら、張景恵《チャンチンホイ》は呟《つぶや》いた。

「壮士《チョアンシ》は運命を信じるか」

虚をつかれて春雷は答えにとまどった。

「悪い生き方をしてきたもんで、信じるものはねえんだが」

「そうか。悪い生き方はみな似たようなものさ。だから俺も信じたくはねえがな。若い時分、星読みの老婆に奇妙な卦を立てられた。いまだに気にかかってならねえ」

さして愕《おどろ》くでもなく、春雷は二当家《アルタンジア》の運命を訊ねた。

「隣り村に行商に出た帰り、物乞いの婆様に残り物の豆腐をめぐんでやったのさ。そしたら、妙なことを言われた。何でも俺は、皇帝陛下の家来になって、ゆくゆくは宰相にまで出世するんだそうだ」

漢卿《ハンチン》の賢しげな顔が思いうかんだ。やはりあの子供が皇帝となり、張景恵を宰相とするのだろうか。だが、続く言葉は春雷を困惑させた。

「その皇帝は光緒陛下の甥御さんで、次の帝位にお就きになる。俺はそのお方の政《まつりごと》をお扶《たす》けするってわけだが——はて、この好好《ハオハオ》では何もできまい。で、豆腐一丁分のお愛想かとも思ったんだがな、それにしちゃあ話の結末に愛想がねえのさ」

白太太の予言を思い起こして、春雷は怖気をふるった。

「どんな結末なんですかね」

「好好。何だかわけがわからねえ。俺は老いぼれてから撫順《フーシュン》の監獄にぶちこまれて、ひっそりとくたばるんだそうだ。どうだね、壮士。そういう悪い結末を聞かされりゃあ、まんざら嘘とは思えめえ」

春雷は真白な息を吐いた。

緞子《どんす》の黄龍旗を先頭にして、ところどころに「張」の一字を記した禁色《きんじき》の黄旗を押したてながら、白虎張の隊列は杏山屯《シンシャントン》をめざした。

二百のコサック騎兵は、黎明《れいめい》とともに訪れる運命などつゆとも知らず、安らかな寝息を立てているにちがいない。

九

峻険《しゅんけん》な岩山を背にして、三方を赤煉瓦《れんが》の塀で囲んだ杏山屯《シンシャントン》は、見るだに究竟《くっきょう》の要害であった。

曙光《しょこう》はほのかに東の地平を染めているが、一面の雪原はいまだ眠ったままである。岩山の頂きから少しずつ、夜の衣を剝《は》いで光が降り始めていた。満洲は夜とも昼ともつかぬ、この不確かな時間が長い。

張作霖《チャンツオリン》の率いる三百騎の馬賊は、二華里の隔りを置いて杏山屯を包囲した。正面には黄龍旗を掲げた湯玉麟《タンユエリン》と総攬把《ツオンランパ》の本隊が轡《くつわ》を並べ、右翼には張景恵《チャンチンホイ》が、左翼には張作相《チャンヅオシャン》の部隊が展開した。

馬賊の戦闘は壮大な喧嘩である。彼らは砲も兵站《へいたん》も持たず、ひたすら拳銃の射程まで肉迫して、おのれが帯びた弾丸の尽きるまで戦う。弾を撃ちつくせば背に負った刀や槍が頼みである。攬把の指揮は馬上の逓伝《ていでん》によって部下たちに届くだけだから、むしろ以心伝心や勘に頼って各個が戦うほかはない。彼我入り乱れてしまえば騎射の腕前も戦場の経験も意味はなく、物を言うのは運のよしあしだけだった。

凍った雪原に蹄《ひづめ》の音を忍ばせて斥候《せっこう》が戻ってきた。杏山屯に歩哨の姿はなく、誰も目覚めてはいないこと、三つの門は堅牢だが煉瓦塀は古く脆《もろ》いことを斥候は報告した。

馬賊たちは勇み立つ馬を宥《なだ》めながら、攻囲陣の長大な弧の中心で白馬に跨《またが》った総攬把を注視していた。

命令は一言もなかった。攻撃は喊声《かんせい》も銃声もなく突然に始まった。春雷《チュンレイ》が遠目に見た限り、白《バイ》虎張《フーチャン》が馬上で手套《てとう》を脱ぎ、大型モーゼルを抜き出したのが合図といえばそうだった。

左翼の先端から白猫攬把《バイマオ》と部下の数騎が走り出た。

「あわてるな、雷哥《レイコオ》。まだまだ」

好大人《ハオダアレン》が春雷の胸元に長袍《チャンパオ》の腕を差し出した。

白猫は雪原を一気に駆け抜けると、煉瓦塀に沿って走りながら手榴弾《てりゅうだん》を投げた。部下の馬賊たちもそれぞれめざす場所に突進して手榴弾を投げ、鮮やかに離脱した。

ぽんぽんと鈍い爆発音が続き、塀のあちこちに馬が跳躍できるほどの穴があいた。馬賊たちはたちこめる硝煙に投網を打つように、三方から一斉に襲いかかった。

春雷は走った。竜騎馬《ロンチユイマ》は躍り越える障害を睨《にら》み、唸り声をあげて雪原を駆けた。

押城《ヤアチヨン》だ。押城だ。

死のうが生きようが、まっしぐらに先駆けるこの気分はたまらねえ。たいそうな二ツ名を付けられる間もねえ助ッ人稼業だが、俺の目当ては名前でも金でもねえのさ。

押城だ。押城だ。

どいつもこいつも銭まみれ欲まみれのこの世の中に、未練なんざこれっぽっちもあるもんか。

押城だ。押城だ。

くたばってもけっこう、生き残りゃなおけっこう。恩だの讐《あだ》だのは知ったこっちゃねえが、何でもこの喧嘩の相手は不倶戴天《ふぐたいてん》の紅鬼子《ホンクイヅ》。どっちが死のうがきっと雲の上の太上老君《タイシャンラオチュン》様は、拍手喝采なさるにちげえねえ。

押城《ヤアチョン》だ！　押城だ！

——そのとき、一頭の精悍な蒙古馬が春雷《チュンレイ》に並びかけた。鐙《あぶみ》は膝を抱えるほど短く、鬣《たてがみ》を摑むような姿勢で若い包頭《パオトウ》が手綱《たづな》をしごいていた。

「ひっこんでろ、若僧」

春雷は怒鳴りつけた。

「てめえこそ、俺の馬の尻を舐《な》めろ」

白い頭巾の裾を長く曳《ひ》きながら、馬占山《マーチャンシャン》が怒鳴り返した。

二頭の馬はけっして鼻面を譲ろうとはしなかった。ほかの馬たちはみな二騎の巻き上げる雪煙のうしろに置き去られた。

押城の先駆けに遅れをとったためしはない。だが、こいつはめっぽう疾《はや》い。

「死にてえのか、秀芳《シウファン》」

「秀哥《シウコオ》と呼べ、助ッ人野郎。俺は白虎張《パイフーチャン》の包頭だ。ああ、死にてえ死にてえ、死にてえんだが太上老君のお呼びがねえんじゃ仕方なかろう」

白い帳《とばり》の向こうで、自分の現《うつ》し身がそう言ったような気がした。

「あいにく俺ァ、小僧の尻を舐めたくはねえ」

ひとこえ気合を入れると、竜騎馬《ロンチュイマ》はぐいと沈みこむようにして四肢の動きを増した。秀芳の姿はたちまち視野から消えた。

崩れた煉瓦塀が迫る。瓦礫《がれき》から身を乗り出して小銃を構える敵の影に向かって、春雷はブローニングの銃口を振りおろした。疾駆する馬上の投げ撃ちに狙いなどない。だが、撃発の反動で頭上まで跳ね返ったブローニングの弾丸は、雪原を撃つかと見えてまっすぐに敵兵を捉えた。

「好打《ハオタア》！」

すぐうしろで秀芳が叫んだ。春雷は煉瓦塀を躍り越えた。竜騎馬の影にのしかかるほど高く近く、秀芳の騎影が続いた。

堆《うずたか》く積み重んだ瓦礫を物ともせずに踏み越え、春雷はほの暗い路地を駆け抜けた。みっしりとつらなる廠子《チャンツ》から飛び出したロシア兵たちは、銃口を向ける間もなくブローニングの餌食《えじき》になった。

路地を抜けると、凍った雪に被われた街衢《がいく》に出た。迷わず馬首を左に返す。黎明《れいめい》の岩山を背にしたつき当たりに、寺とも村長《むらおさ》の屋敷とも見える甍《いらか》が聳《そび》えていた。

馬上の戦闘ならば腕に覚えがある。群らがり出るロシア兵を右に左にと投げ撃ちに撃ち倒しながら、春雷はまっしぐらに走った。弾丸が尽きると手綱を持ちかえ、左手で拳銃を撃った。それも撃ち尽くせば猿のように身を低めて、たちまち二丁の拳銃の弾倉を替えた。

弾丸の唸りが耳元をかすめる。熱い風すら感ずるが当たりはしない。敵将の居場所と勝手に勘で定めた屋敷の門に向かって、春雷はひたすら走った。

狙いもせぬ屋根の上から敵兵が転げ落ちた。跳び越えざまに振り返ると、秀芳が短い鐙を足首にからめて馬の横腹にしがみつき、拳銃を屋根に向けて撃ち上げていた。

「好打《ハオタア》！」

春雷《チュンレイ》は叫んだ。屋根に昇って馬賊を狙い撃とうとする敵は、次々と路上に転げ落ちてきた。

勇敢な竜騎馬《ロンチユイマ》の鬣の上に戦場の光景が翻《ひるがえ》る。たちこめる硝煙の中で屋敷の門扉が左右に開かれたと見る間に、ウラアッと喊声を上げて、数騎のコサック騎兵が駆け出てきた。

すれちがいざまに振られたサーベルをすんでのところでかわし、続く騎兵を撃ち落とした。三騎目は手綱を返して路地に走りこんだ。

春雷は後を追った。同じ竜騎馬に乗り、ロシア将校の外套に毛皮の帽子を冠った騎兵は、紅鬼子《ホンクイツ》の名で怖れられた敵の頭目にちがいなかった。

「站住《チャンジュ》！　站住！」

止まれ、という春雷の声に応えて、紅鬼子は振り向きざまに拳銃を撃った。弾丸は春雷の頰をかすめた。外套の首には頭目のありかを示す真紅の襟巻《えりまき》がなびいていた。

ブローニングの弾丸が尽きた。春雷は馬の尻に並びかけるや身を躍らせて、紅鬼子の巨体に組みついた。二人は扉を割って廠子《チャンツ》の中に転げこんだ。住民の悲鳴があがった。

春雷は片手で紅鬼子の拳銃を制しながら腰の短剣を抜いた。

組み伏せられた紅鬼子は春雷の顔に唾《つば》を吐いた。

——薄汚ねえ豚野郎。

たぶんロシア語でそう言った。

「豚はおたがいさまだぜ」

逆手に握った短剣を、紅鬼子の心臓めがけて突き入れた。狙いはたがわず、紅鬼子は目を剝《む》いたまままあっけなく死んだ。

戸外には激しい銃声が行き交っていた。春雷は手柄の証しに紅鬼子の拳銃を奪い、紅い襟巻を解いて首にかけた。

廠子の薄闇に目を凝らした。温床《オンドル》の隅で、若いロシア兵と中国人の娘が、素裸で抱き合っていた。

私は拐《さら》われてきたのだと、娘は泣きながら訴えた。兵士は両手を挙げて命乞いをした。

春雷は立ち上がった。ブローニングの弾倉を替えながら、若い兵士に向かって言った。

「白虎張《バイフーチャンツオンランバ》総攬把の命令だ。投降する敵は殺す」

言葉は通じまい。春雷は半身に構えた正確な立ち射ちの姿勢を定めた。

「あばよ、大鼻子《ダアビイヅ》。満洲は俺たちの土地だ」

兵士は裸のまま額を撃ち抜かれた。

破れた扉から射し入る光の中で、娘は膝を抱えて震えていた。

私は拐われてきたのだと、娘はそればかりをくり返した。

「ならばなぜ、大鼻子に抱かれた」

口に出る言葉はやさしげだが、春雷には何の感情もなかった。拐《かどわ》かされた女を救い出すことが馬賊の目的ではなかった。大鼻子に抱かれた女は、いきさつはともあれ不浄だった。戦場で人を殺すか殺さざるかの判断は、敵か味方かということだけではなかった。敵に付属するものはみな、戦う本能が憎悪した。

春雷《チュンレイ》は林檎の実でも撃つように、ためらいなく引金を引いた。弾丸は娘の眉間《みけん》を貫いた。

「好打《ハオタア》」

行き交う銃声の合間に呟《つぶや》きが聞こえて、春雷は戸口に銃を向けた。秀芳《シウファン》が戸口に背をもたせかけていた。

「たいしたもんだな。のろいおっさんかと思ったが」

「若僧が生意気を言いやがる」

頭を包む長い白布が返り血に染まっていた。馬を捨てて民家の敵を掃討していたのだろう。

秀芳は梁《はり》から吊り下がった包米《パオミイ》をもぎ取って、ばりばりとかじった。春雷も空腹を感じた。乾いた唐黍《もろこし》の実は固いが、甘くて腹持ちもいい。

血の匂いと硝煙の立ちこめる廠子《チャンツ》の中で、二人は並んで包米を食った。膝を抱えて屈んだのは疲れたからではなく、胡同《フートン》の石にはじけ返る跳弾《ちょうだん》を避けるためだった。弾丸はしばしば軒下や壁に当たって、金物を叩いたような音を立てた。

「様子はどうだ」

嚙《か》みきれぬ包米の実を吹き出して、春雷は戦況を訊《たず》ねた。

「どうもこうもねえさ。鶏を撃つようなもんだ」

「おまえは何羽つぶした」

「さあな。七、八羽はひねりつぶしただろう。だが、親鶏はあんたに取られた。ふん、くそ面白くもねえや」

秀芳は包米の芯を、土間に仰向いた紅鬼子《ホンクイヅ》の顔に投げつけた。

「ここで俺を撃てば、おまえの手柄だぜ」

「それも悪かねえがよ。あいにく俺は、あんがい曲がったことのできねえ性分でな」

秀芳は立ち上がると水瓶《みずがめ》に寄って水を飲み、二杯目の碗で焼けた銃身を冷やした。華奢《きやしや》な体つきだが、拳銃は十連発の大前門《ダアチエンメン》だった。

戦闘はまだ終わりそうもない。二人は空弾倉に弾丸を詰めて、再び戦さ仕度を斉《ととの》えた。十分な働きはしたが、この廠子にこもっているつもりはなかった。

胡同には硝煙が立ちこめていた。秀芳は投げ撃ちの姿勢で右腕を高くかざしたまま、先に立って歩き出した。煉瓦塀に囲まれた路地には、相変わらず流れ弾がはじけ返っていた。当たればひとたまりもないのだが、秀芳には少しも臆するふうがなかった。

「救命啊《チウミンア》！」

救けてくれ、と叫びながら、傷ついた馬賊が路地に駆けこんできた。馬から落ちたのか、武器は何も持たずに折れた片足を曳いていた。すぐ後ろから硝煙を割って、サーベルを振りかざした騎兵が追ってきた。

春雷は雪を蹴って足場を定め、拳銃を半身に構えた。突撃してくる騎馬を地上から狙い撃つときには、引きつけるだけ引きつけなければ当たらない。しかもコサック騎兵の長いサーベルからは、身をかわすゆとりのない狭い路地である。兵を狙わずに一撃で馬の眉間を射ぬかねばならなかった。春雷《チユンレイ》に並んで、秀芳《シウファン》も拳銃を構えた。

二人が同時に投げ撃ちした弾はみごとに標的を捉え、馬は肩から崩れ落ちた。もんどり打って跳ね飛ばされたロシア兵に、春雷はつるべ打ちの弾丸を浴びせかけた。

すんでのところで命を救われた味方の馬賊は、秀芳の足にしがみついた。

「救命啊《チウミンア》、秀哥《シウコオ》」

救《たす》かったわけではないのだ。重傷を負った者と怯懦《きょうだ》な者は、撃ち殺すのが総攬把《ツオンランパ》の命令だった。

「救けてくれとは、よくも言ったもんだな」

秀芳はすがりつく男を蹴りとばすと、氷の上に伏した脳天めがけて拳銃を撃った。

路地のあちこちに、傷ついた馬賊が逃げこんでいた。

「どうやら鶏を撃つようにはいかねえらしいぞ」

春雷と秀芳は騎馬戦もたけなわの村の中心に向かって歩きながら、胡同《フートン》に身を隠す味方の馬賊を、ひとりひとり撃ち殺した。

村の中央を貫く道とその先の広場では、彼我入り乱れた馬上戦がくり拡げられていた。

春雷は空に向けて指笛を吹いた。たちまち弾幕を縫って、黒鹿毛《くろかげ》の竜騎馬《ロンチユイマ》が戻ってきた。手綱を握るやひらりと飛び乗り、春雷は乱戦のただなかに向かって駆け出した。どれも起き抜けの着のみ着のままだが、馬を得たコサック騎兵はよく戦っていた。

「どけどけ、何をいつまでてこずってやがる」

春雷は銃声と嘶《いなな》きの中に躍りこんだ。銃弾が唸りをあげて耳元をかすめ、熱い風が頬を焼いて過ぎる。

野戦ならば物を言うのは馬の脚だが、押城《ヤアチヨン》の市街戦は度胸と拳銃の腕だ。乱れれば乱れるほど、死が真黒な具体となって目の前に迫れば迫るほど、春雷は歓喜した。その滾《たぎ》りたつ感情が野性の咆哮《ほうこう》になった。獣のように猛《たけ》り狂いながら、春雷は次々とコサック騎兵を撃ち倒した。銃身が焼け、弾丸が尽きれば、鞍《くら》に差した湾刀を抜いて戦った。


力のない銀色の太陽が、真昼の月のように岩山の頂にかかるころ、杏山屯《シンシヤントン》の戦さはようやく終わった。

大鼻子《ダアビイツ》は抗《あらが》う者、降《くだ》る者にかかわらず皆殺しになった。一方的な勝利ではあったが、それでも戦場の後始末をしてみれば、馬賊の戦死者も三十を超えていた。

だが、戦さの犠牲者はそればかりではなかった。張作霖《チヤンツオリン》は胡同の隅々まで検《あらた》めて、拐《かどわ》かされた女や大鼻子に使役されていた村人や、人質に取られていた奉天の有力者までも広場に引き出し、ひとり残らず撃ち殺してしまった。

そうした仕打ちさえさして酷《ひど》いとは感じぬのが、戦場というものだった。

夥《おびただ》しい死体を穴に投げ入れながら、白猫《パイマオ》は総攬把のかわりに答えた。

「女は穢《けが》された。村人は大鼻子に飯を食わせた。人質は後くされがある。白虎張《パイフーチヤン》は義士だが、恩義の安売りはしねえ。そのあたりが仁俠《にんきょう》を気取るそこいらの攬把《ランパ》とちがうところさ。弱きを扶《たす》け強きを挫《くじ》くんじゃあねえよ。強い者に負けた弱いやつらも、白虎張《バイフーチャン》はけっして許しゃしねえんだ」

しかし、張作霖《チャンツオリン》は子供だけは殺さなかった。十五歳に満たぬ子らを広場に集めて、「親を殺された恨みは捨てよ。恨みを捨てられぬ者は親とともに死ね」と諭した。抗う子供はひとりもいなかった。

死体の後始末をおえたのは、日が西に傾きかけるころだった。奉天城に届ける紅鬼子《ホンクイヅ》の首の前で、総攬把《ツオンランパ》は春雷《チュンレイ》の手柄を讃《たた》えた。

「李春雷《リイチュンレイ》は五当家《ウータンジア》として、十人の包頭《バオトウ》と五十人の手下を与える」

意外な果報を聞いて、春雷は思わず抱拳《パオチュエン》の姿勢のままあたりを見渡した。

「俺が攬把などと、とんでもねえ。包頭でけっこうです」

春雷の活躍は誰もが認めていた。だから笑い声と喝采が湧いた。

むろん謙譲などではなかった。そもそも配下を持ったためしのない春雷にとって、攬把という呼び名は重荷でこそあれ少しも有難くはなかった。

「好《ハオ》――」

間の抜けた大声をあげて、二当家《アルタンジア》が肥えた体を揺らしながら歩み寄った。

「それほど包頭が良けりゃ、なりだけでもそうしてやろう」

春雷の背に回り、首に巻いたままの赤い襟巻をほどくと、好大人《ハオダアレン》は羅紗《らしゃ》の布地をしごきながら蓬髪《ほうはつ》をくるみこんだ。たちまち緋色《ひいろ》の包頭ができ上がった。

「ふむ、よく似合うぞ。これで次の戦さからは、李春雷と馬占山《マーチャンシャン》の紅白の先陣争いが見られる。どうだね、総攬把」

張作霖が肯くと、ぐるりを取り巻いた馬賊たちは一斉に手を叩き、足を踏み鳴らした。

春雷は人垣の中に秀芳《シウファン》の顔を探した。いかにも「勝手にしやがれ」とでもいうふうに、秀芳はそっぽうを向いて煙草を吹かしていた。

乾児子《カンアルツ》の曳いてきた白馬に跨ると、張作霖は血と硝煙にまみれた顔で部下を睥睨《へいげい》した。

「ただちに帰投する。子供らの手足は布に包め」

穴だらけになった黄龍旗が先頭に立ち、馬賊らはそれぞれの馬に跨って後に続いた。戦利品を満載した荷車に、毛皮や布で被われた子供らが乗せられた。

崩れた城門を潜るとき、春雷は馬を止めて杏山屯《シンシャントン》の荒れ果てた街衢を振り返った。皆殺しの村に命の音は絶えてなく、ただ西空に沈みかかる夕陽が、毀《こわ》れた廠子《チャンツ》や堂の甍やマロニエの並木を、あかあかと染めていた。

「あんたは変わったやつだな」

秀芳が轡《くつわ》を並べかけた。

「戦さの最中は鬼か夜叉《やしゃ》みてえだが、終わりゃあ仏のツラをしてやがる。人殺しを後悔してるのか」

いや、と春雷は髯面《ひげづら》をわさわさとこすった。

「あのガキどもは、これからどうなるんだ」

夕陽に爛《ただ》れた雪道を、子供らの乗った荷車が曳かれてゆく。赤児《あかご》を抱いた少女の怯《おび》えたまなざしが、春雷《チュンレイ》を責めた。

「さあな。新民府には同じような子供がいくらもいる。里親はあいつらを大切に育てる。あとは勝手に生きていくさ」

「俺たちは親を殺しちまった」

「ばかか、おめえは」

紅白の頭巾の尾を長く曳いて、二人は行軍の殿《しんがり》についた。

「俺はあんたを、攬把《ランバ》とは呼ばねえ。雷哥《レイコオ》と呼んでやる」

「それでいい。ならば俺も、おまえを秀哥《シウコオ》と呼ぼう」

「負けるはずはねえが、きょうはちょいとしくじった」

秀芳《シウファン》は三白眼を剝いて、悔しげに舌を鳴らした。「まったく妙なやつだな、あんたは。まるでてめえの親兄弟をぶち殺しちまったようなツラだぜ」

ひやりと身が竦《すく》んだ。

やがて夕陽が疲れ果てた馬賊の影を長々と倒す雪原を歩みながら、秀芳は問わず語りに身の上を語り始めた。

十

今日の戦さで、俺ァ二人の子分を死なせちまった。

ひとりは村の広場で、馬もろともに撃ち殺された。もうひとりは――ああ、あんたと路地を出るとき、腹を撃たれて苦しんでいたから俺が楽にしてやった。

二人とも十六だぜ。この一年ずっと俺と一緒だったんだ。俺の子分なら弾になんか当たりゃしねえって、本気で信じていたやつらさ。

とどめを刺すとき、話がちがうじゃねえかって顔をしやがった。あのツラはたぶん、一生忘らんねえだろう。

俺の運は子分の運だ。だとすると、俺もそう長くはないのかもしれねえ。何だかそんな気がしてきちまった。

あのな、雷哥《レイコォ》。俺ァ、らしくもねえ話をするが、まずそいつを聞いてくれるか。

ついきのうのことが、遠い昔のようだ。

俺は四人の手下を連れて、杏山屯《シンシャントン》の下見に出かけた。そうさ、この道筋を夜通し駆けてな。

白虎張《パイフーチャン》の包頭《パオトウ》に直ってからというもの、俺は喧嘩のたびにいつも先駆けで、馬の尻を拝んだためしがなかった。褒美はしこたまいただいた。だが俺の欲しいものは銭じゃねえのさ。俺は五十や百の手下を預る、攬把《ランバ》と呼ばれてえ。欲しくもねえ銭を貰《もら》うたびに、二当家《アルタンジア》は俺の不満を察して慰めてくれた。

「好好《ハオハオ》。おまえはまだ若い。たっぷり酒を飲んで女を買って、せいぜい男を磨け」

そうは言ったって、男は齢《とし》じゃあるめえ。いくら齢を食ったところで使えねえやつは使えねえ。さ。

だから俺は、どうあってもこの喧嘩で紅鬼子《ホンクイツ》の首を掻くつもりだった。ただの縄張り争いじゃあるめえ。二百のコサック騎兵が相手の大喧嘩だ。一番手柄ならいくら何だって銭金の褒美じゃすむめえよ。

そこで、事前の下見に出かけたってわけさ。杏山屯《シンシャントン》から二華里の散兵線の、どこに立てばまっしぐらに走れるか、まっさきに城壁を飛び越すには、どう駆けたらいいかを俺は夜のうちに調べておいたんだ。

まさか同じ突撃路を読み切っていた野郎が、もうひとりいたとはな。

まあ、すんじまったことはどうでもいい。もういっぺんのやり直しがきかねえのは、人生も戦さも同じだ。

その下見の帰り途《みち》のことさ。夜がしらじらと明けるころ、右も左もわからねえくらいの吹雪に巻かれちまった。そこで、とりあえず森に逃げこんだはいいものの、今度は獣道を踏み迷った。

あれはまったく妙な気分だった。俺の勘は獣なみで、今まで道に迷ったためしなんざ一度もなかったからな。お天道《てんと》さんはいねえ。風の行方《ゆくえ》は荒れちまってる。おまけに薄気味悪い雑木の森で、南の枝だってわかりゃしねえ。

ところがしばらくさまよっているうちにひょいと目の前が開けて、破《や》れ小屋が何軒か集まる村に行きついた。まるで夢でも見ているような気分だったな。

おおかた紅鬼子に食い尽くされちまったんだろう、村は荒れ果てていたが、ともかくこれで吹雪はやりすごせる。

一軒の家に飛びこむと、まるで俺たちを待っていたかのように、齢もわからねえくらいの婆様が竈《かまど》の前に蹲《うずくま》っていた。ひとめ見て、村人じゃねえのはわかった。あれは満洲族の薩満《シャーマン》だ。

俺は馬賊を志して、懐徳《ハイドー》の哈拉巴喇山《ハラバラツシャン》に上山《シャンシャン》した。そこは満洲族の霊山だったから、修行にやってくる薩満をよく見かけたんだ。白い衣をぞろりと着て、安物の玉《ぎょく》や銅細工の飾り物をごてごてと身につけた、漢族から見ればまるで幽霊さ。

婆様は腹をへらした俺たちのために、高粱《カオリヤン》の粥《かゆ》を炊いてくれた。

いきなり、妙なことを言いやがった。

「いい若い者が、命の順に歩いてきおって」

俺たちが軽く聞き流したのは、「命の順」を「齢の順」という意味だと思ったからさ。まあ、馬賊が五人いれば、子分たちの間にも上下はある。馬の並びも自然とそうなるわな。

だが、今にして思えばどうやらそういう意味じゃなさそうだ。そのとき五人の尻を歩いていた子分は、杏山屯の路地で俺がとどめを刺した。その次のやつは、広場の乱戦で死んだ。ほかの三人はまだ生きているが、つまりこの先の「命の順」は定まっているらしい。

こんな気分を、二度三度と味わわねばならねえとなると、いささか気も滅入るがな。

高粱粥《カオリヤンがゆ》をがつがつと食らう俺たちの顔を、婆様はひとつずつ見つめながら、いちいちやな溜息をついた。そして、長いこと俺の顔を睨みつけやがった。

「汝《うぬ》はよい男じゃな」

俺たちは粥を噴いて笑った。そういう文句なら、若い娘に言ってほしいわい。

「名は何という」

俺は箸《はし》の先で、親から貰った名を書いた。正名は簡単だが、字《あざな》は難しくて書けねえ。

「馬占山《マーチャンシャン》、か。よい名じゃ」

「おうよ。生れたとたんに育つめえってくらい弱々しいガキだったから、思いっきり強そうな名前をつけたんだそうだ。それに──誰でも書ける簡単な名前ってわけさ」

「字は、何という」

「秀芳《シウファン》。強い名前が災いして、手のつけられねえガキ大将になっちまったから、まるで女みてえになよなよした名前をつけられた。難しくて書けねえけどな」

婆様は肯いて、教えもせぬのに「秀芳」という字を指先で書いた。たしかに見覚えのある俺の名前だった。

「これも、よい名じゃ」

「ふん。よい男によい名前かい。そんなによいもの尽くしなら、馬賊なぞやってるわけがなかろう。それとも何かい、俺はそのうち稼業から足を洗って、堅気のお大尽にでもなるんか」

いや、と婆様はふいに険しい顔つきになった。そして、俺の目をじっと見据えたまま、とんでもねえご託宣をたれやがったんだ。

平沙落日《へいさらくじつ》　大荒《たいこう》の西

隴上《ろうじょう》の明星《みょうじょう》　高く復《ま》た低し

孤山　幾処《いくしょ》か烽火《ほうか》を看《み》る

戦士　営を連ねて鼓鼙《こへい》を候《うかご》う

――馬を御して山河を占《し》むる者、馬占山よ。汝の性は人に秀《ひい》で、且《か》つまた芳《かんば》し。

嫗《おうな》は今、張子容《チャンツロン》の水調歌第一畳を詠《うと》うて、汝が良き生涯の餞《はなむけ》としよう。

砂漠に日は没し、かなた隴山の上に輝く明星は、真幸《まさき》し太白《たいはく》星ではない。汝が守護星は赤き戦《いくさ》の星、熒惑《けいごく》じゃ。

汝の戦は未だ始まってはおらぬ。ちらほらと烽《のろし》が上がり、戦士らは息をつめて軍鼓の響きを待ち受けている。汝が戦はこれから始まる。

熒惑の耀《かがよ》うところ、高くまた低く、けっして屈することなく戦い続ける者、馬占山よ。汝は幾万の兵を率いて満洲の山川を跋渉《ばっしょう》し、満土を蹂躙《じゅうりん》せんとする悪鬼どもを大いにこらしむるであろう。

その戦たるや神出鬼没、その技たるや神騎神槍、馬賊の頭目どもはあるいは王となり、あるいは将たり相《そう》となるが、草莽《そうもう》の英雄たる総攬把《ツオンランパ》の旗は、馬占山《マーチャンシャン》よ、汝にこそふさわしい。

いずれ悪鬼どもは汝の力を畏《おそ》れ、一国の将相として迎えるであろう。だが馬占山よ、汝に形ある勲《いさおし》は似合わぬ。富も栄誉もふさわしからぬ。そのときこそ媼のこの声を思い出すがよい。

汝の神騎神槍の技は善《よ》く一国を保ち、また一国を滅す。ならば鞍《くら》を下りず槍を捨てず、母なる満州の山河に還《かえ》れ。さればこそ汝は、不撓不屈《ふとうふくつ》の英雄ぞ。

媼が案ずることもあるまいて。熒惑の赤き星が日輪に呑まれるはずはなく、汝は万両の金にも百連の勲にも背向《そむ》いて、山河に還るはずじゃから。

汝はそのとき、馬上より高らかに叫ぶであろう。

「楼蘭を斬らずんば誓うて生きて還らず」、と。

媼の目に映る汝が良き顔は、遠き未来の、その汝が決意の顔じゃ。

草莽の戦士たれ、馬占山。

富に動ぜず勲にゆるがず、貧なる者のまことの力と、窮する者の意地とを、満州の大地に刻め。

汝こそは、困民の英雄ぞ。四億の民の夢ぞ――。

どうした、雷哥《レイコオ》。

笑い飛ばされるかと思いきや、神妙なツラになっちまって。

ははあ、さてはおめえさん、怪力乱神《かいりきらんしん》の類いにはからきし弱いか。人間には強いくせに、神仏だの霊魂だの何様のお告げだのといえばたちまち慄《ふる》え上がる、馬賊にはよくいる手合いだな。

俺はそんなもの、はなっから信じねえよ。婆様が言った通り二人の子分が順番にくたばったのも、偶然だとしよう。残る二人が順序よく死んじまったら、少しは考えもするがな。だが、英雄ってのは悪くねえ。もともと銭金には無頓着だからな。金持ちになって施しをしたり、崇め奉られるのはいやだ。貧乏のまま偉い人間になれるとしたら願ってもねえが、さてそんな器用なことができるもんかね。

うう、冷えてきやがった。まったく、俺のじいさまも何を好きこのんで満洲なんぞに逃げてきたんだか。

ご先祖様の土地は河北の豊潤《フォンルン》という村だそうだが、名前からしたって満洲よりはましなところだろうぜ。

生まれは懐徳《ハイドー》。奉天よりずっと北だから、冬は長い。じいさまはよく言ってた。大昔に流れてきた漢族は、長城を越したそこいらに土地を拓《ひら》いた。だから次にやってきたやつらは、いくらか北に行かにゃならなかった。そんなふうにして、後からきた連中ほど北の寒い場所まで流れて行ったそうだ。もともと満洲は皇帝陛下のふるさとだから、漢族は入っちゃならなかったんだが、それでも先に逃げこんだ連中のほうがいくらかましだったってことになる。

懐徳県は毛家城子村西炭窯屯《マオジアチョンツンシータンヤオトン》。聞くだけで貧乏そうだろう。作物の満足に育つ土地じゃねえから、西炭窯屯の村人はみな炭焼きをして暮らしていたんだ。俺のじいさまもおやじも、炭を焼いて県城まで売りに行き、毎日を何とかしのいでいた。

そんな村にだって、流民はやってくる。長城を越えてから、北へ北へと追いやられたやつらさ。先に暮らし始めた漢族に、ここは俺たちの土地だから北へ行けと追い払われて、とうとう俺の村にまで流れてきた哀れな家族だ。

田畑もろくにないうえに、炭焼きが増えたんじゃたまらねえ。だからおやじもじいさまもやっぱりやつらを追い払った。もっと北へ行け、ってな。誰だってわが身が一等大事さ。追い払った家族がどこでくたばろうが、知ったこっちゃあるめえ。

俺が十歳のときの、ある雪の朝のことだ。

山羊の乳を搾《しぼ》りに行ったら、小屋の藁《わら》の中にきれいな娘が寝ていた。なりはぼろぼろで、手足も長旅に汚れていたけれど、人形のように美しい寝顔だった。俺はしばらくうっとりとその顔に見とれていた。髪に触ってみたり、藁のすきまに覗《のぞ》く足を舐《な》めてみたりした。

そのうちに娘がぼうっと目覚めたから、山羊の乳を飲ませてやった。

娘の名は杜賛義《トウツアンイ》といって、齢は俺より三つ上だった。父母と弟妹の五人家族で河北から流れてきたのだが、居場所がどこにも見つからず北へ北へと歩くうちに、父親が病で死に、妹が死に、とうとう母親も飢え死んでしまった。

それでも物乞いをしながら、幼い弟の手を引いて杜賛義は流れ続けた。ときには小さな体を売って食物に代えたこともあると、杜賛義は正直に言った。

懐徳《ハイドー》の県城で弟が死んじまった。食堂の亭主に裏路地で体を売り、饅頭《マントウ》を二つ貰って駆け帰ったら、弟は橋の下で冷たくなっていたそうだ。土は凍っていたから、埋めることもできずにうっちゃってきたと、そこまで話して初めて杜賛義は泣いた。

三つ齢上の杜賛義から見れば、俺はほんの子供だっただろう。だから独りごつみてえに、言わでもの愚痴までこぼすことができたのだと思う。

だがよ、俺は男だ。そこまで聞いて、涙も見せられて、はいさいですかとは言えめえ。

俺は杜賛義を乗せた驢馬《ろば》の手綱《たづな》を引いて、懐徳の県城に向かった。

肚《はら》は決めていた。てめえの命を粗末にしてまで、誰かに施しをすることなどできねえ。だが、困り果てた人間の足元を見て、何から何まで絞り取ろうとする野郎は許せなかった。天が許しても、この馬占山《マーチャンシャン》は許さねえ。

俺は杜賛義が指さした食堂に裏口から忍びこんだ。助平おやじは饅頭の肉を捏《こ》ねている最中だった。

「何だ、物乞いならくれてやる物はねえぞ。とっとと帰りな」

もし俺が娘ならば、こいつは饅頭二個で俺を抱くのだろうと思った。

「食い物はいらねえよ、おっさん。そのかわり、どうしても欲しいものがあるんだ」

「妙なガキだな。どうしても欲しいものなら、話を聞かんでもねえが。何だね、それは」

「おっさんの命さ」

俺は包丁を握って、亭主に躍《おど》りかかった。下腹にふかぶかと包丁をぶちこんで、豚をさばくみてえに引き回してやった。いってえ何が起こったのかもわからずに、亭主は「ああ、ああ」とどうしようもねえ声をあげて、溢《あふ》れ出る腸《はらわた》を抱いてやがった。俺は鍋の油をぶちまけて、竈の火を投げた。

そうさ。皇帝陛下がお許しになったって、この馬占山《マーチャンシャン》は許さねえ。饅頭《マントウ》ふたつで杜賛義《トウツアンイ》の体を穢《けが》した罪は、命で濯《すす》いでもらわにゃなるめえ。役人にできねえ仕置を、この馬占山がやってやる。

店も亭主も丸焼けさ。それから俺は、杜賛義と一緒に橋の下に行って、かちかちに凍った弟のなきがらを葬ってやった。

弟はたぶん、俺と同い齢ぐれえだったろう。食うや食わずで満洲を流れてきた体は、枯木みてえに細くて、からからに乾いていた。

橋の下に火を焚《た》いて、やっとこさなきがらの納まるぐれえの穴を掘った。杜賛義はずっと泣いていた。

「あなたはどうしてそんなにやさしいの」

と、杜賛義は泣きながら言った。

「まだちっちゃくて、私を抱くこともできないのに」

俺はやさしくなんかねえよ。そうじゃなくって、ほかのやつらがやさしくねえだけだ。

杜賛義は思い屈して、俺の股座《またぐら》を探ろうとした。俺はその手を払いのけて、杜賛義を抱きしめた。骨の軋《きし》むぐれえ抱きしめた。格別の情があったわけじゃねえさ。親も仏様も抱きしめてくれねえんだから、俺がそうしてやるほかはねえだろう。

弟を埋めた土饅頭《どまんじゆう》のかたわらにつっ立ったまま、俺は日が昏《く》れるまで杜贊義を抱きしめていた。俺はチビだから、三つ齢上の杜贊義の胸が枕みてえだったがな。

なあ、雷哥《レイコォ》。あんたも義士だの壮士だのと呼ばれる馬賊なら、正義は知っておろう。正義は数の多寡《たか》で決まるものじゃあるめえ。銭のあるなしでもなかろう。たったひとりで世界中を敵に回したって、正義は正義だ。無学だろうが無一文だろうが、正義は正義だぜ。饅頭をくれてやるから一発やらせろなんて理屈が、罷《まか》り通ってたまるもんか。

そんな鬼どもにいいようにされてきた杜贊義が、俺は哀れでならなかった。あいつは、飯を食うためには男に抱かれなけりゃならねえと、思いこんでいたんだ。

日が昏れて氷のかけらが舞う夜空に、俺はあのとき熒惑の赤い星を見たように思う。

杜贊義を連れて西炭窯屯《シータンヤオトン》に戻ると、俺は一日の出来事のありのままを家族に伝えた。おやじとおふくろは仰天したが、寝たきりのじいさまだけは俺をほめてくれた。

「ようやったぞ。もしわしが十歳の子供なら、同じことをしただろう」

その一言で、杜贊義は俺の嫁になった。もっとも、十歳と十三歳では夫婦というわけにもいくめえ。許婚《いいなずけ》を子供の時分から養う「童養媳《トンヤンシ》」でよかろう、というわけさ。杜贊義は贊贊《ツアンツアン》と呼ばれて、家族みんなに愛された。

贊贊はよく働いた。ほどなく亡くなったじいさまにも、たいそう尽くしてくれた。何ごともなく五年が過ぎれば、俺たちは晴れて夫婦《めおと》になるはずだった。

そうさ、何ごともなければな。

その五年目のことだ。相変わらず家は貧しかった。どんなに働いても、食う以上の余分な銭は年貢に取り立てられた。地主も悪いが、取り立てに雇われているのは兵隊くずれのごろつきだから始末におえねえ。やつらはてめえの遊ぶ金欲しさに、年貢と称して小銭までふんだくっていった。

そんな貧乏のさなかに、おふくろが双子のガキを産んだ。子供が産まれりゃ何かと物入りだ。そこで俺は、日ごろから年貢をしこたま納めている地主の家に、銭の無心に行った。

地主は何と言ったか。

「木には皮があり、瓶《かめ》には蓋《ふた》がある。人間のくせに何の備えもないのは、おまえが悪い」

皮を剝《は》ぎ、蓋まで持って行きやがったのはどこのどいつだ。

おふくろも、双子のガキも死んだ。形ばかりの弔《とむら》いを出したあとで、賛賛《ツアンツアン》は黒髪を巻き上げた。

井戸端で髷《まげ》を解き、一家の女房として髪を高く巻き立てたときの、賛賛の美しさ気高さは忘られねえ。

「おかあさん。ご恩はこの命とかえてでも、おとうさんと夫にお返しします」

賛賛はそう言って土饅頭の前にぬかずき、その夜初めて俺に抱かれたんだ。

俺たちはじいさまの代から住んだ西炭窯屯《シータンヤオトン》に見切りをつけた。ろくでなしどもに窯の中まで覗かれて、いちいち焼き上がった炭の数まで勘定されたんじゃたまらねえや。

県城の西北に姜崴子村《ジアンワイツン》という豊かな村があった。俺はときたまそこの地主の姜家に呼ばれて、どうしようもねえ暴れ馬を手なずけていたんだ。誰に教わったわけでもねえんだが、俺はガキの時分から妙に馬とは相性がよかった。俺が跨って宥《なだ》められねえ馬はなかった。

地主は「姜大牙《ジアンダアヤ》」と呼ばれる大金持ちで、広い田畑と多くの家畜を持ち、城内に商店も経営していた。その姜大牙があるとき、俺に言ってくれたんだ。

「毛家城子《マオジアチヨンツ》の地主はあまりいい人じゃない。どうだね、こっちにきて馬の世話をする気はないか。おやじさんは羊を追い、女房はわしの家に仕えてくれればいい。楽な暮らしができるぞ」

渡りに舟の話だった。今から思えば、「姜大牙」という仇名の由来に気付かなかったのは、愚かだったがな。みんな字が読めねえんだから、牙も何もわかりゃしなかった。

姜大牙は屋敷にほど近い牧場の隅に、小ぢんまりとした家も用意してくれていた。おやじはのんびりと羊を追い、俺は好きな馬に乗り、贅贅は小ぎれいななりでお屋敷に通った。姜家の使用人だから年貢も払わずにすむ。楽などころか、まったく夢のような暮らしだったぜ。

牧草も青々と生え揃った夏の初めのことだった。

俺が馬の手入れをおえて家に帰ると、おやじが物凄い剣幕で贅贅を叩いていた。俺のおやじは、大きな声も出せねえような物静かな男だったから、俺は仰天してわけを訊ねた。ところが、おやじも贅贅も泣くばかりで何も言わねえ。どうせつまらねえ言葉の行きちがいで、おやじが柄にもなく癇癪《かんしゃく》を起こしたんだろうと思い、詳しいいきさつを訊くのはよしにした。

だが俺はその夜、おふくろの位牌に語りかけるおやじの声を聞いたんだ。

「貧乏人は辛抱しなけりゃいけない。辛抱が貧乏人の仕事だ。だがとうとう、辛抱たまらなくなってしまった。たとえかまきりの斧でも、ふるわずにはおられない」

あくる日、おやじが死んだ。

つかの間の幸せは、突然に終わってしまった。いや、俺ひとりがその暮らしを、幸せだと信じこんでいたんだ。

訃報を伝えたのは、日ごろ俺のことを哥《あに》いと呼んで慕っていた牧童だった。

「すぐに逃げてくれよ、秀哥《シウコオ》。姜大牙《ジアンダアヤ》があんたを殺しにくる」

俺はそのとき、牧童の口からすべてを聞いた。村人の誰もが知っていたのに、俺ひとりの耳に入らなかった真実さ。

賛賛《ツアンツアン》は姜大牙に操を奪われたうえ、妾にされていたんだ。腹の中にはガキまでできていた。

おやじが賛賛を問いつめたのは、親の勘というやつだろう。俺はこれっぽっちも気付かなかった。おやじは辛抱たまらなくなって、姜大牙にかけ合った。そして、虫けらみてえに殺されちまった。

姜大牙の狙いは、はなから賛賛だったのかもしれねえ、県城に炭を売りに出ていたころから、賛賛の器量のよさは町の噂になっていた。姜大牙はいずれ、おやじも俺も殺すつもりだったのだろう。

「俺は逃げねえよ。どうして正義が、悪いやつに背中を向けて逃げにゃならねえんだ。弱いから逃げるのか。それも理屈に合うめえ」

俺は決心した。弱いから逃げるのではなく、強い者に立ち向かって死ぬ決心をした。ちがうか、雷哥《レイコオ》。勝とうが負けようが、生きようが死のうが、悪い者に立ち向かってこその正義だろう。

厩《うまや》には馬泥棒がきたときのための備えがあった。一丁の大前門《ダアチエンメン》と、弾丸と、湾刀だ。俺は大前門に弾をこめ、弾帯を十字に架け、湾刀を背に負った。

お気に入りの蒙古馬を厩から引き出すと、俺は鼻面に語りかけた。

「聞いてくれるか。馬占山《マーチャンシャン》は一所懸命に働いてきたが、とうとう信ずる者がなくなった。蒙古人が言うには、馬は神の使いだそうだ。もしおまえがその馬ならば、このちっぽけな人間に力を貸してほしい。そのかわり馬占山は、一生を正義に捧げる。たとえ世界中を敵に回しても、義のあるところたったひとりでも戦う」

馬は諾として嘶《いなな》いた。俺は鞍を置き、腹帯をしっかりと締め、馬に跨《また》がるとまっさおな草原に駆け出した。

吹き過ぎる満洲の風が、降り注ぐ太陽の光が俺を励ました。

馬占山よ、もう何も考えるな。潔く戦い、潔く死ね、と。

草原の彼方から、二騎の刺客が馬を急《せ》いてきた。射撃は見よう見まねだが、兵隊くずれの用心棒などに負けるはずはねえと思った。俺は大前門を振りかざし、雄叫《おたけ》びをあげて走った。

おやじが何をした。おふくろが何をした。女房が何をした。貧しいこと、美しいことが罪なのか。ならば天に問う。いわれなき罪を雪《すす》がんとする俺を、殺すことができるのか。

刺客が銃を撃った。俺は身を伏せようとはせず、鐙《あぶみ》の上に立ち上がった。両手で支えなければ、大前門《ダアチエンメン》の反動には耐えられまいと思ったからだ。膝頭で馬の背を挟み、俺は大前門の引金を引いた。

弾丸は迫りくる刺客を射落した。怯《ひる》んで馬首を返そうとするもう一騎を追い、二発目を見舞った。

二人の用心棒を殺してしまえば、抗う者はいないはずだった。俺は草原を駆け抜け、運河を躍り越え、姜大牙《ジアンダアヤ》の屋敷に向かった。

門は開いていた。まさか俺が刺客を返り討ちにして、乗りこんでくるなどとは思ってもいなかったのだろう。

四合院《スーホーユアン》の中庭に、おやじのなきがらが横たわっていた。その枕元で、賛賛《ツアンツアン》が身をよじって泣いていた。

姜大牙は俺を見るなり立ちすくんで、まるですべてが冗談だとでも言わんばかりに、青ざめた顔をひきつらせて笑った。

「金ならいくらでもくれてやる。賛賛もおまえのものだ。それでも不服なら、この屋敷も田畑も、馬も羊もくれてやる」

俺は顎《あご》を振った。

「おやじの命は」

「無理は言うな。今さら仕方なかろう」

「ならば、おまえの命を貰う」

俺は大前門を振りおろした。弾丸は鬼の胸を貫いた。

往生できずに泣き喚く姜大牙の体に、俺はありったけの弾丸をぶちこんだ。弾倉を替えて、顔形のわからなくなるくれえにな。

それから、銃口を贇贇に向けた。命乞いのひとことも、言いわけのひとつもせずに、贇贇は目をつむって俺の仕打ちを待っていた。

たとえ姜大牙の邪心から始まったことにせよ、贇贇が俺を裏切ったのはたしかだった。

ちがうか、雷哥《レイコオ》。俺たちのつかの間の幸福のために、贇贇は犠牲になったというのか。

むろん俺だって、そう思わんでもなかった。だが、もしそうだとしたら、贇贇は初めて会った五年前と、どこも変わらねえ。弟に饅頭《マントウ》を食わせるために、贇贇は食堂の亭主に抱かれた。そして今は、俺とおやじの平安のために、姜大牙に抱かれた。

俺は何が何やらわからなくなっちまったんだ。贇贇が俺にとっての仏なのか鬼なのかが、てんでわからなくなった。

県城の橋の下で、力いっぱい抱きしめた贇贇の骨の軋みを、俺はありありと思い出した。十歳の俺は贇贇を生かそうとしたのに、十五歳の俺はなぜ殺そうとするのだろうと思った。

答えは簡単さ。俺は贇贇を愛していたんだ。

「俺はやさしくなんかねえよ」

引金を引こうとすると、涙がこぼれた。俺は賛賛《ツアンツアン》を愛していたんだ。空や風を愛するより、もっと強く、もっと深く。

「やさしくなんかねえよ」

すんでのところで、俺は銃をおろした。俺が大前門《ダアチエンメン》の銃口を向けて引金を引かなかったのは、後にも先にもその一度きりさ。

腹の子はあなたの子だと、賛賛は言った。どうだかはわからねえが、女にはそういうことがわかるらしい。

俺にやさしさなんて、これっぽっちもあるもんか。やさしい男ならば、すべてを水に流して地の涯《はて》まで逃げるだろう。さもなくば、二人してあの世へ行くさ。

「再見《ツアイチエン》。さいなら」

ひとことだけ別れを告げて、俺は馬に跨った。

五年の間、夢を見ていたんだ。俺も、あいつも。県城の橋の下で抱き合いながら、長い夢を見た。その間に十三の娘が十八になり、死んだ弟が腹の中の赤ん坊になって甦《よみがえ》ったのさ。そう思や、損は何もあるまい。

俺の希《ねが》いは通じたと思う。しばらく走ってから振り返ると、賛賛は門前の柳の幹にすがりついて、手を振っていた。

俺はその足で、懐徳《ハイドー》から十三華里の西に聳《そび》える、哈拉《ハラ》巴喇山《バラツシヤン》に登った。言わずと知れた吉林馬賊の根城さ。

なあ、雷哥《レイコオ》。俺よりずっと長く馬賊で飯を食っているあんたに、聞きてえことがある。俺たちは何だって、こんなわけのわからねえ生き方をしているんだ。黙ってたっていつかはくたばるのに、毎日が命のやりとりだ。

わからん、か。ふん、どいつもこいつも同じことをぬかしやがる。

まあせいぜい長生きして、婆様の言ってた英雄とやらにでもなるか。

それも、悪かねえ。

十一

杏山屯《シンシャントン》の大鼻子《ダアビイヅ》を皆殺しにした翌《あく》る朝、張作霖《チャンツオリン》はわずかな手下を引き連れて奉天城へと向かった。

空は晴れ上がっているのに、ときおり箕《み》を振ったような氷の屑《くず》が、馬上の男たちを狙うように吹き落ちてきた。

総督への手みやげは紅鬼子《ホンクイヅ》の首である。日本とロシアの戦争が終わってから二年もたつというのに、奉天城の清国正規軍も城外に駐留する日本軍も、匪賊《ひぞく》と化したロシアの残兵を討伐できずにいた。

それをたった一日の戦闘で片付けたのだから、さぞ誇らしかろうと思うのだが、どうしたわけか総攬把《ツオンランバ》は機嫌が悪い。ただ黙々と白馬に跨《また》がって隊列の先頭を行き、ときおり癇癪《かんしゃく》を起こしたように、モーゼルを空に向けて撃った。そんな様子だから誰も総攬把《ツォンランパ》には語りかけようともせず、次第に間隔も開いてしまった。

勝ち戦さにはちがいなかったが、味方の払った犠牲もまた大きかった。たぶんそれを苦にしているのだろうと春雷《チュンレイ》は思った。

「そうじゃあねえな。白虎張《バイフーチャン》は死んだやつらのことをあれこれ考えるほど、やわじゃねえ」

軍服姿の湯玉麟《タンユエリン》が苦笑する。官軍との交渉役を任されている四当家《スータンジア》の馬の鞍《くら》には、穴だらけになった黄龍旗が立てられていた。

「だったらどうしてご機嫌ななめなんです」

「さて、総攬把の胸のうちを覗《のぞ》くのは難しい。いったい何をお考えなんだか。ともかくあんなふうにつむじを曲げたまま奉天城に乗りこんだら、総督閣下も慄《ふる》え上がるぜ。こいつは見ものだ」

雪原の彼方に、黒煙を吹き上げながら汽車が走り過ぎてゆく。北京と奉天を結ぶ京奉線である。沿線の二華里ごとに据えられたトーチカには、日本兵の歩哨の姿も見えた。

生まれ育ったこの国がいったいどんなことになっているのか、春雷は知らなかった。シベリアからやってきた何十万人もの大鼻子《ダアビイツ》と海を渡ってきた何十万人もの東洋鬼《トンヤンクイ》が、満洲の大地を戦場に変えてしまった。清国はその両方から金を貰って、戦場を貸したのだという。

そもそも満洲は皇帝陛下のふるさとである。だから永らく聖なる封禁の地とされて、漢族でさえ立ち入ることはできなかった。その侵すべからざる大地で、こともあろうに日本とロシアが派手な戦さをしたというのだから、話はまるでわからない。

満洲の民を守ることができるのは、自警団として立ち上がった馬賊だけであった。みなが無知で野蛮ではあるけれども、壮士なり義士なりという呼称は、あながちお題目ではなかった。

「いったい、東洋鬼と大鼻子は、どっちが勝ったんですかね」

春雷は汽車を見送りながら、少しは世の動きを知っていそうな湯玉麟に訊《たず》ねた。

「野戦はいい勝負だったが、海戦は日本の大勝利だったらしい。鉄道もやつらが押さえているんだから、東洋鬼の勝ちってところだろう」

「俺はよくわからねえんだがね」と、春雷はさらに訊ねた。

「きのうやっつけた大鼻子どもは、一個中隊の遊兵じゃねえんですかい。だったら東洋鬼が残敵掃討するもんでしょうが」

ふむ、と湯玉麟は「麒麟当家《チリンタンジア》」の二ツ名にふさわしい魁偉《かいい》な顔を春雷に向けた。

「おまえは馬鹿かと思ったが、あんがいそうでもないらしい。白虎張が腹を立てていなさるわけも、おそらくそのあたりだろう。総攬把は破天荒なお人だが、筋の通らぬことが大嫌いなんだ」

もうひとつわからぬことがあった。日本軍が動かぬにしても、奉天城にいる清国正規軍が、なぜ紅鬼子《ホンクイヅ》を討伐しようとはしなかったのだろう。その間に多くの民が苦しめられたというのに。

「訊《き》くまでもなかろう。まず、官兵どもは百姓たちを畜生か虫けらだと思っている。それに、討伐などしようにもできない腰抜けだ」

「だったらもっと早く討伐命令を出せばよかろうに。白虎張ならいつだって一日でやつらを片付けたはずですぜ」

「そのあたりは、なかなか難しい」

麒麟当家《チリンタンジア》は真白い溜息をついた。凍った街道の先を歩みながら、総攬把《ツオンランパ》がまた天に怒りをぶつけるように拳銃を撃った。

「たしかに俺たちは官軍に帰順した。張作霖《チャンツオリン》の肩書きは巡防五営統帯官、つまり清国正規軍の連隊長で、攬把たちは大隊長さ。だがそれは、たがいに銃は向けないという協定のようなもので、命令のやりとりをするほど上下がはっきりしているわけではない。だから今度の戦さは、総督閣下が新民府まで出向いて、討伐を依頼するのが道理なんだ。ところがやつらは、上官づらをして命令書を出しやがった」

「だったらなぜ命令に従ったんですかね」

「俺も意外だったんだが、たぶんこれが効いたんだと思う」

麒麟は鞍に立てた黄龍旗を指さした。立派な黄緞《こうだん》の刺繍《ししゆう》に、きのうの戦闘の弾痕が生々しい。

「総攬把はあんがい愛国者なんだ。落ちぶれ果てた大清帝国をまだ信じていなさる。だから皇帝陛下の旗を賜わって、嫌とは言えなかったんだろう。もっとも、奉天の総督閣下も幕僚たちも、そのあたりを見越していたんだろうがね」

白虎張《バイフーチャン》が奉天から六十華里も離れた新民府にとどまっている理由が、ようやくわかったような気がした。

満洲馬賊の間では、白虎張といえば「奉天の総攬把」として知られている。だが実は、東北最大の都市である奉天に拠っているわけではなかった。拠点は郊外の新民府であり、四当家《スータンジア》の湯玉《タンユエ》麟《リン》が奉天との連絡役を果たしているに過ぎない。

奉天城などいつでも一晩で攻め取ってやると嘯《うそぶ》きながらも、張作霖は皇帝陛下の軍隊に敬意を払っているにちがいなかった。

春雷《チュンレイ》は馬上で振り返った。四当家が掲げる黄龍旗につき随《したが》うように、「張」の一字を書いた黄色い三角旗が続いている。張作霖は皇帝のみが使う禁色《きんじき》を勝手にわが徽《しるし》としているのではなく、われこそが真の官軍だと謳《うた》っているのではあるまいか。

「白虎張のことが少しはわかったか、雷哥《レイコオ》」

「よくはわからねえが、ともかく苦労なお人だってことぐれえは」

「その通り。それだけわかれば十分さ。総攬把があの小さな背中にしょっていなさるのは、四億《しおく》の民の苦労なんだ。やることなすことわけがわからないが、その苦労だけがわかる俺たちは、総攬把の背中についてゆくほかはない。張作霖は、四億の民の正義なんだ」

湯玉麟が馬をせくと、続く子分どもはみな声を上げて総攬把との間合いを詰めた。

氷のかけらが宝石のように舞う行手に、やがて奉天の城壁が現れた。


城外の奉天駅周辺では、めざましい勢いで都市の建設が始まっていた。

労働者はみな漢人の苦力《クーリー》だが、監督する者は立派なみなりからもそうとわかる日本人である。

駅舎ばかりではなく、工事現場のあちこちにも銃を構えた日本兵が立っていた。

どうやら駅のまわりには、巨大な日本人街ができつつあるらしい。戦火に焼けただれたロシアふうの建物は取り壊され、赤煉瓦《れんが》に銅屋根を葺《ふ》いた高層の建物が、石畳の街路に並び始めていた。

なぜ春を待たずに、むりやり凍土を貫いて杭を打ちこむのだろうと、春雷《チュンレイ》は日本人の性急さを訝《いぶか》しんだ。彼らはいつもせわしなく早足で歩き、顔つきも目配りも、動作の逐一までもが鼠《ねずみ》のようにせせこましかった。

「白虎張《パイフーチャン》！」

石畳の街路を進むほどに、あちこちの工事現場から声がかかった。行きかう馬車も人々も歩みを止めて、みなまばゆげに馬上の壮士たちを見つめた。

マロニエの街路樹がつらなる一筋道をしばらく行くと、外城の城壁につき当たった。人の身丈よりもいくらか高い程度の土塁は砲撃の跡も生々しく、もはや城壁の用をなさぬ長物となっていた。

その先は民家の建てこんだ外城街である。城壁までは戦火に焼けているのに、幸い市街地はほとんど被害を蒙《こうむ》っていなかった。どうやら日本とロシアは、城内の奉天市民を戦さに巻きこむことはなかったらしい。

外城は漢人の街である。満洲は封禁の地で、とりわけ奉天は清の太祖と太宗が入関以前に都とした満洲族の聖地なのだが、長い間に長城を越えてきた漢族の流民たちは、内城を取り巻くかたちで自然に街を造った。

子供らは口々に白虎張の名を呼びながら、隊列の左右にまとわりついてきた。

やがて遥かな雪原からも望まれた内城壁が、行手に立ち塞《ふさ》がった。見上げれば息を呑むほどの高さである。きっちりと積み上げられた黒い磚石《せんせき》の頂上には、銃眼をあけた石墻《いしがき》がめぐっていた。

三層の門楼を方形の甕城《おうじょう》が包みこみ、その先端には大砲が据えられていた。故宮と官署街に続く大西門《ダアシーメン》である。

北洋陸軍の衛兵は、突然現れた馬賊の一隊におののき、銃口を向けた。

「巡防五営統帯官、東三省総督衙門《がもん》まで通る」

湯玉麟《タンユエリン》が黄龍旗を手にして告げた。衛兵たちはたちまち捧《ささ》げ銃《つつ》の礼で迎えたが、そのまなざしは白馬に跨った張作霖《チャンツオリン》を畏怖していた。官軍に帰順こそしているものの、その気になればいつでも全満洲の馬賊に号令し、奉天府を一日で攻め取ることもできる総攬把《ツオンランバ》に対する畏《おそ》れであった。

張作霖は直立不動の敬礼をする将校にも、答礼どころか一瞥《いちべつ》すら返さなかった。

大西門大街《ダアチエ》の道幅は広く、左右には石造りの商家が建ち並んでいた。住民の多くは清国のあるじたる満洲族である。店先や茶館のテラスには、冠に孔雀の翅《はね》を揺らし、朝袍《チャオパオ》を着た旗人やら、両把頭《リャンバトウ》の髷《まげ》を結った満洲婦人の姿も見られた。雑多な外城とは趣を異にした、支配者たちの町であった。

人々はみな、衛兵たちと同様の視線を張作霖に向けていた。軍服姿の湯玉麟を除けば、みなが絵に描いたような満洲馬賊のなりである。しかも、身にまとった袍《パオ》や馬褂《マーコワ》や皮大衣《ピイダアイー》からは、いまだ血と硝煙の匂いが立ち昇っていた。

内城の中心には、空を押し上げるように一群の瑠璃瓦《るりがわら》が輝いている。かつて太祖努爾哈赤《ヌルハチ》、太宗皇太極《ホンタイジ》が政を執った奉天故宮である。東三省総督衙門はその対《むか》いの、真新しい洋風建築であった。

張作霖《チャンヅオリン》は紅鬼子《ホンクイヅ》の首を納めた瓶《かめ》を抱えて、ひらりと馬から降り立った。

「総督に会うのは、俺と四当家《スータンジア》と五《ウー》当家。残りはここで待て――おい、秀哥《シウコオ》」

総攬把《ツオンランバ》は殿《しんがり》を進んできた馬占山《マーチャンシャン》を呼んだ。

「めったなことはねえと思うがな。万が一、官兵どもが俺をどうこうするようなら、おめえは新民府までつっ走れ」

秀芳《シウファン》は馬上から問い返した。

「へい。で、どうなるんで」

「わかりきった話だ。そのために二《アル》当家と三《サン》当家を新民府に残してある。総督も巡撫も殺せ。官兵はひとりも生きて城から出すな」

「対《トエ》。承知しました」

それから総攬把は、門前に銃剣の穂先を並べる衛兵たちに向かって、「張作霖」とひとこと名乗った。とたんに一列の槍衾《やりぶすま》は、呪いの声でも聞いたかのように左右に分かたれた。

瓶を抱き、皮大衣《ピイダアイー》の裾を翻して、張は西洋ふうのアーチ門を潜った。黄龍旗を掲げた湯玉麟《タンユエリン》と、赤い包頭《パオトウ》の春雷《チユンレイ》が後に続いた。

「物騒なお出迎えですねえ」

中庭から四方を見上げて、春雷は呟いた。

「なに、こいつらに白虎張《パイフーチャン》を殺す度胸などあるものか。見ろ、どいつもこいつも腰が引けちまって、銃口がぶるぶる震えている」

麒麟《チリン》は鼻で笑った。中庭をめぐる三層の回廊から、無数の銃口が三人に向けられていた。

「どうだ、雷哥《レイコオ》。また少し白虎張のことがわかったろう」

「へい。少しずつですが」

「怖くはないか」

「さてね。怖いのと嬉しいのとの見分けがつかねえ性分でして」

「なるほど、うまいことを言う。そのあたりが馬賊と兵隊のちがいだな。俺も同じさ。怖い分だけ嬉しくなる」

中庭を横切って石段を昇る。ほの暗い廊下にも、回り階段の吹き抜けの上にも、銃を構えた兵士が犇《ひしめ》いていた。彼らの目には、小さな総攬把が人間ではない何ものかに見えているのだろう。

春雷は嬉しくてならなかった。ここは曲りなりにも東北三省をしろしめす官衙の胎内である。そして大清帝国が聖地とする、副都奉天の中心であった。皇帝陛下の兵士たちが、震えながら自分の体に銃口を向けていた。北三条子《ペイサンチャオツ》の浪人市場で燻《くすぶ》っていた数日前が、まるで夢のようだった。今まで何ひとつしてくれなかった国、貧しい農民を苦しめるばかりだった兵隊が、自分を怖れていた。彼らを怯《おび》えさせるものは地位でも権威でもなく、命をかけて戦ってきた男の、むき出しの力だった。

白虎張《パイフーチャン》は自分に向けられた銃口などいっさい目に入らぬかのように、回り階段を昇ってゆく。色白の横顔には、兵士たちをなめきった笑みすらたたえていた。
はっきりとわかったこと――それは張作霖《チャンヅオリン》がこの東北三省で、最も強い男だということだった。

階上の廊下には赤い絨毯《じゅうたん》が敷きつめられていた。軍服の胸いっぱいに勲章をつけた北洋陸軍の将校が、引きつった笑顔で張を迎えた。

「紅鬼子《ホンクイヅ》を皆殺しにしたとは、本当かね」

張作霖は二重瞼《ふたえまぶた》の目を細めて、将校の風体を見回した。

「噂は早いな。きのうのきょうだぜ」

「斥候《せっこう》からの報告があった」

「斥候を出すぐれえなら、軍隊を出しやがれ。おかげで俺は、可愛い子分を三十人も殺しちまった」

将校は言い返した。

「貴官の子分ではなかろう。帰順したからには、清国陸軍の兵だ」

「何だと」

と、張作霖は三白眼を瞠《みひら》いた。

「おう、若えの。おおかた日本の士官学校でも出やがったんだろうがよ、俺様に文句をつけるんなら、せめて人間の十人もぶち殺してからにしろ。参謀の肩書なんてものは、この満洲じゃ糞の役にも立たねえんだぜ」

張は将校の参謀懸章を弄《もてあそ》び、軍服の胸から勲章をひとつ毟《むし》り取った。

「おめえさんの命のかわりに、こいつを貰っておく。さて、俺様は誰だか言ってみろ」

将校の顔は紙のように白くなった。

「巡防五営統帯官の、張作霖大佐殿です」

「不是《ブウシイ》——」

張は細い頤《おとがい》を振った。

「そんな肩書は知らねえ。俺様は奉天の総攬把《ツオンランパ》、張作霖だ。総督の軍隊や日本軍のほかに、もうひとつの奉天軍があるのを忘れるな」

総督室の扉が開いて、副官がおそるおそる顔を覗かせた。

「総督閣下がお待ちかねです」

張は副官の顔を部屋に押しこむと、長靴《ちょうか》の踵《かかと》で扉を蹴り開けた。

午後の光が射し入る豪奢《ごうしゃ》な執務室である。紫檀《したん》の椅子に、官服を着た初老の男が座っていた。

背後に並ぶ軍人たちは気色《けしき》ばんで拳銃の握把を握ったが、さすがに総督は動じる様子がなかった。

「やあ、菊人《ジュレン》」

親しげに字《あざな》を呼んで、張は総督の対いに腰をおろした。

「やあ、雨亭《ユウティン》」

総督も手を挙げて微笑み返した。

東三省総督徐世昌《シユシイチヤン》は、清国の軍権を掌握する袁世凱《ユアンシイカイ》の腹心である。古来、奉天には満洲旗人の盛京将軍が都から派遣されていたが、その長い慣例を破って、この漢人官僚が新たに設置された総督の地位についた。

総攬把《ツオンランバ》は抱いてきた瓶を、どさりと卓の上に置いた。

「おめえさんの命令通り、紅鬼子《ホンクイツ》の首を取ってきた。検《あらた》めるか」

「いや」と総督は手を振り、幕僚たちは後ずさった。

湯玉麟《タンユエリン》が穴だらけの黄龍旗を竿からはずして、瓶のかたわらに添えた。

「なあ、菊人《ジユレン》。おめえさん、この張作霖《チヤンツオリン》を安く踏んでいたようだな。紅鬼子とぶつければ、俺が返り討ちに遭うと読んだか」

「そんなことはないよ、雨亭《ユウテイン》。君ならば紅鬼子を苦もなく倒すだろうと思っていた」

「苦もなく、か――」

張はろくに戦さもしたことのなかろう幕僚たちの顔を、ひとつひとつ睨みつけた。

「おまえらのそのツラはうんざりだ。いいか、紅鬼子はたしかに悪党だが、俺の縄張りを荒らしたわけじゃねえんだ。だから俺がやつを攻め殺したのは、仁義にはずれる。みちみちずっと、そればかりを考えてきた」

張は瓶の蓋《ふた》に手を置いた。憤りの理由は思いがけなかった。

「仁義、か。そうは言っても、軍隊を逃げ出した遊兵どもに、何も仁義を通す必要はなかろう。

理屈はやめたまえ、雨亭」

「話のわからねえ野郎だ。ガキの時分から食うに不自由のなかったやつは、これだから困る。だったらその理屈とやらを、きちんと聞かせてやろう」

「ほう。どういうことだね」

総督は老獪《ろうかい》な笑い方をした。差し出された煙草をくわえ、火を受けてから張は語った。

「俺が皆殺しにしたやつらは、軍隊を逃げ出したわけじゃねえ。軍隊に見棄てられたんだ。杏山《シンシャン》屯《トン》の守備隊だったのか、ロシア軍の殿《しんがり》を務めていたのかは知らねえが、ともかく本隊はやつらを棄てて、国に逃げ帰っちまったにちげえねえ。さもなくば誰が好きこのんで、真冬の満洲になぞいるものか。やつらは食うために悪さをしなけりゃならなかった貧乏人だ。わかるか、菊人。俺は総攬把の何のと呼ばれたって、骨の髄から貧乏人さ。その貧乏人が、貧乏人を攻め殺しちまった。黄龍旗に畏れ入って、貧乏人の仁義を踏みはずしちまったんだ」

春雷《チュンレイ》には張作霖の口にした言葉のいちいちが、痛いほどよくわかった。だがおそらく、総督や幕僚たちには理解できまい。

「やい、聞いてやがるのか、この豚野郎」

張が声をあらげてどしんと床を踏むと、幕僚たちは一斉に拳銃を抜いた。だが彼らの銃口より先に、春雷のブローニングと麒麟《チーリン》のモーゼルは、総督の眉間《みけん》にぴたりと狙いを定めていた。

「やめろ」と、総督は部下たちを諫《いさ》めた。

張は青ざめた総督の顔を覗きこむようにして、煙を吹きつけた。

「なあ、菊人《ジュレン》。おめえは貧乏人の底力ってえのを知らんらしい。ここで俺がどうこうなれァ、奉天城の官軍は一日で皆殺しだぜ」

「そんなことが、できるものか」

「だったら、ためしてみるがいいさ。俺もおめえも結末は見れねえだろうが、大喧嘩のあとは俺の手下の攬把《ランパ》の誰かしらが、おめえの首を瓶に入れて北京に行く。袁世凱《ユアンシイカイ》の目の前にそいつをどさりと置いて、同じ話をするだけだ」

幕僚のひとりが、たまらずに呻《うめ》くような声をあげた。

「無礼にもほどがあるぞ、雨亭《ユウテイン》。いいかげんにせんか」

ほう、と張は首をかしげて幕僚を睨みつけた。

「たしかに俺は無礼者だが、お天道さんに無礼を働いたためしは一度もねえのさ。そういう生き方をしていると、世間からは無礼者と呼ばれる。もういっぺん言ってみるか、参謀殿」

贅沢《ぜいたく》を極めた総督室には場ちがいな馬賊の後ろ姿が、春雷《チュンレイ》は誇らしくてならなかった。熊皮の帽子にこびりついた氷はようやく溶け始め、肩から羽織った皮大衣《ピイダアイー》の立襟を滴《しずく》が濡らしていた。そして温もった体じゅうから、男の匂いに満ちた湯気が立ち昇っていた。

総攬把は肩ごしに二人の部下を振り返って命じた。

「物騒なものはしまっておけ。おまえらの腕前なら、こいつらが引金を引いてからだって勝負になる――ああ、ご存じのねえ方に紹介しておきましょうか。こっちが四当家《スータンジア》の湯玉麟《タンユエリン》。総督閣下に妙な軍服を着せられちゃいますが、麒麟哥《チリンあに》いといえば満洲の馬賊に知らん者はいません。で、赤い頭巾の熊みえてな野郎は、きのうの戦さで一番手柄を立てた五当家《ウー》の李春雷《リイチユンレイ》。紅鬼子《ホンクイヅ》もこいつの手にかかりました。二当家《アル》の張景恵《チヤンチンホイ》と三当家《サン》の張　作相《チヤンツオシヤン》は、新民府で戦さ仕度をしています」

総督が声を裏返して訊ねた。

「また戦さがあるのか」

張作霖《チヤンツオリン》は椅子に沈みこむと、くわえ煙草の唇の端を歪めて笑った。

「ことと次第によっては」

総督も幕僚たちも、虎に睨まれた獣のように息をつめ、身じろぎもしなかった。

「なあ、雨亭。面倒な話は抜きにしようじゃないか。君の望みは褒美だろう」

「褒美、ですかね。その言い方はおかしい。なくしたものを弁償してくれ」

「まあ物は言いようだが、金めあてにはちがいなかろう。はっきり言いたまえ、いくら欲しいんだね」

張は馬掛《マーコワ》の胸に十字にかけた弾帯から、モーゼルの弾を抜き出して卓の上に並べ始めた。

「一《イー》、二《アル》、三《サン》、四《スー》――」

いったいどういう交渉をするのだろうか、指ほどもある大きな弾丸が整然と立てられてゆく。

「二十七《アルシーチー》、二十八《アルシーバー》、二十九《アルシーチウ》――三十《サンシー》」

三十発の弾丸を立ておえると、張は顔を起こした。

「さあて、これはきのうの戦さで死んじまった手下の数だ。まず、こいつらのお命代を払ってくれ」

「いくらだ」

「どいつもこいつも、この白虎張《パイフーチャン》が手塩にかけて育て上げたつわものだった。同じ命でも北洋陸軍の兵隊とは値打がちがう」

張の語り口は執拗だった。総督は怯《おび》えながら苛立《いらだ》っていた。

「はっきり言え、いくら欲しい」

「いきなり言ったんじゃ、頭の悪いおめえさんは納得できねえだろうから、わかるように言ってるんだ。あわてるな」

張は苦笑しながら、背後に立つ春雷《チュンレイ》に拇指《おやゆび》を向けた。

「俺は北三条子《ペイサンチャオツ》の浪人市場でこいつを買った。値段は一千元だ」

幕僚たちは驚きの声をあげた。

「嘘かまことかは、北三条子に伝令を出せばわかる。こいつの値打を疑うのなら、ためしに拳銃を撃ってみろ。引金に指がかかる前に、誰だろうがあの世行きだ。一千元は高い買物じゃねえさ」

「つまり、一千元が三十人で、つごう三万元を弁償しろというわけだな」

「まあ待て、菊人《ジュレン》。話はまだ途中だ。俺はおめえさんの手下に直った覚えはねえが、俺には手下が大勢いる。体を張って戦った連中には、ひとりひとり褒美をくれてやらにゃならねえ。兵隊なら勲章ですむところだろうが、馬賊は何たって金だ」

張は馬褂《マーコワ》の懐を探ると、廊下で将校から毟り取った勲章を総督の膝に投げた。

「こんなおもちゃは貰ったところで誰も喜ばねえし、俺も手下に勲章をくれてやるほど偉かねえさ。きのうの戦さはどいつもこいつもよく働いた。初陣の乾児子《カンアルツ》にだって、百元やそこいらの小遣はくれてやりてえ。俺の手間賃までひっくるめて、七万。つごう十万元を受け取りにきた」

室内はどよめいた。廊下からおそるおそる覗きこむ朝袍《チャオパオ》の官吏たちは、口々に「没法子《メイファーツ》」と呟いた。

張は官吏たちを振り返り、長靴の踵でどしんと床を踏んだ。

「やい、腐れ卵の糞野郎ども。進士様だか挙人様だか知らねえが、おめえらの口から没法子なんて文句は聞きたくもねえ。そいつは種籾《たねもみ》までおめえらに分捕られる百姓の台詞《せりふ》だ。畏れ多くも天子様の黄龍旗までおっつけて、この白虎張に命をかけさせた見返りだぜ。十万が百万だって高えとは言わさねえ」

張がもういちど踵を踏み鳴らすと、あたりは静まり返ってしまった。

「次は踵の音じゃねえぞ。聞きてえか、菊人」

二服目の煙草をくわえたまま、張作霖《チャンツオリン》は低い声で呟いた。

十二

城壁が赤い夕陽に隈取られるころ、馬賊たちは帰途についた。

四頭立ての荷車には、銀貨の詰まった麻袋と弾薬箱が山と積まれている。

「どうだ、雷哥《レイコォ》。白虎張《バイフーチャン》のことが少しはわかったか」

往路と同じ口調で、湯玉麟《タンユエリン》が訊ねた。いつの間に着替えたものか、身なりは馬賊然たる綿入れの袍《パオ》に革の褲子《クウツ》である。

「少しはわかったつもりだったが、またわからなくなっちまいました」

春雷《チュンレイ》は本音で答えた。

少くとも総攬把《ツオンランバ》は、ただ忿懣《ふんまん》をぶつけたわけではない。いたずらに脅しをかけて金をせしめようとしたわけでもなかった。経緯を思い返してみると、張の言動には何ひとつ無駄がなかったような気がする。

だとすると、張作霖《チャンツオリン》は交渉事の達人ということになる。

総督は権勢を誇る袁世凱《ユアンシイカイ》の腹心である。幕僚は天津の武備学堂の出身か、日本の士官学校に留学した英才たちで、朝袍《チャオバオ》の役人はみな科挙出身の進士や挙人であろう。つまり選良中の選良を向こうに回して、読み書きすらろくにできぬ若き馬賊の頭目が、十万元という法外な金をせしめたうえに、荷車一台分の弾薬まで分捕ってきた。

そんな人間のことを、簡単にわかったなどと言えるはずはなかった。

「馬賊の格でいうんなら齢も力も上の大攬把《ダアランバ》たちが、こぞって白虎張を頭目に推したわけはわかるような気がしますがね」

馬賊の真の敵は馬賊ではなく、民を虐《しいた》げる権力である。だからこそ馬賊は任侠と呼ばれ、壮士として敬われもする。力に恃《たの》むばかりではなく、力を背景として官とわたりあう交渉に長じた者こそが、総攬把にふさわしいのではなかろうか。

「まあ、攬把と呼ばれる男なら誰だって喧嘩上手だが、総督府を相手にあんな芸当のできる人間は、まずいない。腕と足、肚《はら》と運、それくらいなら俺も負けはしねえが、頭と口はとうていかなわねえ。白虎張はいろんなものを天から授かっていなさるのさ」

湯玉麟はそう言って、凍った手套《てとう》の指先を総攬把の小さな背中に向けた。

内城に住まう豊かな人々は、みな怯《おび》えるように隊列を見送ったが、ひとたび大西門《ダアシーメン》を出て外城の雑多な街並に入ると、まるで役者の名を叫ぶような歓呼の声が、馬上の白虎張を迎えた。

子供らはきそって白馬に手を触れようとし、娘たちは隊列とともに歩いた。名を呼ばれるたびに白虎張は手を挙げて応えたが、差し出される饅頭《マントウ》や餅はけっして受け取らなかった。

おそらく外城の住民たちは、白虎張の帰りを待ち受けていたのだろう。やがて行手を遮《さえぎ》るほどの人の群が、隊列とともに動き始めた。

没法子《メイファーツ》――。

貧しい人々の口にする、呪文のような言葉が春雷の胸に甦《よみがえ》った。「どうしようもない」と官吏たちが言ったとき、総攬把は本気で怒ったと思う。春雷もそれを耳にしたとたん、目を吊り上げて役人たちを睨みつけていた。

歓呼の声の中で、春雷はふいにふるさとの景色を思い出した。

静海《チンハイ》の梁家屯《リアンジアトン》は、茫々たる湿原に囲まれていた。村人たちは土を固めて堤防を築き、ようやく拓いたわずかな土地に、高粱《カオリヤン》や芋を作って暮らしていた。家族が食うだけでも足らぬ食物を、梁家の税吏がこそげ取るように奪っていった。

父は曠《あ》れた畑に腹這って死んだ。その死にざまは今も瞼《まぶた》に焼きついている。芋畑の畝《うね》で、からからに干からびた蔓《つる》と鎌とを両手に握ったまま、父は土の中に顔を埋めて死んでいた。

まるで蟷螂《かまきり》のようだと、幼い春雷《チュンレイ》は思った。骨と皮ばかりに痩《や》せ、鎌を握ったまま息絶えている父は、人間ではない大きな蟷螂だった。

「没法子《メイファーツ》――」

そのとき、母は呟いた。子供らは厳《おごそ》かな経文でも誦《ず》すように、「没法子」と唱和した。悲しみがやってきたのは、その言葉よりずっと後だったような気がする。

病で長いこと寝ていた父は、末期《まつご》の力をふりしぼって畑に向かったのだった。もぬけの殻になった寝床に気付いて、家族は父を探しに出た。そして芋畑の畝に、大きな蟷螂の骸《むくろ》を見つけた。

父の居場所を探すのは難しいことではなかった。家のまわりは乾くことのない湿原で、父の這い進んで行ったあとには葦が倒れていた。その道筋をたどると、獰猛《どうもう》な葦原をやっとの思いで平らげた、小さな芋畑があった。

ふしぎなことに、その芋畑のありかは誰も知らなかった。新たに畑を拓けば税吏がたちまち勘定してしまうから、父は家族すら知らぬ畑を葦原の中に作ったのだろう。

病の床から這い出て、父は秘密の畑へと向かったのだった。だが、湿めった土の中の芋は、みな育つこともなく腐れ果てていた。

父が鎌を握って死んでいたのは、おそらく収穫のないことを知っていて、せめて芋の蔓だけでも家族に食わそうと考えたのかもしれなかった。

村の医者は、父の病を「春瘟《チユンウエン》」だと言った。「春瘟なのだから仕方がない」、と。

それは寒い冬の間に農民たちが罹《かか》る怖ろしい病の名だった。しかし、正しくはそれが病気ではないことぐらい、子供でも知っていた。春瘟は飢え死ぬ人間の姿だった。

没法子。没有法子《メイヨウファーツ》——。

たしかに方法は何もなかった。どうしようもなかった。

春瘟に薬は不要だった。食い物さえあれば、患者は必ず回復する。つまり医者代も払えぬ患者はみな春瘟で、医者も「春瘟なのだから仕方がない」と非情な宣告をするほかはないのだった。

貧しくとも明るい気性の父は、医者に向かってこんなことを言った。

「倅《せがれ》は春風《チユンフオン》に春雪《チユンシユエ》、春雷《チユンレイ》と春雲《チユンユン》。もうひとり春瘟が生れたと思やいいさ」

父は満足に物を食わず、家族を食わせた。だからその次の冬には、長兄が春瘟を患った。春瘟で死ぬことが、家長の宿命のようなものだった。

生れつき体の不自由な次兄は、育つことをとうにやめて寝たきりだった。だとすると、次の秋によほどの収穫でもないかぎり、宿命の順番は春雷に巡ってくる——。

蓋《ふた》のしきれぬ悪い記憶が、春雷の胸に溢《あふ》れた。きつく目をつむれば、瞼の裏に索漠たる静海《チンハイ》の曠野《あれの》が拡がった。白虎張《パイフーチャン》の名を呼ぶ歓喜の声が、葦原を渡る風の唸りに聴こえた。

この奉天の町から遥かな草原と砂漠の彼方、長城を越えたその先の、覇王の地である中原のただなかに、静海のふるさとは今も忘れられている。

「没法子《メイファーツ》。没有法子《メイヨウファーツ》――」

どうしようもなかったのだと、春雷《チュンレイ》は唇を慄《ふる》わせた。

同じ文句を枕元で呟いたとき、春瘟《チュンウエン》に痩せ衰えた兄は言ってくれたのだ。

「逃げろ」、と。

そんなことはできないと、春雷は答えた。隣の寝床には育つことをやめたもうひとりの兄が横たわっており、家の外では幼い弟と妹が遊んでいた。母が機《はた》を織る力ない音も聴こえた。

「よく聞け、春雷。おまえは体もいいし、力もある。だが、俺にできなかったことは、おまえもできないだろう。今年は俺が死に、来年はおまえが死に、その次の年は春児《チュンル》が死ぬ。そしてみんな死んじまう。だから、おまえひとりが生きろ。逃げるんだ、春雷」

思い悩んだ末の言葉であることはわかっていた。しかし春雷は、そんなことはできないと、もういちど言った。次の秋には必ず、食いきれぬほどの高粱《カオリヤン》が稔れる、と。

兄は顎を振った。

「毎年の凶作は、天が狂っているのではなく、地が狂っているのだ。どれほどの実りがあろうと、税吏は穫れただけの作物を持って行く。それでも国が壊れないのは、飢え死ぬ百姓が子供だけは育てるからだ。そんな虫けらの運命に、おまえひとりぐらいは逆らってもよかろう。逃げろ、春雷」

家族を捨てて逃げるのではなく、百姓のさだめから逃げろと、兄は言ったのだろう。だが、むろんそれは同じことだった。

孝悌の道に反する、と春雷は言った。読み書きなどできはしないが、父から口伝《くちづ》てに教えられた人の道だった。

「孝悌かよ。そんなものは糞くらえだ。孔子様は何だって、役人に都合のいいことばかりぬかしやがる。そうだ、春雷。おまえは地の果てまで逃げて、孔子様のしちゃならねえと教えたことを片っ端からやればいい。不仁。不義。不礼。不知。不信。不忠。不孝。不悌。それで立派に生きられるさ」

それからの十数年を、春雷はその通りに生きた。他人を思いやることなどなく、行いには正義のかけらもなかった。無礼者で無知で、信ずるよりも疑うことが習い性になった。すべてが金であったから、忠も孝も悌も口先だけのお題目にすぎなかった。

そして、そんなふうに無頼な生き方をしていれば、立派とはいえぬまでも生き続けることはできた。

いったいあれから、どれほど人を殺し、どれだけの金を奪い、女を拐《かどわか》し、家を焼き払ったのだろう。人間としておよそ考えつく限りの悪業を積み重ねながら、きょうまでを生きてきた。

そしてなお怖ろしいことに、それらの悪事については何ひとつ悔悟がなかった。省みて悔いるところはただひとつ、おのれひとりが生きるために家族を捨てたことだけだった。

「白虎張《パイフーチャン》、白虎張！」

外城の町なかを進むほどに、隊列をめぐる人垣は厚く密になった。口々の歓呼の声は、手拍子に乗った「パイ、フー、チャン」の音頭に変わった。

祭りのように湧き返るたそがれの大街《ダアチエ》を、張作霖《チャンツオリン》は馬上の小さな体に夕陽を浴びて進んだ。

春雷《チュンレイ》はどうしてもわからなかった。張作霖には馬賊の頭目としての実力はたしかにある。子分たちに慕われ敬われるのは当然だと思う。だが、なぜ子供から老人に至るまで、かくも彼を愛するのだろう。お膝元の新民府ならばともかく、張作霖が奉天の市民を守っているわけではなく、施しをしているわけでもなかった。その利害なき人々が、なぜ白虎張《パイフーチャン》を讃えるのだろうか。

総攬把《ツオンランバ》の過去は知らないが、馬賊の生まれ育ちなどは聞かずとも似たようなものであろう。戦場での胆力と、射撃や騎馬の腕前を見れば、これまでどれほどの修羅場を踏んできたかは明らかだった。むろん馬賊の踏んだ修羅場の数は、人間としての悪事の数である。戦さをすれば人を殺し、女を犯し、金を奪い、家を焼くのだから。

その大悪党が、なぜかくも人々の人気の的となっているのか、春雷にはどうしてもわからなかった。今までに出会った攬把は、どれも人々から怖れられこそすれ、愛されはしなかった。

外城の土塁を越えると、日本軍の憲兵隊が群衆を遮った。

「乱暴はしなさんなよ」

張作霖は馬を止めて、すれ違った騎馬の将校に言った。言葉が通じたのか、将校は挙手の敬礼をしてから、部下たちに何やら大声で命じた。群衆は土塁のきわにとどまって隊列を見送った。

張作霖と自分との違いは、ただひとつなのだろうと春雷は思った。どうしようもない過去に呪縛されている自分に較べ、張作霖はけっして「没法子《メイファーツ》」の言葉を口にしない。紛《まぎ》れもない没法子の国に生きているというのに。

没法子——。

またひとつ、悲しい記憶が甦った。

追いすがる弟を氷の街道に捨てて、春雷は走った。大声で泣きわめきながら村はずれの運河までたどり着くと、つららのみっしりと下がった橋の上に、知った人がぽつんと佇《たたず》んでいた。

弁髪を羅紗《らしゃ》の布でくるみ、粗末な長袍《チャンパオ》の腕を組んで、その長身の若者は春雷の行手を遮るように立っていた。

「泣きながらどこへ行こうというんだね」

梁家屯《リアンジアトン》の村で、たったひとりだけやさしい人だった。ときおり他目《はため》を忍んでは、饅頭《マントウ》や包米《パオミイ》を家に届けてくれた。

自分はこの人の情けさえも裏切って、運命から逃げ出すのだと思った。

「どいとくれよ。少爺《シャオイエ》。おいら、行かなきゃならねえんだ」

「行くって、行くあてはあるのか」

名主の次男坊は、長兄の親友だった。たぶん見舞いにきたとき、兄の考えを聞いたのだろう。

「行くあてなんて、あるわけねえだろ。どこに行こうがおいらの勝手じゃねえか」

当たる言葉が、やさしい少爺を苦しめることはわかっていた。梁家の息子にはちがいないが、文秀《ウエンシウ》は妾の子だった。だからいつも粗末ななりをして、村の子供らと一緒に遊んでいた。

脇をすり抜けて逃げようとする春雷の腕を摑み、少爺は長袍の懐に抱きしめてくれた。

「俺には力がない。食い残したものをおまえの家に持って行くのがせいぜいだ。恨めよ、春雷」

この人はどうしてこんなにやさしいのだろうと思った。恨むなとは言わずに、恨めよと言った。なすすべもない不幸をおのれの罪とする少爺《シャオイエ》のやさしさに、春雷《チュンレイ》は身をよじって泣いた。

「大哥《ダアコオ》は俺の朋友だ。だが俺は、義兄弟の命すら救うことができなかった。俺には力がないんだ」

「科挙の生員様でも、兄貴を救う力がないんか。死んだおやじがいつも言ってた。梁大爺《リアンダアイエ》は鬼だけれど、いつか次男坊の文秀《ウエンシウ》様が科挙の試験にうかって、生員様になって、挙人様になって、進士様にまで出世すれば、百姓はみんな救われるって。進士様は日も月も動かすことができるんだ。生員様じゃ、まだ力が足らねえのか」

「そうだよ、春雷。だが俺はいつか必ず進士に登第して、日も月も動かしてみせる」

「いつかじゃ、間に合わねえよ」

春雷は氷の道を振り返った。立ち枯れた葦原の彼方から弟が後を追ってきそうな気がして、少爺の腕をふりほどいた。

それから、手指をまっすぐに伸ばして言った。

「こんなこと、頼めるわけはねえんだけど。百姓が人を頼っちゃならねえのはわかってるんだけど」

春雷は袍《パオ》の袖を目頭にあてて、最後のお願いをした。

「おふくろも、兄貴も、もうだめだとは思うけど、春児《チユンル》と玲玲《リンリン》はできたら生かしてやって下さい。おいらは、てめえひとりで生きてくのが精一杯だから」

約束をする自信はないのだろう。少爺は答えるかわりに、羅紗の布を頭からほどいて、春雷の首にかけてくれた。

「没法子《メイファーツ》だよ、少爺。どうしようもねえんだ」

「こら、雷哥《レイコオ》」と、少爺は叱った。

「おまえも弟や妹の身の上を心配する兄貴ならば、そんな下らん文句は二度と口にするな。没法子だと思えば、人は一歩も前に進めない。誰も生きてはいけない。いいな、春雷。俺と約束しろ。そうすればきっと、ひとりぼっちでも生きていける」

「おいら、悪党になるかもしらねえ。生きていくために、人を殺したり、物を盗んだりするかもしらねえ」

少爺の手が、春雷の背をそっと押した。

「飢え死ぬよりもましさ」

「孔子様の弟子が、そんなこと言っていいんか」

「ほかに言いようがない。死体は人間じゃないが、悪党は人間だ。生まれたからには、人間として生きなければ嘘だろう。今のこの国には、孔子様の訓《おし》えよりもっと大切なものがあるんだ」

「難しいこと言われたってわからねえ」

「ちっとも難しくないさ。それはな、春雷。没法子と言わずに生き続けることだ」

氷の舞う橋の上で、少爺はいつまでも手を振っていた。

「どうした、雷哥《レイコオ》。元気がねえぞ」

秀芳《シウファン》に声をかけられて、春雷《チユンレイ》は我に返った。古ぼけた羅紗の襟巻《えりまき》で口を被《おお》うと、ともかくも生きている証しの息吹が髯《ひげ》の氷を溶かした。

日本人の作ったまっすぐな大街《ダアチエ》には、マロニエの並木が朱と黒の縞模様を描いていた。

大きな夕陽が奉天駅のドームの上に沈みかかっていた。

「いってえ何を考えてやがった。まるで死人みてえなツラしやがって」

二人は馬上に紅白の頭巾を並べて進んだ。

「なに、つまらんことさ。おめえは口が達者でうらやましいぜ。俺は思うところがうまく言葉にならねえんだ。言いたくたって、愚痴のひとつにもなりゃしねえ」

きのうの饒舌《じようぜつ》を恥じるように、秀芳は言い返した。

「俺の口が達者なんじゃねえさ。おめえが聞き上手なんだ。その面白くもおかしくもねえ顔でふんふんと肯かれていると、言わでもの愚痴までしゃべらされちまう。まあ、それも攬把《ランパ》の芸のうちだろうがな」

きのうの活躍で春雷が五当家《ウータンジア》に抜擢されたことを、秀芳は快く思ってはいないらしい。だがそうした僻《ひが》みまで露骨に声にする秀芳の気性が、春雷は嫌いではなかった。馬賊仲間で最も嫌われるのは、嘘と蔭口だった。

「なあ秀哥《シウコオ》。おめえ、目の黒いうちにもういっぺん会っておきてえ人間はいるか」

「聞くだけ野暮ってもんだぜ、雷哥。俺のきのうの愚痴を聞いてりゃ、わかりそうなもんだ」

春雷は杏山屯《シンシャントン》から帰るみちみち、秀芳の語った身の上話を思い返した。

「ああ、そうか。別れた女房だな」

秀芳は少し照れるふうをした。

「そうだよ。賛賛《ツアンツアン》は別嬪《べっぴん》だからな。それに、もしかしたら俺のガキを産んでいるかもしれねえし。おめえは、会いてえ人間がいるのか」

「いるにはいるが、会えるはずはねえさ」

問いつめられるかと思ったが、秀芳は深く訊ねようとはしなかった。

白太太《パイタイタイ》は、弟と妹が今も達者でいると伝えてくれた。詳しく語ってはくれなかったが、無事に成長したからには、たぶんあの梁《リャンシャオイエ》 少爺が春雷の希《ねが》いを聞いてくれたのだと思う。あの静海《チンハイ》の湿原で幼い弟妹が生きることなど、誰かの助けがなければできるはずがなかった。

だとすると、捨てた弟と妹には合わせる顔がなくとも、少爺には一言の礼を言いたかった。

「恩人がいるんだがな」

「ほう。おめえの命の恩人となると、ただものじゃねえな。どこの大攬把《ダアランパ》だ」

「いや。馬賊じゃねえんだ。たぶん進士様におなりになって、都にいらっしゃると思うんだが」

秀芳は馬が愕《おどろ》くほど声高に笑った。

「そいつはいいや。命の恩人が科挙登第の士大夫《したいふ》とは畏れ入った。おめえの話に嘘はあるめえから、何だか面白そうだな。聞かせろや」

「俺はおめえのように口がうまくはねえもんでな。しゃべろうにもしゃべれねえ」

「まったく、つまらねえ野郎だな。口をきくより拳銃を撃ったほうが早えってか。くわばらくわばら」

二人の前を、総攬把《ツオンランパ》の白馬が進んでゆく。馬上の姿の凜《りん》として正しい張作霖《チャンヅオリン》は、ひとたび鞍《くら》に跨《また》がると別人のような大男に見えた。

作業をおえた工事現場には屋台が並んで、苦力《クーリー》たちの夕飯と酒盛りが始まっていた。

老いた人夫が、千鳥足で総攬把に追いすがった。

「張作霖総攬把！　あんたは太祖公の生まれ変わりじゃ」

総攬把は馬上で苦笑した。

「罰当たりは言いなさんなよ、じいさん」

「いやいや、そうにちげえねえ。何も見てきたわけじゃねえが、努爾哈赤《ヌルハチ》様は腐れ切った明の政《まつりごと》に業を煮やして、長白山中に兵をお挙げになった。あんたはきっといつか、長城を越えて中原の覇者になる」

張作霖は馬褂《マーコワ》の懐を探って、老人に銀貨を投げた。

「ありがとうよ、じいさん。畏《おそ》れ多い話だが、ちっとは励みになるぜ」

背筋を凜と伸ばすと、張作霖は爛《ただ》れ落ちる夕陽に向かって馬をせいた。

第二章　風のごとく

十三

勇者は目覚めた。

雪霽《ゆきば》れの空は青く澄み渡り、風は清らであった。長白山に今し昇らんとする日輪が、樅《もみ》の密林を曙の色に染めていた。

夜来の吹雪は積もる間もなくむしろ雪を掃き散らし、黄色い大地がそこかしこに顔を覗かせていた。

戦いの朝が来たのだ。

女真《ジユルチン》の若き勇者ヌルハチは命を温《ぬく》めていた虎の皮を脱ぎ捨て、ゆるりと巨体を起こした。

ハーンは高い場所に眠る。ヌルハチが目覚めた丘の斜面からは、あまねく六万の軍勢を見渡すことができた。屈強な女真兵たちはみな獣皮を被《かぶ》って寝ていた。鬣《たてがみ》を凍らせて兵たちのかたわらに佇《たたず》む馬も、いまだ目覚めてはいない。

ヌルハチは鷲のように確かな目で、風に靡《なび》く旗を算《かぞ》えた。

三百騎の兵が一ニルである。五ニルの一千五百騎が一ジャランであり、五ジャランの七千五百騎が一グサを成す。グサの中心に立てられた軍旗に頭を向け、兵と馬は正確な円を描いて眠っていた。

遥かな玉帯河の河岸には藍色《あいいろ》の二旒《りゅう》が翻《ひるがえ》る。無地の正藍旗《せいらんき》と、それに縁取りをした鑲藍旗《じょうらんき》である。この藍色の旗を掲げる二つのグサが、常に軍団の先鋒であった。すなわち、二個軍一万五千騎の魁《さきがけ》である。眠れる勇者たちはみな兜《かぶと》に藍色の房をつけているから、二つの巨大な真円はまるで空の色を映す湖のように見える。

正鑲の藍旗軍の手前には、二つの鮮やかな赤い円が描かれ、やはりそれぞれの中心に真紅の正紅旗と、縁取りをした鑲紅旗が翻っていた。二番備えの一万五千騎である。

そして丘の麓《ふもと》には、雪原になお抜きん出て白い、正白旗と鑲白旗の軍兵が眠っていた。鑲黄旗の七千五百騎は足元の斜面に点在している。これは円の形を成さぬが、黄色い房をつけた兜は、みなヌルハチの眼下に翻る旗に向いていた。

勇者は枕元に高々と掲げられたひといろの黄旗を見上げた。建州女真の棟梁たる、アイシンギョロのありかを示す正黄旗である。無数の矢弾に貫かれてはいるが、朝風にたなびくその色は、空の青さに恥じなかった。

ヌルハチは鎧《よろい》の懐を探って饅頭《まんじゅう》を取り出した。

ジュルチンの兵食は、米の粉を水で練った饅頭と一塊の岩塩のみである。鞍袋《くらぶくろ》の中で凍りついている饅頭をひとつだけ抱いて眠れば、あくる朝には食いごろになる。それが一日の食料のすべてであった。

饅頭をよく咀嚼して呑み下し、塩を舐《な》め雪を頬張ると、腹の中で命の炎が燃え上がった。

眠りから覚めた白馬も鼻づらで雪を掻き、わずかな枯草を食《は》み始めた。

この戦さに敗れれば六万の兵士ばかりではなく、撫順の関外から長白山中に至る玉帯河の岸辺の、建州女真は皆殺しになる。眼下にある四色八旗の兵たちの、これが最後の朝となるかもしれず、村を捨てて各所の砦《とりで》に籠《こも》った老人や女子供の、最後の一日となるかもしれなかった。

部族の命運は、今やヌルハチの双肩にかかっていた。

饅頭をかじりながら軍勢を見おろしているうちに、ヌルハチはふと思いついて顎の動きを止めた。

四色八旗はそもそも戦さの陣立てではなかった。遠い昔から建州女真が生活の業としてきた、巻狩りのかたちである。

山や丘の高みに、部族の長《おさ》が黄旗を立てる。藍旗が獣を追い、紅旗と白旗が次第に包囲の輪を縮めて、黄旗のもとに獲物を追いつめてゆく。虎や熊と対峙し、とどめを刺すのは、最も力の強いゆえに黄旗を掲げる、ジュルチンの勇者の務めであった。

太古からそうして使われてきた旗の色は、何かしら必然の意味を持つのではなかろうかと、ヌルハチは考えたのだった。

山の端《は》に曙光が昇った。兵たちの兜の房がいっせいに起き上がった。色とりどりの八つの輪が動き始めた。

丘の斜面を染める黄色は大地の色にちがいない。麓の白は雪の色であろう。その先の紅は日と月の光を表し、ひときわ目に染《し》む藍は天空の色だ。そして、それぞれの正と鑲とは昼と夜とを示している。

これは宇宙だとヌルハチは思った。人間が住まう宇宙の姿を、ジュルチンの祖宗は四色八旗に託し描いたのであろう。

勇者は力を得た。宇宙がけっして滅びぬように、宇宙を魂に宿す軍勢が敗れるはずはなかった。

斥候のもたらした報せによれば、迫りくる敵は二十万を超えるという。エホ、ハダ、ウラ、ホイファの海西女真諸族に加えて、モンゴル、朝鮮の九部族、さらに瀋陽の明軍官兵までが敵であった。

もはや砦を捨てて戦うほかはなかった。ヌルハチの号令一下、建州女真の壮丁はひとり残らず八旗のもとに馳せ参じた。

砦を出るとき、ヌルハチは妻たちに告げた。もし戦さに敗れたならば、まず子らを殺せ、と。

敗者の血脈を遺してはならなかった。恨みを抱いて戦い続けねばならぬ愚かしさは、身を以《も》って知っていた。二十五の齢に長白山中に兵を挙げて以来、ヌルハチは戦場に恨みを遺して死んだ父祖たちの遺骨を、かたときも離さずに戦い続けてきたのだった。骨を納めた四つの瓶《かめ》は、常に馬の鞍《くら》にくくりつけられていた。

兵たちはヌルハチを部族のハーンと定め、黄旗にふさわしき勇者と信じ、知恵の仏である文殊菩薩の化身として崇《あが》めた。だがヌルハチは、晴らすすべもない恨みを晴らさんがために戦う者のみじめさ愚かしさを知っていた。

もしこの父祖の遺恨を晴らしおえるとするならば、それはこの東北の大地を統《す》ぶるどころか、遥か長城を越えて大明国をうち滅ぼし、中原の覇者となるほかはなかった。

それは、天空にかかる虹を摑むほどの、虚しい夢だ。

よしんばこの戦さに勝利を得たところで、騎射の術しか知らぬ六万の軍勢が、広大無辺の漢土を支配できるはずはなかった。

勇者は頭上を振り仰いだ。

父祖の遺骨を納めた四つの瓶は、楡《にれ》の古木の凍った枝に吊り下げられていた。

馬の鞍にくくりつけてよいものかどうか、ヌルハチは迷った。もし自分が馬もろともに斃《たお》れれば、父祖の骨は凍土に四散してしまうであろう。

これまでの戦さでは考えるだにしなかった敗北と死が、目の前に迫っていた。わが身ひとつならば八つ裂きにされようが、捕われていかような辱《はずかし》めを受けようがかまわぬ。だが父祖の骨を凍土に晒《さら》すのは不孝であった。

決死の戦場に遺骨を伴ってわが力とするか、あるいは万一の不孝とならぬようこの山腹に埋めるか、ヌルハチは迷ったのだった。

黄緞《こうだん》にみっしりと鉄鋲《てつびょう》を打ったハーンの鎧を軋《きし》ませて、ヌルハチは楡の古木の根に跪《ひざまず》いた。兜を脱ぎ、剣と弓と、矢の詰まった箙《えびら》とを並べ置いた。それらはみな、父祖代々に伝えられたハーンの徴《しるし》であった。

乱れた弁髪を解き落とし、掌《て》に青銅の文殊菩薩像を戴いて、ヌルハチは祖宗の霊に額《ぬか》ずいた。


アイシンギョロの裔《すえ》ヌルハチ、謹んで祖宗の御《おん》みたまに対《むか》い御意を伺い奉りまする。

わが父タクシ、わが祖父ギオチャンガ、わが曾祖父フーマン、わがアイシンギョロの肇祖《ちょうそ》メンテムよ。冀《こいねが》わくばわれに御霊意を伝え顕《あら》わしたまえ。われは今、建州女真の滅亡を懼《おそ》れ、みずからも死の影に怯えおりますれば。

顧《かえりみ》ること十年前、われはわずか百騎の軍勢を以て、長白山中に兵を挙げました。以来、あまたの戦さ殆《あや》うからず、五年ののちに建州女真の諸部族を服《まつろ》わせましたるは、ひとえに文殊菩薩の御稜威《みいつ》と、祖宗のご助力の賜物にほかなりませぬ。

しかるにそのさらなる五年の間も、海西女真の諸国、朝鮮蒙古の諸部族、ときには明の官兵らと干戈《かんか》を交え、ついに西は撫順関、東は長白山の尽きるところ、あまねく玉帯河のほとりをわが建州女真の地と定め、民を安んじて参りました。

祖宗の希《ねが》いは、ここにおいて達せられたと信じおりまする。同じ血脈を持つ建州女真は、アイシンギョロの旗のもとに統一せられ、鞏固《きょうこ》なる一国を成しましたれば。

肇祖メンテム、曾祖父フーマンは部族統一の戦さに命を捧げられました。わが祖父ギオチャンガ、わが父タクシはアイシンギョロの力を怖れる明国総兵官の手によって謀殺せられました。それでもわれは、わが祖宗の希いはすでに達せられたと信じ、遼東総兵官の軍門に降《くだ》って建州女真の一国を安堵されました。

いにしえより狩猟と採集とをなりわいとするわれら建州女真に、豊かな山川が保たれ、未来永劫まで領土を奪い奪われる戦さはなくなったはずでした。

しかしながらこのたび明国は、海西女真のエホ、ハダ、ウラ、ホイファのフルン四国を指嗾《しそう》し、武器と馬とを授け、建州を滅すべく画策いたしました。蒙古朝鮮の諸部族も、これに呼応して兵を挙げました。

人はなにゆえ戦さを好むのでしょうか。朝鮮族と明国の漢人は農耕をなりわいとし、蒙古は遊牧をなし、ジュルチンは山川の狩漁をたつきといたします。利を奪い合う戦さなど、実はありえませぬ。

同じジュルチンの部族の間でも、わが建州女真は長白山系より渾河《こんが》のほとりまで、海西女真は渾河北岸より松花江まで、野人女真はそれより北と、すでに狩猟地は定められております。祖宗のご努力により、建州女真どうしの争いは絶えました。

それぞれが旧来の土地で、旧来の生を営みおれば、戦さなどありうべくもないのです。

ならば人はなにゆえ戦さを好むのでしょうか。欲心を抱きさえしなければ、誰もが平安に暮らしてゆけるというのに。

われはこのうえ何も欲しませぬ。祖宗がお命と替えたこの山川が、安寧の祖国と信じますゆえ。

海西四国に対しましては、同胞相撃つの愚を避くるために使者を遣わしましたが、みな斬られました。おそらく海西のハーンたちは明国と密約を交わしているのでしょう。アイシンギョロを滅せば、その土地はすべてそちたちに授くる、と。

昨夜、撫順関に進出した海西の軍営より使者が参りました。

曰く、ヌルハチ・ハーンの首、およびアイシンギョロの男子の首をことごとく並べれば、建州の民を安んじ、八旗兵は海西が兵として迎える、と。

われは戦さを好みませぬ。しかしアイシンギョロの眷族《けんぞく》や八旗の長《おさ》たちは、みな口を揃えて申すのです。

祖宗は建州の安寧のために戦い、命を捧げられた。ハーンはそのご遺命を拝し、ご遺骨を抱いて百戦を戦い、かつ一度も敗れはしなかった。今はいかなる恫喝にも屈せず、六万の八旗兵を以て二十万の敵に立ち向かうべきである、と。

われとわが子らの命で建州の民の平安が約束されるのであれば、それもやむなしと思いました。しかし、祖宗の代からの宿敵である海西諸族が、さなる約束を全うするはずはありますまい。ましてや海西の背後には、わが父と祖父を謀殺した明国が控えおるのです。銃と大砲を持つ十万の官兵は、すでに遼陽を出て、瀋陽城に入ったとも聞き及びまする。

懊悩の末、われは海西の使者を斬りました。かくてわが八旗兵は、世界を敵として戦うほかはなくなりました。

この乾坤一擲《けんこんいってき》の戦さに、ヌルハチが体は小鳥のごとく打ち震えておりまする。けっして勇み立っておるのではなく、建州の民を滅し、祖宗のご遺業のことごとくを烏有《うゆう》に帰するやもしれぬ恐怖が、ヌルハチの手足をわななかせているのです。

われは戦わねばなりませぬ。ついては祖宗のご遺骨を万が一にも敵の手に委《ゆだ》ねてはなりませぬゆえ、建州の大地を見はるかすこの丘に、わが手で葬ってゆこうと存じまする。

ヌルハチが敗れたのちは、訪ぬる者とてない土饅頭《どまんじゅう》となり果てましょうが、今のわれに能《あと》うかぎりの孝は、よしんば不孝と思われましょうとほかにはありませぬ。

いかがでござりましょうや。

アイシンギョロの裔ヌルハチ、謹んで祖宗の御みたまに対い、御意を伺い奉りまする――。


ヌルハチは深く額ずき、祖宗の意志が顕現するのを待った。

やがてにわかに風が騒ぎ、楡の古木の枝が軋みを上げて撓《たわ》んだと見る間に、吊り下げられた四つの瓶がまるで御仏のたなごころが握りこむように包み隠された。

ヌルハチは青銅の文殊菩薩像を押し戴いて恐懼《きょうく》した。

やさしくたおやかな御仏の声が、ヌルハチの耳に囁きかけた。


勇者ヌルハチよ。

ジュルチンの山河を統べ、天と大地とを祀る者、ヌルハチ・ハーンよ。

汝《なんじ》が祖宗はすでに冥府に下りおれば、かの意志をば仏が代わり伝うる。心して聞け。

龍のごとく勒《つよ》く、虎のごとく猛き者、アイシンギョロ・ヌルハチよ。

汝が祖宗の骨はこの地に埋めて塚となせ。そして心おきなく八旗の軍勢の陣頭を駆けよ。敵は衆にして汝が兵は寡《すくな》いが、民のために立つ義軍の敗るることはない。

海西の賊将は汝が放つ矢に斃れ、諸部族の兵はことごとく汝が馬前にひれ伏すであろう。しかるのち、この地に戻り来たって永遠の陵を営め。

戦さはやがて終わる。だが人の命は短い。

汝は東北の大地をしろしめす大ハーンとなり、ジュルチンの大国をうち立てるであろう。しかし汝の命あるうちに戦さは終わらぬ。

汝は生涯を戦さに明け暮れ、子のハーンも戦場に一生をおえる。だが汝が孫は遥か長城を越えて中原に至り、病み衰えた明にかわって天下に覇を唱えるであろう。

そして、戦さは終わる。汝が夢見た民の平安が訪れる。

アイシンギョロの勇者、ヌルハチよ。

不善をなすは易く、善をなすは難い。しかるに民に不幸をもたらすは易く、幸福を授くるは難い。祖宗は民の平安を希って戦い、汝も子も戦い、かくしてのちにようやく、汝が孫の手で太平の世は開かれる。

祖宗も汝も、汝が子も、平安の礎《いしずえ》たらんと心得よ。

いまだこの世に生れざる汝が孫は、眷族の勇者たちに護《まも》られて、幼きまま紫禁城のあるじとなるであろう。そしてその幼な子は、中華皇帝のみしるしたる龍玉を小さき手に抱く。けっして力ずくで奪い取るのではない。明帝が奪われてはならじと隠した龍玉は、おのずと持つべき者の手に転げ入る。

アイシンギョロ歴代の祖宗、汝と、汝が子の私《わたくし》なき義の心が、天の理《ことわり》となって汝が孫のうえに顕われる。

穢《けが》れなき勇者、ヌルハチ・ハーンよ。

汝はなにゆえ気付かぬのだ。汝の戦さが祖宗の恨みを晴らすものなどではなく、貧しき民草の恨みを晴らす義戦だということに。瓶に納めたる骨が、祖宗の骨のかたちを借りた貧しき民の骨だということに。

私恨を以て戦う者を勇者と呼べようか。汝は識《し》らず民草の骨を抱いて戦い、勇者となった。ゆえに天は汝を嘉《よみ》し、その弓矢に神力を加担した。

見よや、ヌルハチ。

汝が目の下に集う八旗の軍勢は、饅頭ひとつで戦う飢餓のつわものぞ。飢えは人を鬼にも獣にも変えるが、たくましき汝がつわものは民草をふるさとの妻とも子とも思い、仁の心を以《もっ》ておのが糧をば分かち与える。

真に飢渇を知る兵は強い。かつて長白山中に兵を挙げたわずか百騎のつわものが、百戦して敗れず、なおかつ正鑲八旗六万の大軍となりえたのは、一にかかって飢渇を知る兵の、おのおのが胸に抱く仁慈のこころの賜物であろう。

糧を与えられし子は長じて汝が兵となり、虜となった敵はみずから進んで汝が兵となった。

汝はほどなく瀋陽と遼陽の両城を陥れ、明の軍勢を大遼河の西に追い落とすであろう。しからば瀋陽を都と定め、奉天府と名を改めて居城とせよ。汝が威令の及ぶところ北は黒龍江のほとり、南は蒙古の草原を越えて長城に至る。

天を祀《まつ》り、文殊を崇めよ。

天を祀る都すなわち奉天。

文殊を崇める国すなわち満洲と称せ。

満洲の野に起こってやがて漢土を統べる者、アイシンギョロよ。

天の勇気を賜わり、文殊の知恵を修め、清らな国をしろしめせ――。

十四

馬に顔を舐《な》められて、ダイシャンは深い眠りから覚めた。

兄はすでに軍装を斉《ととの》え、巌《いわお》にのしかかるようにして剣を研《と》いでいた。

「じきに戦さが始まる」

振り向きもせずに兄は言った。

樅《もみ》の枝と熊の皮を褥《しとね》とした寝床は、砦《とりで》の温床《オンドル》より寝心地がよかった。横たわったときにはこのまま凍え死んでしまうかと思うほど寒かったが、やはりジュルチンの体は野山に伏すようにできているらしい。

ダイシャンは小さな鎧《よろい》の胸深くから饅頭を取り出した。

丘の斜面には二旒《りゅう》の黄旗が翻《ひるがえ》っていた。兜に黄色い房を付けた兵たちは、すでにみな起き上がって戦さ仕度を始めていた。

チュエンとダイシャンの兄弟は、父がみずから率いる正黄旗《せいこうき》に属する。黄旗に黒い縁取りをした鑲《じょう》黄旗の将は、叔父のシュルガチである。

「怖くはないか、ダイシャン」

研ぎ上げた剣を鞘《さや》に収めて、兄が近寄ってきた。

「怖くなんかないよ。ほら、どこも震えてないだろう」

ほんとうは少し怖い。だが、戦さでは怖れた者から順に死ぬのだという父の訓《おし》えを思い出して、ダイシャンは鎧の胸を張った。

「初陣《ういじん》で死ねば母上が嘆く。戦わなくてもいい」

齢は三つしかちがわないのに、兄の体は兵たちに見劣らぬほど大きかった。すでに父から、一千五百騎の一ジャランを預る将である。

「戦うよ。弓矢ならもうにいさんには負けない」

饅頭を口に押しこんで、ダイシャンは立ち上がった。明け空に向かって弓を引き絞る。体はまだ小さいけれど、馬を御すことと騎射の技には自信があった。

同じ干支《えと》がめぐってくる十二歳で初めて巻狩りに出るのは、ジュルチンの男の習いである。だが、狩りではない戦さがダイシャンの初陣になった。敵は獣ではなく、馬に乗り矢を射る人間である。

ダイシャンは兜《かぶと》の緒を締め、神が宿るという肩あての雪を払った。この甲冑《かっちゅう》はアイシンギョロの子が初陣で身にまとうものだそうだ。祖宗はみな同じこの鎧兜で初めての戦場に立ったのだと思うと、怖気はたちまち消しとんだ。

それにしても恥ずべきは、身に余るその大きさである。父も兄も、初陣のときにはずっと体が大きかったのだろう。六万の兵の中には、この戦さが初陣となる同い齢の子供はいくらもいるはずなのに、どう探してもそれらしい姿は見当たらなかった。

眼下の軍兵はみな戦さ仕度をおえ、出陣を告げるハーンの雄叫びを待っていた。

「ダイシャン。ハーンのご様子を伺ってこい」

兄に命じられて、ダイシャンは父のもとへと向かった。

丘は深い樅の巨木に被《おお》われているが、樹間に翻る正黄旗は瞭《あきら》かだった。凍った下草を踏んで斜面を登ってゆくと、ふいに森が豁《ひら》けた。

奇怪な姿をした楡の古木に白馬を繋《つな》いで、父は大地に跪《ひざまず》いていた。

いったい父は何をしているのだろう。楡の木を取り巻くように、四つの塚が築かれていた。塚には杭が穿《うが》たれ、白い布を裂いた神符が風に靡《なび》いていた。

「臣ダイシャン、謹んでハーンにお伺い奉りまする」

ダイシャンは兜を脱ぎ、叩頭《こうとう》して父に訊《たず》ねた。

「わがアイシンギョロの兵は、みな戦さ仕度をおえ、ハーンの号令を待ち受けておりまする。いかがいたしましょうや」

父はおもむろに頭をもたげた。黄緞《こうだん》の大鎧の肩あての上に、豊かな弁髪が解きおろされていた。

振り向いて膝を大きく開き、父は漢人がけっして真似することのできぬ、ジュルチンの座り方をした。両足を組んで地に尻をつけるこの女真韃靼族の作法を、異族たちは胡座《あぐら》と呼ぶ。そうして鎧の背をまっすぐに伸ばした父の姿は、大ハーンの威に満ちていた。

「わが子ダイシャンよ」

森に轟《とどろ》く低い声が、初陣に立つ子の名を呼んだ。

「父は今、かつてともに戦うてきた祖宗のご遺骨を、この地に埋めた。無事に凱旋した折には、堂を営んで祀る。もし戦捷《せんしょう》にもかかわらず父が斃《たお》れたならば、長子チュエンを祭主として父祖を祀れ。チュエンも斃れたならばダイシャンよ、汝が祖宗と父と兄の霊をこの地に祀れ」

「わたくしも斃れたならば、いかがいたしましょう」

ダイシャンは塚を見渡し、とまどいながら訊ねた。

父は悲しげな顔で答えた。

「わが子ダイシャンよ。父はいまだ、チュエンとダイシャンとの二人の男子しか持たぬ。すなわち、父が斃れ、子も斃れ、叔父シュルガチも斃れたならば、わがアイシンギョロの正系は絶える。ハーンを失った建州女真は大地から消えてなくなる。しかるにダイシャンよ。汝はこの山の頂にとどまり、戦さの帰趨《きすう》を見届け、わがアイシンギョロの敗れしときには長白山中に逃れてその血脈をつなげ」

ダイシャンは打たれたように顔を上げた。戦わずに生きよと父は言った。それは死せよという命令よりも辛く堪えがたい。ダイシャンは逆わねばならなかった。

「伏してお訊ねいたします。それはハーンのご命令でしょうか。それとも親爸爸《チンパパ》のご命令でしょうか」

父は両膝に手を置いて背筋を伸ばしたまま、しばらくダイシャンを見おろしていた。

「汝は頭が良い。文殊菩薩は汝に知恵力をお授けになられたようだ。そのように問われれば、父であり ハーンであるわしは答えに窮する」

「重ねてお訊ねいたしまする。わたくしの前に今かくある御方は、ジュルチンのハーンでございましょうか、ダイシャンが親爸爸でございましょうか。お答え下されませ」

ジュルチンの禁忌は嘘と怯懦《きょうだ》である。すなわち巻狩りの掟は、けっして嘘をつかぬことと、勇敢であることだけであった。

父はわが心に照らして真実を告げねばならぬ。

「それは自明であろう。兵に死せよと命ずるはハーンであり、子に生きよと命ずるは父である」

「お言葉ありがたく頂戴いたしました。ここは砦のうちではなく戦場です。あなた様は親爸爸ではなく、ハーンにあらせられます。わたくしはジュルチンの兵として、ハーンのご命令にのみ従いまする」

父は肯《うなず》いてくれた。褲子《クウツ》の膝を蝶番《ちょうつがい》のように滑らかに伸ばすと、父は樅の木立ちに肩を並べて立ち上がった。

「勇者ダイシャンよ。汝に正黄旗の一ジャラン、一千五百騎を与える。心おきなく戦え」

差し出された黄金の剣を、ダイシャンは押し戴いた。柄には紅玉と翠玉がちりばめられ、鞘《さや》を雲龍の彫物が巻いていた。

兜を冠ると、父は眼下の雪原に向かって出陣の雄叫びをあげた。長く甲高く、天空のきわみに嘶《いなな》く龍の声であった。

起《た》てよ女真《ジュルチン》のつわもの
天の給いしみ恵みは
われらが囲いに落ちたり
藍き旗よ馬《グサ》を追え
紅き旗よ矛を立てよ
白き旗よ剣をふるえ
黄の旗よ弓を引きしぼれ
疾《はし》れ女真のつわもの
風のごとく潔く戦い

冀《ねが》わくば魂や天に昇り
冀くば体や雪に還れ

ハーンの雄叫びは山野に谺《こだま》し、大地を埋めた四色の兜の房が沸き立った。

ダイシャンは剣を握って駆け出した。

兄の軍勢は早くも動き始めていた。まるで森の一角がなだれ落ちるように、チュエンの率いる一千五百騎のジャランが山を駆け下っていた。

傅育役の老将軍が、白髯《はくぜん》の顔をほころばせながら言った。

「おめでとうございます、ダイシャン様。これよりわがジャランは、あなた様がお率い下されませ」

老将は黄色い三角の将旗を掲げた旗竿を、ダイシャンの鎧の背にくくりつけた。

「僕には何もわからない」

ダイシャンは気後れて言った。

「むずかしいことは何もありませぬ。兵は将に従い、兵の馬は将の馬に続きまする。すなわち常に陣頭を駆け、勇敢に戦われますよう」

はたしてダイシャンが馬に跨《またが》ると、手綱《たづな》を握って佇《たたず》んでいた兵たちは一斉に地を蹴って鞍《くら》に乗った。

馬上の老将が晴れがましい声で言った。

「この戦さに勝って、ヌルハチ・ハーンは国をお建てになります。文殊菩薩《マンジュシュリ》の国、すなわち満洲《マンジュ・グルン》と称しまする」

満洲――何という美しい響きだろうとダイシャンは思った。ジュルチンの国にふさわしい、それは澄み渡った空を征《ゆ》く風の音に似ていた。

「文殊の国、満洲！」

ダイシャンはひとこえ叫んで馬の腹を蹴った。

山が黄色のなだれをうつ。喊声《かんせい》が明け空を押し上げる。

遠目を凝らせば、玉帯河の対岸を真黒に埋めつくす敵の軍勢が見えた。それはわれに仇なす敵ではなく、天のみ恵みであった。

馬を追いながら振り返れば、一千五百の正黄旗兵はみな後に続いていた。蹄《ひづめ》の蹴り上げる雪は曙の光を吸って、視野にくれないの紗《しゃ》をかけていた。

先鋒の藍旗が氷結した玉帯河を渡る。たちまち彼我から射上げられた夥《おびただ》しい数の矢が、地平を黒雲のように被った。

正鑲の紅旗と白旗はまっぷたつに割れて、藍旗の上流と下流から敵を挟み撃った。鬨《とき》の声が大地を揺るがした。

ダイシャンの前には兄の率いるジャランが走り、左には叔父シュルガチの鑲黄旗が、右にはヌルハチ・ハーンのありかを示す正黄の大旗が風を切っていた。

六万の建州女真は策を立てる間もなく、ただそれぞれがまっしぐらに雪原を駆けていた。

死は変容してしまった。疾駆する馬の鼻先に鋼《はがね》の大扉《おおど》は次々と開かれ、輝ける光が忌《いま》わしい死の黒衣を剝《は》ぎ取った。斃れれば魂は天に昇り、肉体は雪に還ればよかった。死は栄光と安息でこそあれ、けっして懼《おそ》るるものではなかった。

雪原を駆け抜けて蹄が玉帯河の氷を蹴ったとき、ダイシャンは箙《えびら》から矢を抜いて弓につがえた。両膝でしっかりと馬の背を挟み、騎馬立ちに体を伸ばしてきりきりと弓弦《ゆづる》を引き絞る。放たれた矢は真向から迫りくる敵兵を鮮かに射落とした。

馬が五歩走る間に、矢をつがえ放ち続けるのが騎射の技であった。ダイシャンは彼我入り乱れる戦場を、矢継早に敵を斃しながら突進した。

雪原は血に染まった。屍《しかばね》の上を躍り越える空馬が矢先を阻んだ。

すでに箙の矢を射おえた父は、馬上に矛をふるっていた。挑みかかる敵はことごとく薙《な》ぎ倒された。まるで人間ではない強く巨《おお》きな獣が、猛《たけ》り狂っているように見えた。むしろ父に挑まんとしたとたんに馬が怯えて立ち上がり、振り落とされる兵は多かった。

騎馬の野戦で馬から落ちることは、すなわち死であった。馬上から見れば地を走る人間を射殺《いころ》すはたやすかった。あるいは矢を使わぬまでも、逃げまどう者は剣の一薙ぎで高々と首が飛んだ。

体の小さなダイシャンは矢を射続けるほかはなかった。矢が尽きれば空馬を追いかけ、箙から抜き去ってわがものとした。

ダイシャンの狙いには一矢《し》の誤りもなかった。身をこごめて矢をつがえ、やおら背を直立させて弓を引けば、放たれた矢は寸分の狂いもなく敵兵の頸《くび》を貫いた。

次々と敵を射落としながら、ダイシャンは雪煙の中に目を凝らして将旗を探した。遥かな先に、唐松の大樹をめぐって一塊の騎馬が群れていた。翻る臙脂《えんじ》色の大旗は、海西ホイファ族のハーンのありかを示すものであった。

ダイシャンは迷わずに突撃した。賢い馬は意を得て首を下げ、全速で雪を蹴った。

背に掲げた黄色い三角旗を認めて、ホイファの近衛兵はうろたえた。迎え撃つ矢はすべてダイシャンの頭上を越えて飛び去った。

「アイシンギョロ見参、命惜しくば去れ」

ダイシャンは真向に弓を引き絞りながら叫んだ。

たちまち数騎が将を見捨てて逃げ去った。アイシンギョロの名乗りが兵を畏怖させたのだった。敵は一騎当千のアイシンギョロを怖れるあまり、数倍する大軍勢を集めたにちがいなかった。すなわち戦場を突破して将旗に迫りくる正黄旗のつわものは、彼らにとって恐怖そのものであった。

ましてやアイシンギョロの姓《かばね》には、ジュルチンの兵たちを怯えさせる意味があった。アイシンは漢語の「金」であり、ギョロはその眷族《けんぞく》の意であった。

金は五百年の昔、遼を滅して中原に覇を唱えた女真族の国である。

「アイシンギョロ見参、命惜しくば去れ」

ダイシャンがもういちど叫ぶと、またしても数騎が轡《くつわ》を翻して駆け去った。

アイシンギョロすなわち金一族は、建州女真のみならず、全女真部族の正統のハーンを意味した。ヌルハチの戦いぶりを一度たりとも戦場で目撃した敵兵は、彼が金の太祖ワンヤンアクダの生まれ変わりだと信じた。ジュルチンの兵である限り、その父祖はみなジュルチンの大ハーンたるワンヤンアクダに服《まつろ》うていたはずだった。血に潜む記憶が彼らを怯《ひる》ませた。

ダイシャンは馬を走らせながら、将旗のもとに踏みとどまる二騎の兵をたちまち射落とした。

樹下にただひとり、ホイファの王がとり残された。だが逃げる力すらもうせたその姿を間近に見たとたん、ダイシャンは馬を諫《いさ》め、弓を引く手をおろした。馬上になすすべもなく竦《すく》んでいるのは、ダイシャンよりさらに幼く見える少年であった。飾りを満身につけた馬も、頭《こうべ》を垂れ尻尾を巻いて、ダイシャンの馬に恭順の意を表わしていた。

「ヌルハチ・ハーンの子、アイシンギョロ・ダイシャン」

とっさに名を告げることが、一部族のハーンに対する礼儀だと思った。

すると少年は声を裏返しながらようやく、自分はホイファのハーンであると答えた。唐松の根方には兵たちに見捨てられた臙脂色の軍旗が、虚しく翻っていた。

もし戦さのない世に生まれていたならば、この少年は遊び友達だったかもしれないとダイシャンは思った。部族こそちがうが、同じジュルチンの王子だった。

たぶん父王が若くして死に、幼いままハーンの位に就いたのであろう。兜の下の顔は少女かと見紛《みまご》うほどに白く美しかった。

「おまえなんか知らない。早くどこかに行け」

ダイシャンは弓の先で少年を追った。

「何してるんだよ。早く逃げろ、殺されちまうぞ」

少年は足元に倒れ伏した兵の亡骸《なきがら》を見つめ、置き去られた軍旗を仰いだ。それから小さな頤《おとがい》を振ってダイシャンの情けを拒んだ。

背後から蹄の音が迫った。単騎の馬を攻めながらチュエンが走って来た。

ダイシャンの馬に轡を並べると、兄は冷ややかに命じた。

「殺せ」

ダイシャンは血と汗にまみれた兄の顔を見上げた。

「こいつはもう戦う気がないんだ。虜《とりこ》にしよう」

捕虜としての使い途など考えたわけではない。ただ、自分と同じほどの幼い命を奪いたくはなかった。

「殺せ」

兄はもういちど言った。

「どうしてさ」

「臆病者を生かしてはおけない。殺せ」

兄は鋭い目でダイシャンを睨《にら》みつけた。

そこでようやく、ダイシャンは兄の意志を悟った。臆病者は目の前の少年ではなかった。敵に情けをかけて逃がそうとする弟の怯懦を、兄は詰《なじ》っているのだ。

「殺せ。殺せなければ俺が殺す。だがそうとなれば、俺はおまえも殺さなければならない。臆病者を生かしてはおけない」

「ここには誰もいないよ。誰も見てないのに、にいさんは僕も殺すのか」

「天が見ている」

「僕は臆病者じゃないよ。ずっと戦い続けてここまで来た」

「勲《いさおし》で罪を濯《すす》ぐことはできない」

理は兄にあった。もしダイシャンが拒めば、兄は少年を射殺すよりも先に、矢先を弟に向けるにちがいなかった。

「殺してよ」

美しい少年が言った。

「僕を殺さなければ君が殺される」

おそらく戦さとも、騎射の術とも無縁に育ったにちがいない少年は、ハーンの兜をかしげて戦場の空を仰いだ。的となる咽《のど》をダイシャンに晒《さら》したようにも見え、魂の行方を目でたどるしぐさのようでもあった。

ダイシャンは矢をつがえた。胸前できりきりと弓弦を絞れば、疾駆する馬上ですらありえぬほどに矢尻が慄《ふる》えた。

目をそらしてはならない。射放ったあとも矢羽の行く手から目を離さず、的中の瞬間まで心を残し念じ続けなければならなかった。だが、弓弦から矢を放ったとたん、ダイシャンはきつく瞼《まぶた》をとざしていた。

矢は少年の咽元をかすめて、唐松の幹に突き刺さった。

ダイシャンはあわてて二の矢を継いだ。今度は目をつむらなかったが、矢は心の揺らぐままに少年の上胸を貫いた。

兄はダイシャンを叱咤した。

「剣を使え」

矢を受けた少年は鞍から滑り落ちた。ダイシャンは馬を下りると、剣を抜いて歩み寄った。少年の馬はあるじの顔をひとしきり舐めてから、弾むように駆け去ってしまった。

仰向いた少年の咽に剣の切先を当てたとき、ダイシャンは思わず呟《つぶや》いた。

「ごめんよ」

少年の瞳は空の青みをいっぱいに映していた。

「そんなこと言っちゃだめだ。君が殺される」

と、ダイシャンはもういちどはっきりと言ってから、少年の真白な咽に剣を沈めた。

「ごめんよ」

幼いハーンは死んでしまった。

立ち上がると、兄が馬上で弓を引き絞っていた。ダイシャンはきつく目をつむった。兄の矢が的をはずすわけはなかった。

鎧の胸を貫く衝撃とともにダイシャンの体は唐松の幹まで弾き飛ばされて、人形のように射止められた。

兄は何ごともなく戦場を振り返った。敵は玉帯河の上《かみ》と下《しも》に押されて、ぽっかりと開いた雪原を夥しい屍が埋めていた。

「戦さはじきに終わる。その首を持って陣に戻れ。おまえの怯懦は償《つぐな》われた」

兄は逃げ惑う敵に遠矢を射かけながら走り去った。

しばらくの間、ダイシャンは自分の身に起きたことがよくわからずに、唐松の幹に鎧もろとも縫いつけられたままぼんやりと膝をついていた。

兄の射た矢は肩あての下を正確に貫いていた。幼いハーンの瞳は、澄み渡った空を仰いで動かなかった。魂は天に昇ったのだろうか。

痛みは感じなかったが、火に焙《あぶ》られたように左の肩と腕が熱く痺《しび》れていた。

殺し殺されたのではなく、同じ年ごろの少年が死に、自分は死なななかったのだと思うことにした。そう思わなければ、このさき二度と戦場に立てぬような気がした。その決心だけを傷ついた胸に括《くく》りつけて、すべてを忘れようとダイシャンは誓った。

唐松の幹に深々と射こまれた矢は、抜こうにも抜けなかった。思いついて矢を叩き折り、体をゆっくりと幹から引き離した。兄の矢が体内を滑り抜けるとき、初めて痛みを覚えた。

ハーンの首は敗軍の軍旗にくるんで、鞍に縛りつけた。ジュルチンの作法通り、弁髪の先を口に銜《くわ》えさせることも忘れなかった。そうすれば怨念は屍のうちにとどまって、のちのち祟《たた》ることがないのだそうだ。

戦さはまだ終わらない。見失った正黄旗を求めて、ダイシャンは馬をせいた。涙を流すことはジュルチンの戒めにはなく、たとえ大声で泣きわめいても恥とはされなかった。

ダイシャンは馬の首にしがみついて、猿のように啼《な》いた。

ハーンのありかを示す正黄旗は、叔父シュルガチの鑲黄旗と並んで、玉帯河のほとりに翻っていた。

「傷ついたか、ダイシャンよ」

シュルガチは労《いたわ》ってくれたが、父は遠ざかる戦線に目を据えたまま、振り向こうともしなかった。

父に従う幕僚たちの鞍には、八旗の将軍から届けられた敵将の首が、熟れた葡萄《ぶどう》の房のようにくくりつけられていた。ダイシャンは父のかたわらに駒を進めて、軍旗にくるんだ首をさし出した。

「臣ダイシャン、謹んでホイファ・ハーンの首を奉ります」

父は肯いて首級を受け取り、鞍の上に晒け出した幼い顔をしばらく見つめていた。

父は涙をこぼした。生くる敵に情けをかけるのは怯懦だが、死者はすでに敵ではなかった。

「勇者ダイシャンよ」

父は嘆きながら勲を讃えてくれた。

「汝は父が戦陣に斃れたのちも、長く戦い続けるであろう。叶うことなればこの大地に戦さの絶ゆる日を見届けよ」

「御意を承りました」

そうは答えたものの、戦さの絶えてなくなる日など、ダイシャンには想像だにできなかった。物心ついたときから、父は砦にくつろぐ間もなく戦場を駆け回っていた。そして、必ず大いなる戦捷とともに凱旋した。

たとえこの勝ち戦さによってジュルチンの統一がなされ、マンジュシュリの国たる満洲が具現されたとしても、その前途に待ち受けているのは巨大なる大明帝国との戦さにちがいなかった。

「わが子ダイシャンよ。戦さのためにさらなる戦さをなすは、父の宿命だ。汝は父の嘆きを忘れることなく、平安のための戦さをなせ。汝が奪った命の恨みは、平安によってのみ鎮まるであろう」

この戦場に喪われた幾万の命の恨みに押し潰されるかのように、父の巨体はうなだれ竦《すく》んでいた。

いつしか空の高みに駆け上がった日輪に手庇《てびさし》をかざして、シュルガチが父に建言した。

「勇者ヌルハチよ。勝敗のあらかたは決しました。わが満洲の兵をお引き下され。将を喪った兵は、ことごとくわれらが軍門に降《くだ》りましょう。すなわち戦さを続けるは、わが兵の相撃つも同じかと」

父は豊かな頬髯を戦場の風に靡かせて、またしばらく地平を見つめた。

勇者の名は父にこそふさわしいとダイシャンは思った。その顔は熊のように密でつややかな毛に被われており、眼光は虎のように鋭かった。巨軀を誇る戦士は多いが、父の体はことさら天を衝き上げるように雄大だった。

ダイシャンは父の言葉を思い返した。自分は父の亡きあとも長く戦さを続ける。平安の訪れる日まで。だが、たとえそうなるとしても、この黄緞の大鎧をまとうことはあるまい。父よりも母に似た顔だちと、おそらくさほど大きくはならぬであろう体だけでも、ダイシャンがハーンにふさわしからぬのは瞭《あきら》かだった。父はその未来を予見して、平安を開くのではなく見届けよと言ったのであろう。

ハーンを継ぐ者は、たくましい兄とは限らなかった。狩猟を業とするジュルチンのハーンは、戦士の誰よりも猛く強くなければならなかった。だからハーンは生涯のうちにできるだけ多くの男子をもうけ、長幼の順にかかわらず最も猛く強き者を世継ぎとして択《えら》ぶのだった。

父はいまだ三十五の若さである。このさき砦の母たちが産む弟の中から、まだ見ぬ勇者が現れるのかもしれなかった。兄か、まだ生まれぬ弟か、いずれにせよ父にかわるハーンを扶《たす》けて、平安の世を見届けよと命じられたのであろう。

ダイシャンは、父から一歩さがって馬上にある叔父の横顔を見つめた。シュルガチはちょうど父を一回り小さくしたような姿形をしていた。兄弟に騎射の術を授けたのは父ではなく、この勇敢な叔父である。

シュルガチの鎧もアイシンギョロの眷族を示すきらびやかな緞子《どんす》だが、ハーンの黄緞より濃い、杏《あんず》の実の色であった。自分にはこの杏色の鎧兜が似合うのかもしれぬとダイシャンは思った。

「勇者シュルガチよ」

父は地平の彼方に肩をそびやかす長白山を見上げて叔父に告げた。

「この戦捷はまことに幸運であったな」

叔父も東の空を仰いだ。

「臣もそう思いまする。明国皇帝は朝鮮の戦さに、多くの将兵をさいておりますれば」

「しかし朝鮮の戦さはほどなく終わる。太閤秀吉なる倭国の王は、やがて兵を引くであろう」

「さて。倭国は押しておりまするが」

「大義なき戦さは続かぬ。朝鮮の戦さが終われば、明はわれに向けて兵を動かすであろう。激しい戦さが始まる」

「では、いかように」

父は玉帯河に沿って瞳をめぐらし、青空のきわみを振り返った。

「兵を養うたならば、ただちに渾河を渡って瀋陽と遼陽を攻める。ことに瀋陽城は満洲の要ゆえ、天を奉《まつ》りて都となす。たとえ明の大軍が長城を越えて攻め来たっても、けっして陥つる能《あた》わざる奉天の城を築くのだ」

「御意を承りました」

ダイシャンは身を慄わせた。この戦さで女真韃靼の諸国はことごとくアイシンギョロに服《まつろ》い、新たなる満洲の国が開かれる。ヌルハチはマンジュシュリの大ハーンとなる。そして、満洲族と漢族との大いなる戦さが始まる。父も叔父もその長く険しい戦さに命を捧げ、やがて自分は未来のハーンに率いられた大軍とともに、長城の彼方にあるという中原の大地を踏むのだろう。

「わが勲《いさおし》は民の平安」

父は文殊菩薩の像を兜の額に押し戴いて、経文を唱えるように呟いた。

「わが勲は民の平安」

シュルガチが和し、ダイシャンも幕僚たちも等しく声を揃えた。

正黄の大軍旗が風の中に掲げられた。

満洲の大ハーン、アイシンギョロ・ヌルハチは黄金の矛を天高く突き上げ、遥かな戦場に向かって朗々たる戦捷の詔《みことのり》を宣した。

聞け女真《ジュルチン》のつわもの
天の給いしみ恵みは
われらが手に落ちたり
藍き旗《グサ》よ馬を還せ
紅き旗よ矛を引け
白き旗よ剣を収めよ
黄の旗よ弓弦を弛めよ
われに降《くだ》り服う者は
みなわがつわものたれ

風のごとく潔く戦い
女真の知と勇とを
あまねく知らしめよ
斃れしつわものどもに
文殊菩薩《マンジユシユリ》の慈悲あらんことを
冀《ねが》くば魂や天に昇り
冀くば体や雪に還れ

十五

東三省総督徐世昌《シユシイチヤン》が特別列車で奉天駅を発ったのは、光緒三十三年の暮も押し迫ったころであった。

五十の齢をいくつか越えた総督は、いまだ西洋の暦法になじめない。かつて義和団が大暴れをした年が西暦でいうところの一九〇〇年で、それから七年が経ったから一九〇七年であろうというふうに勘定をしている。つまりこの計算が両手の指に余らぬうちに、西洋暦に慣れねばならぬとつねづね考えていた。

上京の理由は東三省の実情報告である。しかし、そうせよと誰に命ぜられたわけではなかった。総督にとって、初めて迎える東北の冬は憂鬱すぎた。寒さでいうなら北京とさほど変わらぬが、低く垂れこめた雲と、いかにも凍餒《とうたい》たる冬景色が耐え難かった。

いや、そうした風景だけならばまだしも我慢はできるが、あの男がいつ奉天城に攻めこんでくるかと思えば、せめて正月ぐらいは都の邸宅で家族とともに過ごしたかった。

むろん、清国の暦でいうところの正月まで長居をすることは許されまい。だから北京の留守宅には、この正月は西洋暦法に則《のっと》って迎えると、すでに都合のいい電報を打ってあった。できうればその滞留の間に、朋友の袁世凱《ユアンシイカイ》にこっそり相談を持ちかけて、このつらい御役を誰かに代わってもらおうとまで考えている。

特別仕立ての列車は、短い六両編成である。そのうちの一両に総督と幕僚たちが乗りこみ、ほかの車両には完全武装した兵隊を詰めこんでいた。

途中はどこにも止まらず、北京までの鉄路を一昼夜でつっ走るつもりである。何があろうと馬よりは速く走れと、機関士には強く命じてあった。

あの男――その名を口にするだけでもおぞましい張作霖《チャンツオリン》が、東三省総督を誘拐して北京に身代金を要求することは、けっして考えすぎではなかろう。それも怖ろしい話ではあるけれども、もっと怖ろしいことには、仮にそうした事態が起きても袁世凱が要求に応ずるはずはなかった。

かくして総督の上京には一個中隊の兵士が同行し、京奉鉄道の乗務員は昼夜交替で石炭を缶《かま》に焼《く》べ続けねばならなかった。

城外の奉天駅を出発すると、線路はじきに西に向かって折れ、遥かな山なみを望みながら雪原を進む。

もっと速く走れぬものかと内心は苛立《いらだ》っているのだが、東三省総督の威信にかけても怯懦《きょうだ》を悟られてはならなかった。

この旅は公務であるから、車中といえども身にまとっているのは、胸に伝説の蟒《うわばみ》を錦糸で縫い取った清朝の官服である。黒貂《くろてん》の冠には孔雀の花翎《ホワリン》も揺らいでいる。

東三省総督は、かつて奉天将軍と称された名誉このうえなき官職の後身といえる。すなわち東北三省の軍権と民政権を握るほかに、清朝の故地を治め、愛新覚羅《アイシンギョロ》の祖宗の霊廟《れいびょう》を護《まも》る聖職でもあった。乾隆帝に仕えたあの隻眼の英雄、兆恵《チャオホイ》大将軍と同じ使命を帯びていると思えば、たとえ身は文官といえども怯《おび》えるわけにはいかなかった。

新民府の町が近付くほどに、総督の恐怖は極まった。奉天から西に六十華里を隔つこの府城は、言わずと知れた張作霖《チャンツオリン》の根拠地である。まさか今ごろ缶が温まったわけではなかろうに、列車が急に速度を上げた。

線路に沿って弧を描く前後の車両の窓からは、まるで針鼠のごとくに小銃の先が突き出ていた。機関士も缶焚《かまた》きも兵隊たちも、恐怖心はみな同じであるらしい。

「けっしてこちらから発砲するな。もし通りすがりの農民でも撃ち殺せば、どんな言いがかりをつけられるかわかったものではない」

総督は伝令に命じた。張作霖の実力はその戦闘能力だけではない。武力を背景とした交渉ごとにすこぶる長じている。今さら誘拐はされぬまでも、また何かしら弱みにつけこまれて金を毟《むし》られぬとも限らなかった。要するにその腕も頭も、まことのっぴきならぬ男である。

列車は新民府の駅を一目散に走り抜けた。それでもまだしばらくの間は安心できない。張作霖の縄張りを正しくは知らないが、少くとも錦州のあたりまではその勢力範囲であろう。

新民府をほぼ北限として、京奉線は南へと向かった。山なみは視界から消え、茫漠たる雪原が拡がる。人家も見当たらぬのに、線路の際《きわ》には瘤《こぶ》のような土饅頭《どまんじゆう》がどこまでも続いた。

満洲の農民たちがなぜ死者を線路脇に葬《ほうむ》るのか、その理由は誰も知らなかった。煤煙にまみれた土は耕作に適さぬからだろうと副官は言うが、墓とする土地ならほかにいくらでもある。安らげぬ場所に父祖を葬るのは、むしろ不敬であろう。

陸続たる土饅頭を車窓から眺めているうちに、総督はふと思い当たった。

おそらくかつて汽車を初めて見た農民たちは、黒煙を吐く鋼鉄の乗物を地獄から走り出た魔物と信じたのではなかろうか。そこで現世との境界に死者を埋葬し、魔を厭《いと》う楯としたのではないのか。

むろん今では、汽車が文明の利器であることは誰もが知るところで、線路際の墓地はいわれなき慣習にすぎまい。だが総督にはその土饅頭の夥《おびただ》しさが、虐《しいた》げられた農民たちの政《まつりごと》に対する、無言の呪いのように思えてならなかった。

張作霖がまんまと十万元の大金をせしめて帰ったあの日、まるで凱旋将軍を迎えるように谺《こだま》した彼を讃える民衆の声を、総督はありありと思い出した。

たかが馬賊の頭目が、なぜあれほどの人気を集むるのだろう。もしそれが多年にわたって線路脇に死者を葬ってきた農民の怨嗟《えんさ》とかかわりがあるとしたら、恨みの的である国家にとって、あの男ほど危険な人物はあるまいと思った。

うまく説明をするのは難しいが、このことは袁世凱《ユアンシイカイ》にきちんと報告しておかねばなるまい。たぶん、まじめに取り合おうとはしないであろうけれど。

旅の間に、張作霖《チャンツオリン》という男についてよく考えてみようと総督は思った。


徐世昌《シュシイチャン》は思慮深い人物である。博学才穎《さいえい》という印象は誰も受けぬが、諍《いさか》いを好まず、他者の誹《ひ》謗《ぼう》もせず、万事に欲のない淡々たる性格は、科挙及第者のひとつの典型であった。

この手の官僚は目立たぬかわりに過《あやま》ちも起こさない。完成された制度の中では突出した者ほど過ちを犯して脱落するので、あんがい最後に笑う者は彼のような役人かもしれなかった。

進士登第《とうだい》を果たしたのは光緒十二年の順天会試である。このときすでに三十一歳であったから、さほど苦労の末というほどではないにせよ、才子と呼ぶにはいささか薹《とう》が立っていた。ただし年長者とはいえ地方の役所には赴任せず、北京の翰林院庶吉士《かんりんいんしょきつし》という職に就いたところをみると、登第の席次は上位だったのであろう。翰林院は古く唐代に設けられた官衙《かんが》で、詔勅《しょうちょく》の起草や国史の編纂等を司る。将来を嘱望される進士はまずこの翰林院に出仕し、さらに学問を磨くのが通例であった。

徐世昌は登第からわずか三年後に、翰林院編修という碩儒《せきじゅ》の地位に進む。さらに六年後には順天郷試の採点官と武英殿協修官に任ぜられているから、登第年齢の遅れは四十歳にしてまったく取り返したと言って良かった。

ところが、いよいよ中央官僚の階段を登り始めようとするその二年後、考えだにしなかった転機が訪れた。浪人生であったころからの朋友である袁世凱が、新建陸軍の参謀として彼を招いたのである。

袁世凱はかつてともに科挙をめざした友であった。徐世昌より四歳も齢下であったから、二度や三度の落第で道を捨てるのは短慮というべきであろうが、袁はあるとき卒然として藍衣《らんえ》を井戸に投げこみ、「大丈夫の志は四海に在《あ》り!」と叫んで軍隊へと走ったのだった。

徐があえて朋友の短慮を諫《いさ》めようとしなかったのは、袁の雄大な体軀と悠揚《ゆうよう》迫らざる人品とが、文官よりもむしろ軍人に向いていると考えたからであった。仮に科挙登第を果したところで、袁の短気な性格では先行きが知れているとも思った。

案の定、袁の軍人としての出世はめざましかった。親類の伝《つて》を頼って山東督弁の呉長慶《ウーチャンチン》将軍の幕下に参じ、朝鮮に渡るや京城で起こった反乱を鎮圧する殊勲を立てて、たちまち北洋陸軍にその人ありと知られるようになった。さらに袁が幸運であったのは、光緒二十年の日本との戦《いく》さに、その敗戦の責を問われなかったことである。

そのころ北洋軍閥の領袖《りょうしゅう》であった李鴻章《リイホンチャン》の左右の腕といわれたのは、学問の道を捨てて軍人となった袁世凱と、翰林院出仕の進士から軍籍に転じた、王逸《ワンイー》という若き将軍であった。

徐世昌はこの王逸将軍を知悉《ちしつ》している。同じ光緒十二年の進士だが、王逸は「探花《たんか》」と称される第三位の登第で、そのうえ年齢もすこぶる若かった。そんな彼が、なぜ軍人の道を志したかは知らない。しかし、まさか落第生の袁と同様に、「大丈夫の志は四海に在り」ではあるまい。徐の知る限り、王逸《ワンイー》は無私で潔癖な士大夫《したいふ》であった。

その王逸が朝鮮における敗戦の責を一身に問われたのである。袁《ユアン》がただ幸運であったのか、あるいは何らかの策謀をめぐらして王逸に責任をなすりつけたのか、徐《シュ》の知る限りではなかった。

ともあれその後、李鴻章《リイホンチャン》の信を得て北洋軍閥を継承することになった袁世凱《ユアンシイカイ》は、新たに近代装備を持つ新建陸軍を創建した。

中国には文治主義の伝統がある。軍人の地位はたとえ将軍といえども低く、将中の将たる者は科挙出身の進士であった。軍人の血脈からすると袁の父にあたる李鴻章も、祖父にあたる曾国《ツオングオ》藩《ファン》も、ともに進士である。

つまり、曾国藩や李鴻章の衣鉢《いはつ》を継ぐ者が、敗戦の責を負って失脚した王逸将軍ならば何の問題もなかった。だが袁世凱には文治の伝統にふさわしい資格がなかったのである。袁が徐世昌《シュシイチャン》を参謀として招請した理由はたぶんそれであろう。翰林院出身の進士が新建陸軍の帷幕《いばく》にあれば、中央からさほど疎《うと》んじられることもなく、また温厚篤実な性格の徐は、官僚たちとの交渉にあたるにしてもまさに適役であった。

だが徐世昌は二つ返事でこの招きに応じたわけではなかった。四十の峠を越えてから軍服を着るとは思ってもいなかったし、それまでに積み上げてきた学問の中には、軍務に関する知識が何もなかった。そしてこれが最も彼を躊躇させた理由なのだが——袁世凱という人物が今ひとつよくわからなかった。

無私で潔癖な士大夫という点においては、徐世昌は王逸将軍と似た者であった。すなわち、袁世凱の騎虎の勢いに乗じて出世を果たそうなどという気持ちはさらさらなかった。ただ王逸と似て非なる点といえば、諍《いさか》いを好まぬ地味な性格である。

だから徐は、袁の招きに応ずるにあたって、一度だけだがきっぱりと宣言をした。

「僕が君の幕下に参ずる理由は、ひとえに君を救国の大丈夫と信ずるがゆえである。もし君が万一、忠の道を違《たが》えれば僕は潔く野《や》に下る。僕は朋友として君に従うのではなく、尊敬してやまぬ忠臣曾国藩閣下と、敬愛する先輩李鴻章閣下の志に身を捧げるのである。君が先人の衣鉢を継ぐにふさわしい人物であると、僕は信じている」

懐に収めることのできなかった王逸の代用品ではないぞ、と言ったつもりだったが、言葉の真意を袁がどれほど誠実に受け止めたかは保証の限りではなかった。

徐世昌は西太后《シータイホウ》の擅権《せんけん》下に汲 々《きゅうきゅう》として身動きもままならぬ中央政界に、絶望していたのだった。列強に蚕食《さんしょく》されつつあるこの国を救うことのできる機能は、李鴻章が手塩にかけて育てた北洋軍閥しかありえぬとも考えていた。ただし、袁世凱がその領袖にふさわしき人物であるかどうかは、いまだ不明であった。

朋友としての徐が袁について知るところといえば、ただ破天荒な人間ということだけである。清国は文治官僚国家としての完成を通り越して、あたかも天地未開の混沌に返った観があった。混沌を斉《ととの》える者はすなわち破天荒でなければならぬのは道理である。だが、破天荒は混沌をさらなる混沌に陥れるかもしれなかった。

利欲のためではなく国家のために、徐は袁世凱に賭けたのだった。

それから十年が過ぎた。もし徐世昌《シュシイチャン》が袁《ユアン》の招請に応じず官界にとどまっていたとしたら、おそらく一介の碩学《せきがく》として古典籍を繙《ひもと》きながら、ただ老いていたにちがいなかった。

軍権を一手に握った袁世凱《ユアンシイカイ》の抬頭《たいとう》とともに、徐世昌も思いがけぬ出世を果たした。いわゆる「無学者」の袁に権威を与えるためには、科挙出身の参謀長をもともに栄進させなければ、文治国家の伝統が保てぬという不合理な判断によって、本人でさえ首をかしげるほどの官職が徐の上に舞い落ちてきたのである。

その十年の間に起こった重大事件——戊戌《ぼじゅつ》の政変、義和団戦争、李鴻章《リイホンチャン》の死——それら国難といえる事件のたびに、袁世凱はその権威を高らしめた。袁は朋友たる徐世昌の出世を望み、また反袁の官僚たちもその抬頭を怖れて徐の出世を望むというふしぎな力学によって、本人ひとりが望みもせぬ出世が実現されたのだった。

諍いを好まず、他者の誹謗もせず、万事に淡々として欲のない徐の性格は、混沌たる政情をとりあえずつなぎとめる鎹《かすがい》としてはうってつけであった。

徐世昌がついに中央政府の閣僚たる軍機大臣に列せられたのは、一昨年のことである。この抜擢人事に驚愕したのはほかならぬ袁世凱であった。

袁は北洋大臣兼直隷総督として、軍事と外交の実権を握ってはいたけれども、古くからの同職の慣例として身は天津の直隷総督府にあった。その幕下から、参謀長格の徐世昌が中央政府の閣僚に抜かれたのである。それは徐世昌を通じて袁世凱が、中央の支配下に置かれることを意味していた。

むろんこの人事は、反袁の官僚たちにとっても大きな賭けであった。彼らは袁あっての徐ではなく、徐あってこその袁であるという判断に立ってこの人事を強行したのだった。

徐世昌は一転して袁世凱の脅威となった。私心なき士大夫は、手の内にあれば頼るに足る駒にちがいないが、敵の手に落ちればこれほどの脅威はない。

袁はたちまち逆襲に転じた。李鴻章から引き継ぎ、また自からも新たに育て上げた北洋軍閥を、むざむざ中央の官僚どもに横取りされてはならなかった。いっそ徐世昌を失脚させるか、さもなくば謀殺すればことは簡単である。しかし徐は袁を裏切ったわけではなく、またこの先も大いに使い途のある駒であった。その実力を温存したまま、中央政界から引き離す方法を、袁は考えたのだった。

東三省総督。これは妙案である。

満洲は王朝の故地であり、聖地である。閣僚からその満洲の軍政の実権者に転ずることは、けっして左遷ではなかった。しかも日本とロシアの戦争を経て、その広大な領土は誰のものともわからぬほど乱れている。

祖宗の故地を守護し奉ることこそ急務であると、袁世凱は西太后《シータイホウ》に上奏し、満洲皇族らを説いた。いったいに時代感覚を欠き、正しい世界観も持たぬ彼らは、大いに賛同した。

ついては袁世凱自身が北洋軍の精兵を率いて、かの地を鎮撫したいのは山々であるが、それでは都の防衛がおろそかになる。そうとなればこの大任を与うるにふさわしき人材はひとりしかいない。軍政ともに明るい徐世昌を、東三省総督に任ぜられたし。

実に妙案である。それまでにも奉天にあって政務に心を摧《くだ》いていた官僚はいたのだが、この起案の要点は大軍の派遣であった。

すでに東北三省には、四十個大隊の清国正規軍が駐屯していたものの、装備も旧式なうえに練成度も低く、治安維持の役目を果たしてはいなかった。満洲は郷村の自衛団から進化した馬賊の天下であった。

たとえ国土が列強に瓜分《かぶん》されようと、太祖努爾哈赤《ヌルハチ》公のしろしめされた聖地満洲は、断じて夷《い》狄《てき》の手に委《ゆだ》ねてはならない。

袁世凱《ユアンシイカイ》の熱弁に満洲旗人たちは感動した。さすがは曾 国藩《ツオングオフアン》、李鴻章《リイホンチヤン》の衣鉢を継ぐ者であると、西太后《シータイホウ》もその忠心を嘉《よみ》した。

天津にある北洋陸軍の大兵をさき、奉天省に一個師団と一個混成旅団。吉林省に一個師団。黒龍江省に一個混成旅団を派遣する。この大軍をよく率い、匪賊の手から治安を恢復《かいふく》し、正しき政を行うことのできる人材といえば、徐世昌《シユシイチヤン》をおいてほかにはいない、と袁世凱は主張した。

この論法には誰もが肯《うなず》く道理があった。徐世昌は長く北洋軍の参謀長の職にあって将兵の信頼も篤い。さらに中央政府においては、軍機大臣、政務大臣、民政部尚書を歴任または兼任しており、一人で軍政の長を担う人材となれば、たしかに適材は彼をさしおいて考えられなかった。

考えられぬはずである。なぜなら袁世凱の頭にははなから満洲も聖地もなく、ただ徐世昌という手駒の奪還のみがあったのだから。徐世昌という人物の性格と経歴から帰納して、袁は北洋軍の満洲派遣という大計画を立てたのだから。

もっとも、徐世昌が袁のそうした策謀に気付いたのは、勅命を拝して奉天に赴任したのちのことであった。いかに思慮深い徐世昌といえども、六万の大軍を移駐させるこの聖地奪還計画が、まさかおのれひとりの奪還計画であるなどとは思いもつかなかった。

派遣された北洋陸軍の幕僚の中には、総大将の袁は信じられぬが、徐の温厚な人柄に心を許す者が多くあった。彼らの知るところを綜合するに、だいたい以上のような経緯が明らかになったのだった。

それでも徐世昌は、袁世凱をけっして憎まず、蔑《さげす》みもしなかった。

徐の胸の奥には、「大丈夫の志は四海に在り」と叫んで藍衣を脱ぎ捨てた若き朋友の声が、今も鳴り響いていた。

その言の出典を徐は知っている。魏の武帝の子で、大詩人であった曹植《ツアオチ》の詩中にある一節である。

丈夫四海に志さば、万里も猶《な》お比隣《ひりん》のごとし――。

男子が勇躍として天下に出ようと志せば、万里の果てすらもなお隣のようなものだ、というほどの意である。つまり若き袁世凱は、文と武に道を隔てようとも友情は変わらないと、その心のうちを明かしたのであろう。すべてを言い切るのは恥ずかしいから、いかにも蛮勇を気取って「大丈夫の志は四海に在り」とだけ言ったにちがいなかった。

別れの言葉に托された真意を、徐は読み取った。その一言が胸にあったればこそ、さまざまの疑念を打ち払って袁世凱の幕下に拠《よ》ったのである。

破天荒な人物にはちがいない。だが彼こそが救国の英雄であると、徐《シュ》は頑《かたく》なに信じていた。むろんおのれの役どころもわきまえている。袁《ユアン》の友情に応える言を、徐世昌《シュシイチャン》は口にこそ出さぬが固く胸に括《くく》っていた。

——家に賢妻あらば、丈夫は横事に遭わず。


「閣下、まもなく天津に到着します」

副官の声に総督は目覚めた。特別列車の車内には、寝心地のよい寝台が用意されていた。

天津は徐世昌の故郷であり、袁世凱《ユアンシイカイ》の幕僚として長く過ごした任地でもあった。

「列車の到着時刻はすでに電報を打ってありますが、停車いたしますか」

余計なことをしてくれたと思ったが、副官の心配りを叱るわけにはいかなかった。

夜明け前である。だが列車が通過するにせよ停車するにせよ、徐世昌が天津に来ると知れば、直隷総督府の役人も北洋軍の将校たちも、それなりの礼をつくさねばなるまい。

「列車の速度を落として通過せよ。停車したのでは時間を食う」

総督はそもそも、他人から崇《あが》め奉られることが苦手である。得意に感ずるよりも、恥ずかしさのほうが先に立った。自分は本来、翰林院の学者なのであって、思いがけぬ運命のいたずらでかくあるのだという自覚が常にあった。

天津に停車して礼に応えぬ理由は、それだけだった。

だが、まさか列車のカーテンをおろしたまま知らぬ顔もできまい。不本意ながら総督は、朝袍《チャオパオ》を着て冠をかぶった。

やれやれ、という気分である。太平の世に生まれてさえいたならば、それこそ散佚《さんいつ》してしまった曹植《ツァオチ》の詩文でも拾い蒐《あつ》めて、ひとり悦に入っていることだろう。いや、もうとっくに隠退して、北京の胡同《フートン》の奥深くで読書三昧の日々を送っているのかもしれない。

それがいったい何の因果で、漢族にとっては地の果てのような東北に向かい、馬賊に銃口までつきつけられねばならぬのだろうか。

やれやれという溜息を押し殺しているうちに、うんざりとした気分になった。袁の友情には十分に応えたし、女房役も永らく務めたのだから、役替えではなく隠退を口にしてみようかとも考えた。

しかしそんなことを言い出そうものなら、袁世凱ばかりではなく百官がこぞって諫《いさ》めるにちがいなかった。

――御齢七十歳を越えられた老祖宗《ラオヅツオン》がご政務をおとりになっているというのに、五十を過ぎたばかりで隠退とは何ごとだ。

きっと口を揃えて誰もがそう言う。紫禁城内や各衙門《がもん》において、それは正当な理由というよりも一種の成句とされていた。ために五十どころか六十を過ぎても隠退を願い出る役人は少なく、老官の害が政に及ぶことおびただしい。

またそうした言い回しは、さまざまに援用された。

――御齢七十歳を越えられた老祖宗がご健康であらせられるのに、病で休むとは何ごとだ。

——老祖宗《ラオヅオン》がご政務を次々とお片付けになっているのに、こればかりの仕事がなぜできぬ。

などという具合に、この言い方は官衙における役人の仕事ぶりから、家庭における子供の躾《しつ》けにまで及ぶ。

老祖宗とは言うまでもなく西太后《シータイホウ》の尊称である。皇族旗人や官吏たちはそう呼び、後宮の宦官《かんがん》や市民は「老仏爺《ラオフオイエ》」と呼び習わしていた。「生けるご先祖様」という言い方も不遜きわまるが、「生き仏様」はいささか度を越している。

むろん内心はそう考えていても、不満は蔭口にすらすることはできなかった。戊戌の政変によって光緒帝を中南海の瀛台《インタイ》に幽閉してからというもの、再び政を擅権《せんけん》した西太后はもはや神であった。

明けやらぬ窓に向いて、あれこれと思いめぐらすうちに、列車はやがて天津駅のプラットホームに滑りこんだ。副官が窓を落とした。まずラッパが鳴り、続いて華やかな軍楽が奏された。楽隊が窓の外を過ぎ去ると、一個小隊の儀仗が栄誉礼で迎えた。

総督はゆっくりと動く列車の中に佇《たたず》み、無言で歓迎の礼に応えた。朝袍《チャオパオ》を着た役人の一群の前では速度がいっそう緩められ、見知った顔をそうと認めることもできた。官吏たちのうしろでは、プラットホームを埋めつくした北洋陸軍の将校が、各個に挙手の敬礼をしていた。

やれやれ、である。

そのときふと、総督の脳裏に古い記憶が甦った。

かつて東北に行幸《ぎょうこう》される老祖宗を、この天津のプラットホームで迎えたことがある。

西洋の文物が大嫌いな老祖宗が、こともあろうに汽車に乗って行幸に出ようとは、にわかに信じ難かった。なにしろ李鴻章《リイホンチャン》が献上した蒸気機関車を、見ようともせず丸ごと土に埋めたという老祖宗である。

その日の天津駅のプラットホームには、黄色い砂が敷きつめられていた。老祖宗が城を出るときには、鳳輦《ほうれん》の行く道筋のすべてを黄色の砂で被いつくすことが慣例とされていた。

後宮がそのまま移動するような長い十六両の列車は、すべて黄色いペンキで塗り潰されていた。そしてその列車は、通常は一昼夜で走る旅程を三日三晩かけて奉天まで走るということだった。むろん、その三日間は京奉線の全列車が止まった。

天津在駐の官吏と軍人はみなプラットホームに膝をついて平伏した。御召列車はほんのわずかの間、天津駅に停車した。それは老祖宗が臣下の礼に応えるためではなく、袁世凱《ユアンシイカイ》からの貢物を受け取るためであった。

袁はその機会に、二つの献上品を用意していた。

ひとつは北洋軍の西洋式軍楽隊で、これは護衛の兵士を乗せて後から続く十両の列車に詰めこまれた。

もうひとつは美しい番《つが》いの鸚鵡《おうむ》であった。それらは前もって二つの言葉を教えこまれていた。

「老仏爺。万事めでたく順調でありますよう」

「老仏爺。一路平安でありますよう」

袁世凱は御召列車に乗りこみ、手ずから鳥籠を献上した。

列車が走り出して、徐《シュ》は黄色い砂の上に俯《ふ》していた顔を上げた。とたんに、過ぎ行く車両の窓にぼんやりと佇む人影が目に入った。徐はあわてて声を張り上げた。

「皇上陛下《ホアンシャンビイシア》！」

頭を上げかけ、あるいは立ち上がりかけていた人々は愕《おどろ》いて拝跪《はいき》した。気付かぬ者を叱咤しながら、徐はほんの一瞬、鎖《とざ》された車窓の中に佇む光緒帝の龍顔を仰ぎ見た。

瀛台《インタイ》の虜《とりこ》となっているはずの光緒帝が、御召列車の後部に乗っていたのだった。そしてもし徐の見まちがいでなければ、龍袍《ロンパオ》をまとった若き皇帝の周囲には、とうてい護衛とは思えぬ正装の八旗兵が、剣を佩《は》き弓矢を携えて取り巻いていた。

身を翻して打ち伏したまま、徐はすべてを悟った。

故都奉天への行幸と太祖太宗の陵《みささぎ》への参拝は、乾隆皇帝以来の壮挙であった。いかな老祖宗といえども、愛新覚羅《アイシンギョロ》の正しき裔《すえ》である光緒帝をさしおいて、血脈のないおのれひとりが祖霊にまみゆるわけにはいかなかった。皇帝は囚人《めしうど》のまま龍袍を着せられ、脱走せぬよう八旗兵に見張られたまま、父祖の地へと向かったのだった。

哀れな皇帝の姿に、徐は打ちのめされた。もし救国の英雄が出でずんば、この国は必ず滅びると思った。

かつて多くの英雄が現れて皇帝を支え、国を保ってきた。肇国《ちょうこく》の時代には皇弟舒爾哈斉《シュルガチ》がおり、長城を越えた順治幼帝のかたわらには、礼《リー》親王代善《ダイシャン》、睿《ルイ》親王多爾袞《ドルゴン》、豫《ユ》親王多鐸《ドド》といった錚々《そうそう》たる皇族将軍があった。乾隆大帝の親征は兆恵《チャオホイ》大将軍の功績であった。そして近くは、猖獗《しょうけつ》をきわめた太平天国を文人将軍曾《ツォングオファン》国藩が平定し、李鴻章が荒れ狂う列強の侵略を、巧みにかわし続けて国を保ってきた。

はたして彼ら英雄と同じ働きが、袁世凱《ユアンシイカイ》にできるのだろうかと徐は危ぶんだのだった。しかしどう考えたところで、袁になりかわって国家の危急を救うべき人物は見当たらなかった。もはやその器のいかんにかかわらず、英雄と恃《たの》む者は彼をおいて他にいなかった。

――天津駅のプラットホームがようやく尽き、徐世昌の答礼も終わった。

「北京に到着したなら、ただちに慰《ウエイティン》庭に会おう。自動車の準備をしてくれ」

総督は副官に命じた。一昼夜の旅で甦ったさまざまの記憶が、縮みかけた徐世昌の背筋を鞭《むちう》った。英雄と恃むただひとりの男に、みちみち思い至った張作霖《チャンツオリン》の正体を、はっきりと告げておかねばならなかった。

十六

袁世凱《ユアンシイカイ》は鶏《にわとり》よりも早起きである。

それだけならばとりたてて珍しくもないが、梟《ふくろう》よりも夜更かしであった。

副官や秘書官がたびたび交替するのは、べつに袁が馘首《かくしゅ》するからではなく、疲労の余り病気になるか、激務に嫌気がさして辞職を願い出るからである。

遅寝早起きというだけならまだよい。その巨軀には人間ばなれした活力が漲《みなぎ》っており、行動の迅速さは若い部下たちの追随を許さなかった。

なおたちの悪いことには、熟慮するということがなかった。行動の多くはほんの思いつきなのだが、勘の鋭さは天衣無縫であるから、なまじ物を考えるよりもよほど良い結果をもたらした。あるいは多少の勘ちがいがあっても、強引につじつまを合わせてしまう腕力にも恵まれていた。いったいに春風駘蕩《しゅんぷうたいとう》の趣きがある清国官僚の中にあって、彼はそうした性格だけでも天下無敵といえた。

ちなみに、なぜか干支《えと》は未《ひつじ》である。

精力的という点では、彼の師に当たる李鴻章《リイホンチャン》も、そのまた師である曾国藩《ツオングオファン》も同様であったが、少くとも科挙出身の儒者である彼らの行動は、他者の立場を思いやる仁の精神が礎《いしずえ》となっていた。すなわち、天性の勘のうえに剛腕を兼ね備え、さらに孔子の教えを徹底的に欠いた袁世凱は、性格ばかりかその全行動において、天下無双であった。

まさか李鴻章ともあろう人が、後継者を選ぶに際してその人品を見誤ったわけではない。他にこれといった人物が見当たらず、苦肉の消去法を用いれば残る人材は袁世凱《ユアンシイカイ》しかいなかったのである。

官僚たちはこぞって袁の力を削《そ》ごうと躍起であったが、そもそも絶対権力者である西太后《シータイホウ》が彼を贔屓《ひいき》しているのだからどうしようもなかった。彼の巧妙な自己宣伝もさることながら、西太后は同治《どうち》中興の忠臣曾国藩を尊敬しており、李鴻章に対してはともに難局に当たった親しみを抱いており、彼らの正統の後継者である袁を憎からず思うのは道理であった。

かくて皇族旗人や文人官僚たちの反対勢力を物ともせず、袁世凱は強大な軍権を背景として、いよいよ中央政界に権勢を奮い始めていた。

外務部尚書兼会弁大臣兼軍機大臣。官位は二品《にひん》へと進み、もはや事実上の宰相と言ってもよかった。

文人官僚たちは彼を「無学者」と呼ぶ。だがむろん、ここでいう「無学者」とは「無教養」の謂《いい》ではなく、進士の資格を持たぬ「無学歴者」の意味であった。

かくいう進士の教養とは、四書五経の丸覚えと詩歌の心得と、古風な八股文《はっこぶん》の習熟を指すのであるから、実は近代的教養とは無縁なのである。したがって「無学者」という蔭口は、明らかにいわれなき差別であった。その証拠に、遥か隋代《ずいだい》を起源とする科挙試験は、一昨年の光緒三十一年をもって廃止されていた。

ただし、けっして無教養人ではないが、袁世凱の印象がそれに通ずるのはたしかである。「無学者」の蔭口がその印象に則った渾名《あだな》であるとすれば、正鵠《せいこく》を射ていると言えた。

袁世凱の北京における仮邸宅は、紫禁城とは中南海を隔てた西である。ただし住居もほんの思いつきでころころと変える。

現在の屋敷も、「東富西貴、南賤北貧」といわれる北京の格言を耳にしたとたん、矢も楯もたまらずに手に入れたものであった。つまり、自分は貴人であるから西に住むべきであると考えた。

礼王府《リー》の裏手の、閑静な寺町である。西安門大街《シーアンメンダアチエ》と西四単牌楼《シースータンパイロウ》の繁華街も近いから、健啖家の袁《ユアン》にとってはすこぶる都合がよい立地であった。しかしいざ住んでみると、東側から塀ごしにのしかかる礼王府《リー》の森が暗鬱で、近在の寺から漂い出てくる線香の臭いも耐え難かった。そろそろ引越そうかと、一ヵ月も経たぬうちに袁は考え始めていた。

むろん熟慮というほどではない。そのうちどこかに格好の屋敷が見つかれば、とたんに引越そうという程度の心構えである。

勘の鋭さと剛腕と無節操のほかに、変わり身の早さというのもまた、彼の持つ天性の武器であった。しかし彼自身は、それを軍人として必須の「決断力」であると信じていた。

豪勢な朝食をおえ、四合院《スーホーユアン》の庭で腹ごなしの太極拳に励んでいるところに、衛兵長が来客を告げた。

「有朋自遠方来《ヨウボンツーユアンファンライ》!」

袁世凱《ユアンシイカイ》は煉瓦塀《れんがべい》を円《まる》くくり抜いた月亮門《ユエリヤンメン》に向かって、柄に似ぬ甲高い声を張り上げた。孔子の言葉などはみな忘れてしまったが、それくらいは覚えていた。

「楽しいかね、慰庭《ウエイテイン》」

朝袍《チャオパオ》の盛装をこらした朋友の姿を見たとたん、老けたな、と袁は思った。奉天の冬は身に応えるのだろうか。

すこぶる猜疑心の強い袁世凱にとって、徐世昌《シュシイチャン》は唯一心の許せる友である。彼の笑顔を見ると、温かな饅頭《マントウ》を目の前に置かれたように、ほっとする。

もっとも、袁の胸をいつも領している不幸な猜疑心は、身から出た銹《さび》といえた。他人を裏切り続けてきたから、誰からも信用されなくなっただけの話である。だが聡明な袁世凱は、信用と信頼が似て非なるものであると知っている。

つまり袁にとっての徐世昌は、信用と信頼とが世間なみに同義語となる、ただひとりの友であった。

「ずいぶん早い到着だな、菊人《ジュレン》」

袁は巨《おお》きな掌《て》を友の肩に置いた。

「菊人」は、徐の字《あざな》ではなく、号である。正しい字は「卜五《ブーウー》」といい、若い時分にはそう呼んでいた。ところが、学問を身につけるほどにその音の響きが、徐には似合わなくなってきた。そこで、いつのころからか「菊人」という号で呼ぶようになった。今は誰もが、それを徐世昌の字だと思っている。「菊人」の響きも文字も、徐世昌にはよく似合った。

「君に折り入って話したいことがあってね。迷惑だったかな」

「とんでもない。じっくりと聞かせてもらおう」

鷹揚な笑顔で答えたものの、袁の心は翳《かげ》った。ただならぬ顔つきから察するに、たぶん厄介な話だろう。

室内に入ると、二人は温かな炕《カン》に並んで腰を下ろした。女中が茶を運んできた。

「朝食は」

「汽車の中ですませてきた」

上品なしぐさで茶を啜《すす》りながら、徐世昌《シュシイチャン》は湯気とともに白い溜息をついた。南向きのガラス窓から射し入る朝の光が黒緞子《くろどんす》の朝袍《チャオパオ》の背を温《ぬく》め、白髪まじりの弁髪の上には冠の花翎《ホワリン》が揺らいでいる。

疲れ果てて見えるのは長旅のせいばかりではあるまい。閑《のど》かな士大夫の本性にふさわしからぬ仕事を、徐世昌は果たしているにちがいなかった。

「北京は暖いねえ」

老人のように友は言った。

「ところで、慰庭《ウエイテイン》。君は張作霖《チャンヅオリン》を知っているかね」

「名前だけはな。帰順した馬賊の頭目だろう。そいつがどうかしたか」

東北に跋扈《ばっこ》する馬賊を帰順させ、官軍に組み入れることは総督に課せられた第一の使命であった。その目的を達成するための予算は十分に準備してあったし、馬賊たちが戦う気にもなれぬほどの大兵力を、各省都に進めてもいる。帰順工作に応ずれば、馬賊の頭目には戦力にふさわしい軍人の肩書きが与えられ、給料も支払われるのだから、それほど難しい仕事とは思えない。ましてや徐世昌は戦さにこそ不慣れだが、交渉事の達人である。

実際に徐が総督として奉天に赴任して以来、帰順工作は着々と進んでいた。張作霖という頭目の名は、報告書の中にあったと記憶している。

「奉天から六十華里ほど西の、新民府を根拠地にしている。だが馬賊たちの間で、奉天の総攬把《ツオンランバ》といえば奴のことだ」

「ほう。たいそうな男だな。で、兵力は」

と、徐はこともなげに言った。聞きちがいかと思って問い質《ただ》すと、茶を啜りながらもういちど
「五営《ウーイン》」

「五営」という声が返ってきた。

五個大隊である。北洋陸軍の編制では、一個大隊の定数は八百名であるから、張作霖は四千人の手下を持つ大頭目ということになる。

「だとすると、一団以上と言ったほうが早い」

団は連隊である。

「そうだ。手下の数は三千八百。はったりでないことは調査ずみだ。だが団長という肩書きを与えたのでは、正規軍の団長が納得しない。そこで、巡防五営統帯官という曖昧な肩書きをくれてやった。ただし階級は大佐だ」

つまり階級は連隊長職の陸軍大佐だが、連隊長ではなく五個大隊の指揮官というわけである。この精妙な折衷案はいかにも徐世昌らしい。

「若いのか」

「ああ。元年乙亥《きのとい》生まれだから、勘定は簡単だ。光緒陛下の御治世と同じだけの齢を食う」

「何だ、まだ尻の青い若僧じゃないか」

「だが、青二才に四千の子分は持てまい。どうやら馬賊の貫禄というのは年齢ではなくて――」

徐世昌は煎豆《いりまめ》をねぶりながら言った。

「殺した人間の数で決まるものらしい」

細く上品な士《し》大夫《たいふ》の指が、卓の上に豆を並べ始めた。

「馬賊の頭目の名を何人かは知っているかね、慰庭《ウエイテイン》」

「ああ。巷《ちまた》の噂にのぼるくらいの名前なら」

「では訊《たず》ねよう。正業は八角台の豆腐屋、好好《ハオハオ》と笑いながら人の首を刎《は》ねる好大人《ハオダアレン》といえば」

「何だ。まるで辻語りの講釈師だな。その続きなら四単牌楼《スータンパイロウ》の通りに出れば聞けるさ。答えは張《チャン》景恵大攬把《チンホイダアランバ》だ」

「対《トエ》」

と肯いて、徐世昌《シユシイチャン》は煎豆のひとつを指さした。

「次に、根城は鎮安県の桑林子《サンリンヅ》、義のあるところ火をも踏む麒《チ》麟《リン》の親分といえば」

「それも知っている。湯玉麟《タンユエリン》大攬把だ」

「対」

徐は豆をもうひとつ指さした。

「あとはまだ講釈師の口にのぼるほど名前は売れていないだろう。白猫《パイマオ》こと張作相《チャンツオシャン》。そしてもうひとり、このごろ売り出しの一千元壮士、李春雷《リイチュンレイ》」

「おいおい、菊人《ジュレン》。講釈はたいがいにしてくれ。いったい何を言いたいんだね」

徐は五つ目の煎豆を置いた。

「これに、総攬把《ツオンランパ》直属の一営を加えて、つごう五営だ」

愕きのあまり、袁世凱《ユアンシイカイ》は思わず炕《カン》から腰を浮かせた。

「何だと。好大人も麒麟も張作霖《チャンツオリン》の子分なのか」

「そうだ。あいにく私は世事に疎いから、好大人も麒麟も知りはしなかったがね。だが、兵隊はその名を聞いただけですくみ上がってしまう。たぶん本気で戦さをするとなれば、何倍もの助ッ人が全東北から集まるほどの顔役たちだ。それに、君は少し計算ちがいをしている」

「計算ちがい、とは」

「君の考えている五営は、歩兵だろう。だが張作霖の兵はすべて馬に乗っている。つまり歩兵の頭数と同じだけの、騎兵五個大隊が張作霖の兵力だ」

袁世凱の明晰な頭脳は、たちまち騎兵部隊としての張作霖の戦力をはじき出した。

機動力も戦闘能力も歩兵とは格段の差がある騎兵は、五百騎を以《もっ》て一個連隊を編制する。すなわち四千騎の馬賊を騎兵に置き換えれば、八個騎兵連隊という怖るべき戦力となる。

たとえ重火器の装備はなくとも、よく練成された八個騎兵連隊は、茫漠たる満洲の荒野にあっては北洋陸軍の二個師団二個混成旅団と、互角に戦うはずであった。

いや、負けるかもしれない、と袁は思った。北洋軍の東北派遣部隊は、それぞれ三省の省都に駐屯しているが、張作霖の兵力は新民府とその周辺に集中しているだろう。少くとも奉天駐屯の一個師団一個混成旅団ではまったく太刀打ちできまい。奉天を攻略され、他の二都も各個に撃破されれば、東北の北洋陸軍は敗ける。

これはもはや馬賊ではない。張作霖軍だ。

「しかし、その大物を帰順させたのは君の大手柄だ。もし戦うようなことになっていたらと思うと、ぞっとする。どうだね、それだけの戦力を持っているのなら、師団長ぐらいに格上げして、将軍に祀り上げてしまったほうがいいんじゃないか」

「不是《ブウシイ》」

と、徐《シユ》はにべもなく顎を振った。

「なあ、慰庭《ウエイテイン》。君はひとかどの人物だが、欠点を言わせてもらってもいいかね」

「有難い。そういうことをはっきりと言ってくれるのは今や君だけだ」

「君は突然に起こったこと、もしくは目先のことについてはすばらしい勘を働かせる。万にひとつのまちがいもない。しかし、未来が見えていない」

「未来など誰にも見えんさ。現実の蓄積が未来を作る。ちがうかね」

徐はじっと袁の顔を見て、深く肯いた。

「なるほど、君らしい考え方だ。たぶん君はそうやって立派な未来を作り出すことだろう」

「だとするとあながち欠点ではないな。訂正してくれたまえ」

「では言い直そう。あの張作霖《チヤンツオリン》という男は、君とまったくちがう性格なのだよ。現実の蓄積で未来を作ろうとはせずに、まずかくあるべき未来を想定し、その未来を実現させるために現実を踏んで行く」

「何だ、ふつうの人間じゃないか」

「そう。すこぶるふつうの人間だ。そのあたりが民衆に人気を得る秘訣なのだろう」

嫌味か、と袁《ユアン》は鼻白んだ。若い時分から徐世昌《シュシイチャン》には、坊主のような説教癖がある。

「まあ、人気はあるに越したことはない。で、そのふつうの人間を将軍にすることがなぜ悪いんだね」

「奴は下心があって帰順してきた」

「下心、とは」

「帰順したほうが何かと都合のいいことがあるのだ。先日も匪賊討伐を命じたのだがね。たしかにすばらしい戦果を上げてはきたが、褒美をふんだくられた」

「ほう。いくらだね」

「十万元。ほかに弾薬を十万発」

あ、と口を開けたまま、袁は呆れ果てた。十万元の金はあまりに多額すぎ、十万発の弾薬はあまりに多すぎて怒る気にもなれなかった。

「なぜ渡したのだ」

「奉天城を取られるよりはましだろう。そうなればむろん私の命はないが、君の未来もなくなってしまうよ」

詳しい経緯は聞かずとも、起こったことの概要はわかった。徐はこともなげに語ったが、これは大事件だ。

「つまり、君の命と奉天城と俺の未来とを、掷票《パンピヤオ》に取ったということだな」

掷票すなわち人質を取って、身代金をせしめるのは馬賊の得意技である。しかし強大な兵力を新民府に置いて奉天城を睨《にら》んでいる張作霖《チャンツオリン》には、わざわざ捬票《パンピャオ》を拐《さら》ってくる必要がなかった。因縁をつける機会を待てばいいのである。

「私は奴が戦いもせずに帰順したわけを知った。そして、安易に匪賊討伐の使命を奴に与えたことを悔やんだ。つまり張作霖は、こういう機会を得るために帰順したのだ。わかるかな、慰《ウェイ》庭《ティン》。奴は遥かな陣地を奪うために、一見無駄と思える石をきっちりと布《し》いて行く男なのだ。そうしたやり口は、たぶん手下どもも気付いてはいないだろう。むろん私の部下たちもだ。ただ度胸のある、頭のいい男だとしか考えてはおるまいよ」

袁世凱《ユアンシイカイ》は苛立《いらだ》った。かくなるうえは自から北洋陸軍を率いて、討伐に出たい気分である。しかし四千騎の馬賊団とまともにぶつかれば、それは討伐などではなく戦争であった。

「そういうことなら、いよいよ将軍に格上げして手の内に入れたほうがよかろう。使い途はいくらでもあるぞ」

「待てよ、慰庭」

と、徐《シュ》は手を上げた。

「たしかに北洋陸軍の将軍ともなれば、官位も相応のものが与えられ、北京や天津に往還して大臣や旗人たちとのつきあいもしなければならない。そうとなれば、馬賊まがいの悪事など二度とできまい」

「その通りだ。それで八方丸く収まる」

「張作霖は私と君が相談して、その八方丸く収まる結論を出すだろうと読んでいる」

「かまわんだろう。それほど将軍の地位が欲しくばくれてやる」

「ちがうんだ、慰庭。奴は出世など目論《もくろ》んではいない。もともとがそういう主義の人間ではないのだ。君の尺度で人を測ってはいけないよ」

ひごろから冷静沈着な徐世昌《シュシイチャン》は、話すほどに興奮をあらわにした。その表情は心なしか青ざめて見える。君の尺度で人を測るなという言い方は癪《しゃく》だが、たぶん徐は、おのれの尺度にも合わぬ人間に出会ってしまったのだろう。

「落ち着け、菊人《ジュレン》。つまり張作霖という男は、出世主義者ではないのに将軍の地位を欲しているというわけだな。だとすると、奴の狙いはいったい何だというのだね。要するに、それもまた遥かなる目的を達成するための布石だと――」

袁は言い切らずに口を噤《つぐ》んだ。もしとっさに閃《ひらめ》いた勘が正しければ、これは怖ろしい話だ。

「あの男は、満洲を乗っ取るつもりだぞ」

徐世昌は袁の勘を言い当てるように声を押し殺した。

十七

奉天から戻った徐世昌《シュシイチャン》が西太后《シータイホウ》の謁見を許されたのは、北京の町が小年《シャオニエン》の祭に賑わう十二月二十三日であった。

あちこちで爆竹の鳴り始めた朝早くに、大臣よりも偉そうな御前太監《タイチエン》が騾車《らしゃ》に乗って徐の屋敷を訪れ、「畏《かしこ》くも慈禧太后《ツーシータイホウ》陛下におかせられましては、東三省総督徐世昌《シュシイチャン》閣下を親しくお召しになられます」との書状を読み上げた。

宦官《ホアンクワン》の足元に拝跪《はいき》するのは不本意であるが、老祖宗《ラオヅツオン》のお言葉を賜わるのだから仕方がない。

用事がすんでからもなおしばらくの間、御前太監《タイチエン》は茶を啜《すす》りながら、どうでもいい時候の話をした。

かねてより願い出ていた参内がきょうのきょうと決まれば、仕度もあわただしい。そのうえ屋敷の中は小年《シャオニエン》の行事に大わらわである。長っちりの理由にようやく気付いて、徐が相応の銀を包むと、太監はいかにも一仕事をおえたという感じでさっさと帰ってしまった。宦官という連中は存在そのものが害悪だと、徐世昌はしみじみ思った。

正月が大年《ダアニエン》で、きょうが小年である。すなわち新しい年を迎えるにあたっては、まずこの日の行事をつつがなく執り行わねばならなかった。

屋敷の厨房には送竈《ソンツアオ》の祭壇が設けられていた。庶民から宮中王府に至るまで、必ずこの日にさねばならぬ竈送《かまどおく》りの儀式である。

一年の間、暮らしぶりをじっと観察していた竈の神が、天に昇ってその善悪功罪を玉皇大帝《ユイホアンダアテイー》に報告する。一家の来年の吉凶禍福はそれによって決定されるという。

清められた竈の前に卓子《チユオツ》が置かれ、竈王爺《ツアオワンイエ》、竈王奶奶《ツアオワンナイナイ》の夫婦神の画像が貼りつけられて、酒や香やさまざまの供物が捧げられる。それらをできるだけ豪勢に盛り、天界までの路銀とする紙銭や、神馬《しんめ》のための水と秣《まぐさ》まで添え、さらには竈糖《ツアオタン》と称する飴《あめ》を神像の口に塗りつける。

このようにして丁重に送り出せば、竈の神は天帝に対して悪行を控えめに、善行は過大に報告してくれるので、来年は良い年になるという次第である。

祈りを捧げるうちに、神像の顔が先ほどの宦官に見えてきて、徐世昌は嫌な気分になった。

何ごとにつけても賂《まいない》のやりとりをするのは、この国の悪習であると思う。しかしその歴史は余りに長すぎて、賄賂と礼儀との区別もつかなくなってしまっていた。なにしろこうした年中行事にも、明らかに賂としか思えぬ作法が定められているのである。

徐世昌はふと、ためしに神像の口に飴を塗るのはやめてみようかと思ったが、むろんその勇気はなかった。老祖宗にあらぬ讒言《ざんげん》をされては困るのと同様に、天帝にもうまい報告をしてほしい。

ところで、官衙《かんが》はすでに封印《フォンイン》の式をおえ、正月の休みに入っている。暦法を司る欽天監《きんてんかん》の定めた今年の吉日は二十一日で、その日にすべての官衙は皇帝から賜わった印を封じて御用納めとなっていた。

したがって二十三日のこの参内は、東三省総督として西太后《シータイホウ》に拝謁するのではあるまいと徐世昌は考えた。宮中も正月を迎えるためのさまざまな儀式に忙しいはずである。西太后はその合間に、ひとりの臣としての徐世昌に会おうとしているのであろう。

いったい何をご下問になられることやら、あれこれ思いめぐらすだに身がちぢむ。

その日の謁見は、紫禁城内東六宮の鍾粹宮《チョンツイクン》で行われた。

内廷の最も奥に位置するこの宮殿は、格別に重要な、かつ他聞を憚《はばか》る内容の謁見にのみ使用されると言い伝えられていた。外朝の顕職を歴任した徐世昌《シユシイチヤン》ですら、鐘粋宮《チヨンツイクン》に召されるのは初めてである。

日ごろの移動はアメリカ製の自動車だが、むろん登城に際しては禁忌であった。寒風の中を輿《こし》に乗り、東華門から先は徒歩である。

城にほど近い東交民巷は公使館が建ち並ぶ租界で、周辺には外国人が溢《あふ》れている。東交民巷から東長安街を隔てて聳《そび》え立つ北京飯店も、外国人専用のホテルであった。官吏の通用門たる東華門はそのすぐ裏手にあるから、周辺は文明の混乱も甚《はなはだ》しかった。

たとえば古式ゆかしい八旗兵が衛士を務める門前では、情報がどう流れたものか外国の新聞記者が徐世昌の輿を待ち受けている。たちまちカメラの砲列に取り巻かれ、矢継早の質問が浴びせかけられる。

「お久しぶりです、総督。このたびのご上京はどういうご趣旨ですか」

輿から降りたとたんに、日本人には珍しい長身の記者が上等の北京語で話しかけてきた。この男はたしかに知っている。万朝報《よろずちようほう》というゴシップ新聞の、岡圭之介という辣腕《らつわん》記者である。一見して礼儀正しい紳士だが、押しの強さと図々しさは各国記者中の断然だった。

「理由などない。正月ぐらいは家族とともに過ごしてもよかろう」

続いて徐を待ち受けているのは、長いなじみのアメリカ人記者、トーマス・バートンであった。若い時分から北京に島流しにされているような男である。節操のかけらもないごろつきだが、金さえ渡せばどんな情報でも売ってくれるので重宝だった。

こちらは無視するわけにはいかぬ。

「やあ、菊人《ジュレン》。おたがい齢をとったな」

礼儀知らずだが、北京語は冗談まで完璧だ。

「この無礼者め。人前で字《あざな》を呼び捨てるやつがいるか」

「これは失敬。では徐世昌総督閣下にお伺いします。このたびは太后陛下のお召しと聞き及びますが、いったいどのようなご下問があるのでしょうか」

宦官が外国人記者に通じているのである。官衙はすべて御用納めとなっているのだから、召見の情報は宦官の口のほかに洩《も》れようはなかった。

「そのことなら私が訊《き》きたい。君が宦官に渡した十倍の銀を支払ってもいいぞ」

「では、召見の理由はまったく予想もつかない、と」

「それはわからないが、私のほうから謁見を賜るようお願いした」

その一言で、記者たちの輪はいっせいに縮まった。

「いったい何を奏上なされるのですか」

「それは言えぬ。私から申し上げることもあるが、太后陛下からご下問も賜るだろう」

「まるで禅問答ですな。それじゃ記事になりませんよ」

「東三省総督が太后陛下の召見を賜わった。ニューヨーク・タイムズの記事ならそれだけで十分だろう。アメリカ人は面倒な話が嫌いだ」

総督が軽く手を挙げると、北洋陸軍の護衛兵たちはようやく記者たちを押し返した。

義和団戦争以来、清国の兵隊は外国人に対してすっかり腰が引けてしまっている。相手がたとえ新聞記者でも、命ぜられるまでは動こうとしなかった。

徐世昌《シユシイチヤン》は朝袍《チヤオパオ》の胸をことさら張って東華門を潜った。

まさしく文明の混乱である。洋人《ヤンレン》たちが自動車を乗り回し、洋服を着て歩き回る浮世から紫禁城内に一歩踏みこめば、そこは時の流れの止まった巨大な空間であった。

徐世昌は護衛の兵たちを東華門にとどめ、軍服の副官と従兵だけを伴って内廷をめざした。

すでに一年の仕事をおえた外朝域に、人影はまばらである。残務についている官吏たちは、起《き》花珊瑚《かさんご》の頂戴《テインタイ》を遠くに認めると、みなその場に膝を折って拝跪した。冠の頂を飾る頂戴は一品《いつぴん》と二品《にひん》の官位がともに珊瑚であるから、赤い色と見れば皇族か大臣級の顕官であることは明らかだった。

御用納めの後であるにしても、紫禁城内の空気がひどく虚《うつ》ろに感じられた。冬陽は南中しているというのに、色眼鏡をかけたような暗さであった。瑠璃色《るりいろ》の屋根瓦も大理石の壇も、灰を撒《ま》き散らしたように熏《くす》んで見えた。

しかし目を凝らせば、けっして埃《ほこり》を被《かぶ》っているわけではなく、草が萌え出ているわけでもない。なぜか城内に、かつての栄耀が感じられぬのだ。

その原因にはっきりと思い当たって、総督は暗澹《あんたん》となった。

紫禁城に天子がおわされぬ。たとえ政《まつりごと》においては太后陛下の傀儡《かいらい》に過ぎずとも、中華皇帝は世界の中心であり、天と地とを分け支える柱であった。

その天子――第十一代清国皇帝が、さる年の政変に敗れて瀛台《インタイ》の虜《とりこ》となってから久しい。総督は蟒袍《マンパオ》の長い袖の中で指を折った。政変は戊戌《ぼじゅつ》の年であったから、皇上《ホアンシャン》が紫禁城を追われて足かけ十年目の年が、いま暮れようとしている。

天子の残り香さえも消えてしまった紫禁城が、輝きを失うのは当然に思えた。そして斥《しりぞ》けられた栄耀の分だけの瘴気《しょうき》が、殿や回廊や階《きざはし》のことごとくを、まるで一面に投網でも打ったように被《おお》いつくしていた。

ここで生活をし、ここで毎日の執務をしている人々には、この頽廃《たいはい》ぶりがけっしてわかるまい。ともに暮らしている家族の老いや成長がよくわからぬように。だから久し振りに参内した徐世昌の目にだけ、紫禁城はその凋落《ちょうらく》のさまを正しく映すのである。

天子のおわさぬ城が月なき闇夜であり、世界が日輪なきたそがれであることに、人々は誰も気付いてはいまい。


総督は紅色の壁に囲まれた内廷の小路を歩み、奥まった鐘粋宮《チョンツイクン》をめざした。

外朝と内廷を隔てる乾清門から先には、副官も従兵も入ることはできない。もっともかつては、皇帝のほかに男性の機能を持つ者は誰も入ることの許されなかった後宮である。

案内役の宦官は背中を丸め、鼠のようにちょこちょこと総督の前を歩いた。錘《ふぐり》を喪《うしな》ってしまうと体の均衡がとれず、宦官はみなこうした歩き方になるという。饐《す》えた臭いもする。これは竿を切り落としたあとの小便の始末が悪いせいであろう。

紅色の壁は内廷の南北を貫いて涯《は》てもなく続く。方形に区画された東六宮は、かつて妃嬪《ひひん》がそれぞれに暮らした宮殿だが、今は誰が住まうのか、古詩に詠《よ》まれる粉黛《ふんたい》の華やぎは何ひとつ感じられなかった。

このあたりもやはり、すべてが燻んでいた。

金泥の扉の前に立ち止まると、宦官は膝を屈し、両手をだらりと下げて俯《うつむ》いた。

「慈悲深き御仏様《みほとけ》におかせられましては――」

「小年《シャオニエン》の御多忙中にもかかわらず、親しく総督閣下を召見なされまする。陪席は大総管太監《ダアツォンクワンタイチエン》おひとりにござりますれば、お心おきなくお過ごし下されませ」

「有難いことだ。ご苦労であった」

総督はあらかじめ用意してあった銀の包みを宦官に手渡した。

鐘粋宮《チヨンツイクン》の扉が開く。石畳の庭を歩み、殿の下に立つと、まるで貴人の来訪が見えているかのように朱色の扉が開かれて、目にも鮮やかな黄色い帳《とばり》が溢れ出た。

「東三省総督徐世昌《シユシイチャン》閣下、ご拝謁を賜わります」

御殿の奥から臣下の到着を告げる声がし、続いて短く鉦鼓が奏された。声と音は聴こえるのだが、宦官の姿はどこにも見えなかった。

殿に上がると、東側の扉が開かれた。この先は堂々と歩んではならなかった。総督は背を丸めて小走りに歩み、暖閣に入るやたちまち南向きの炕《カン》に正対して、三跪九叩頭《さんききゅうこうとう》の礼を捧げた。

「臣、徐世昌。謹しみまして老祖宗《ラオヅツオン》の聖寿万歳を慶賀奉りまする。本日はご多忙のさなか親しく拝謁を賜り、恐懼《きょうく》に堪えませせぬ」

娘のように高く澄んだ、「慈悲深き御仏様」の声が返ってきた。

「苦しうない、面《おもて》を上げて近う寄れ」

総督はゆるゆると顔を起こした。かつては皇帝と妃嬪との私的な場所であった宮殿の中は、思いがけずに狭く、かつ質素である。

西太后《シータイホウ》は南向きのガラス窓を背にした炕に綿入れの褥《しとね》を敷いて、ややたいぎそうに肘置きを抱えていた。七十二歳の宝算《ほうさん》を数えるというのに、太后は若く美しい。いや、ことさら若く見えるのではなく、老いたなりの気品と魅力とが太后には備わっていた。

親子ほど齢の離れたこの老女が、もし太后でさえなかったならば、自分はたちまち心奪われるであろうと総督は思った。

夥《おびただ》しい櫛笄《くしこうがい》を飾った両把頭《リヤンバトウ》の髪は黒々と豊かで、靴脱ぎの石の上には螺鈿《らでん》を散らした満洲婦人の高鞋《たかぐつ》が揃えられていた。平らな炕の上に両膝を組んで座る所作は、漢族には真似のできぬ異族のそれである。

「気分がすぐれぬゆえ、平衣にて見《まみ》ゆる」

太后は緑色の絹の袍子《パオヅ》の上に、赤い羅紗の馬褂《マーコワ》を羽織っていた。こうした普段着の太后を見るのは初めてだが、仰々しい盛装よりもむしろその美しさは際立っていた。

炕のかたわらには若い宦官が佇んでいた。内廷のすべての宦官を支配する大総管太監、李春雲《リイチユンユン》である。その朝袍《チャオパオ》の胸には高等官を示す九頭の蟒《うわばみ》が刺繡され、冠には徐世昌《シュシイチャン》と同じ起花珊瑚の頂戴《テインタイ》が輝いていた。

西太后《シータイホウ》の擅権《せんけん》下にあって、この若き大総管《ダアツオンクワン》の威望は大臣皇族にもまさっている。

「春児《チュンル》、総督に椅子を」

西太后は李春雲《リイチュンユン》に命じた。

「めっそうもござりませぬ、陛下。謁見に際して臣が腰を下ろすなど、非礼にもほどがござりまする」

と、総督はあわてて言い返した。李春雲がかまわず黒檀《こくたん》の椅子を滑らせて、総督の背のうしろに置いた。

「閣下。近ごろ老仏爺《ラオフオイエ》は、このようにして臣下をお召しになられます。どうぞご遠慮なく」

李春雲は耳元でそう囁いて総督の肩に手を添えた。

かねがね思っていたのだが、この宦官は万事においてそつがなく、挙措も優雅である。かつては西太后のお抱えである南府劇団の立役者であったという話も、なるほどと肯ける。みな等しく姑息で薄汚い印象をうける宦官の中にあって、この李春雲だけは後宮の粉黛に仕えた「伴天《バンテイエン》星《シン》」を髣髴《ほうふつ》させた。

その威信も、太后の側近としてみなが怖れているだけで、先任の大総管李蓮英《リイリエンイン》のようにいばり散らしているわけではない。

「では、お言葉に甘えさせていただきまする」

総督が腰を下ろすと、李春雲は再び太后のかたわらに戻って佇立した。

窓の外では、虚ろな冬の陽さえも翳《かげ》ってしまった。かわりに瑠璃瓦の上を吹きまどう風が、蕭々《しょうしょう》と淋しげな声を上げ始めた。

ふいに、太后がにっこりと笑った。

「まったくおまえは、いくつになってもちっとも変わらぬ堅物だこと。朋友の袁世凱《ユアンシイカイ》はどんどん偉そうになっていくのに、いつまでたっても翰林院の書生のままだわ」

総督は太后の突然の変容に愕《おどろ》くあまり、ただ「ははあっ」と頭《こうべ》を垂れた。

「ははあっ、じゃないわよ。私が笑ったら、おまえも笑っていいの。けっして怒ったり叱ったりはしないから安心おし。いい、菊人《ジュレン》。私はおまえみたいな堅物が嫌いじゃないのよ。だから軍機大臣にして、一緒に政《まつりごと》をしようと思ったの。ところがそのとたん慰庭《ウエイティン》のやつったらうまいこと言って、おまえを奉天なんかに連れてっちゃうんだもの。すごくがっかりしたわよ」

「は、ははあっ」

「そりゃあ、私がダメって言えばダメなんだけどね。でも、どうしてもそうしたい慰庭の事情はわかっていたし、軍隊を握っているあいつの言い分は、聞いてやらなきゃならないもの」

李春雲は微笑《ほほえ》んでいる。どうやら太后には何の邪心もないらしい。

「陛下。総督閣下はとまどうておられまする。たしかこのようにお二方きりでお話しになられるのは、初めてでござりましょう」

と、李春雲は太后に進言した。

西太后《シータイホウ》が実はことのほか気さくな人柄であるという噂は知っていた。つまり内廷の私的な生活の場では、いつもこうした話し方をするのであろう。袁世凱《ユアンシイカイ》の抬頭とともに急な出世を果たした徐世昌《シュシイチャン》が、ひとりきりで謁見を賜うのは初めてであった。

「臣、徐世昌。謹んで太后陛下にお伺い奉りまする」

「べつに謹まなくったっていいわよ。なあに？」

「ははっ。老祖宗《ラオヅツオン》におかせられましては、袁世凱に拝謁を賜るときも、やはりこのように親しく――」

「なわけないじゃないの。何たってあいつは、北洋陸軍の総司令官だからね。私が弱味を見せるわけにはいかない。そりゃあ、先代の李鴻章《リイホンチャン》や、先々代の曾 国藩《ツオングオファン》とはこの調子だったわよ。信じることができたからね。でも、慰 庭《ウエイテイン》のことはまだ信用できない。あいつがひとかどの人物だってことはわかっているけど、何よりもまず、忠誠心があやしいから」

総督は西太后の炯眼《けいがん》に愕《おどろ》いた。長いつきあいの袁世凱を自分が信頼しきれぬ理由もまた、清朝に対する忠誠心の欠如である。

袁はよほど西太后の信任を得ていると思っていたのだが、どうやらそういうわけでもないらしい。

「お言葉ながら、老祖宗に申し上げ奉りまする」

「べつに奉らなくたっていいわよ」

「わが朋友袁世凱は、その忠義の心においては曾公李公にけっして劣りませぬ」

友を庇《かば》うわけではない。救国の英雄は彼をおいて他にはないと信ずるがゆえである。

しかし太后は、総督の弁護をからからと笑いとばした。

「はっはっ、なあに言ってんの。あいつが伯涵《ボオハン》や少荃《シャオチユエン》と同じ忠臣ですって？　私は裏切り者を信じないわ。おべんちゃらを言う男もね」

何とも厳しい観察眼である。「裏切り者」というのは、かつて戊戌の政変の折に袁世凱が変法派の信を裏切って、彼らの計画を太后に注進した事実をさしているのであろう。もっともその密告によって太后は命を救われたのだが、裏切りにはちがいないというわけである。

そのときの袁の行動が、けっして太后に対する忠義の心によるものでないことは、総督も知っている。袁は皇帝の変法派と、太后の守旧派を秤《はかり》にかけて、その片方に乗る決心をしたにすぎなかった。

もうひとつの「おべんちゃら」については、考えるまでもあるまい。「老仏爺《ラオフオイエ》、万事めでたく順調でありますよう」と鳴く番《つが》いの鸚鵡《おうむ》。ガラス箱の中で踊子がバレエを踊るオルゴール。雲母を象嵌《ぞうがん》した銅の寝台。華やかな色彩を焼きこんだ、フランス製の食器。

それらはすべて、西太后の趣味を知り尽くした逸品にはちがいなかったが、袁は同時に当時の大総管李蓮英《リイリエンイン》にも、夥《おびただ》しい金品を贈っていたのだった。つまり、贈り物は真心ではなく、歓心を買うための賄賂であった。

太后はそうした下心までお見通しなのである。

「おまえ、今さっき私を見て、きれいだと思ったろう」

総督は心臓を摑《つか》まれたように愕いた。

「ははっ、まことに無礼ながら、たしかそのように」

「そんなこと、目つきでわかるわ。私だって女ですからね。おまえはそう思ったってまさか口には出さない。聖寿万歳。それだけよね。でも慰《ウエイ》庭《ティン》のやつは平気で言う。『もしあなたさまが太后陛下でさえなければ、臣はたちまち心奪われるでしょう』、なんてね。そういうやつよ」

総督は朋友の前途に不安を覚えた。袁世凱《ユアンシイカイ》がこれほどまで太后の信頼を欠いているとは、夢にも思っていなかった。

「重ねて老祖宗《ラオヅツオン》にお訊《たず》ねいたしまする」

「何よ。はっきりお言い」

「陛下はこのさき、慰庭めをいかがなさるおつもりでござりましょうや」

「そこよねえ」と、太后は肘置きに体をもたせかけて、両把頭《リヤンパトウ》の額に手を添えた。

「あいつのことを信じちゃいないんだけど、だったら他に誰がいるかって考えると、もう目の前はまっくら。北洋軍を束ねられるだけの人物が、ほかにいないんだから仕方ないわ。だから私は、あいつが二度の裏切りをしないように気をつけるほかはないの。おまえに言いたいこともそれよ。五十近くにもなって真人間に変わることもないでしょうけど、せめて人並みの忠義の心を持つように、おまえから言ってやってちょうだい」

太后は、袁世凱を救国の英雄たれかしと期待している。その思いはまったく総督と同じであった。自信はないが、友としてできるだけの助言はしようと総督は思った。

「ところで、菊人《ジュレン》。東三省の様子はどうなの」

拝謁を賜うよう願い出たのは、東三省総督として、太后に直接その実情を伝えたかったからである。人伝てに奏上されたのでは、うまい話しかお耳には入るまい。自ら上奏文にしたためたところで、詳しくは伝えられぬ。

人伝てにはできず、文書にも記せぬ懸念といえばただひとつであった。

「張作霖《チャンツオリン》という馬賊出身の部下に、いたく手を焼いておりまする」

「張作霖——はて、そんな名前は聞いたことがないわ。どんな男かしら」

「年齢は三十三歳という若さながら、東三省の全馬賊に号令するだけの実力を、すでに備えておりまする。白虎の張といえば、子供から老人まで知らぬ者はないという大人気でござりまして」

「カッコいいじゃないの。人気者っていうことは、きっといい男なのね」

「はは。御意の通りにござりまする。身丈は小柄ですが、色白で目がぱっちり、南府劇団の女形《おやま》も務まりそうな好男子でござりまするが、その気性たるやまさに虎のごとくで、やることなすこと血も涙もござりませぬ」

「へえ。趣味だわ。女って、そういう不良には弱いのよ」

思わず身を乗り出す太后のかたわらで、李春雲《リイチュンユン》が咳払いをした。

「いや、そういうご趣味のお話ではなく。臣がつらつら慮《おも》いみますところ、張作霖にはのっぴきならぬ野望がござります。いずれは全東三省を手中に収めんと企んでおりまする」

「何と——」

西太后《シータイホウ》は一瞬、秀でた眉をひそませたが、じきにもとの笑顔に戻った。

「おまえ、ちょっと考え過ぎじゃないの。伯涵《ボオハン》も少荃《シャオチユエン》も同じだったけど、だいたいからして進士出身の士大夫《したいふ》たちは、何だって悪いふう悪いふうに考えるのよね。その点、あの袁世凱《ユアンシイカイ》は大したものだわ。自分のほかはみなカボチャだもの」

「実はこのことを伝えましたら、やはり笑い飛ばされました」

「そうよ。もっともだわ。三十三歳なんて若僧に、東三省の全馬賊の頭目たちが従うものですか。男は何たって貫禄よ」

「しかし老祖宗《ラオツツオン》。張作霖《チャンツオリン》の一味にはすでに、高名な大貫禄の頭目が何人もつき従っているのです。たとえば、奉天八角台の大攬把《ダアランバ》、張景恵《チャンチンホイ》」

「あ、その名前は知っているわ。ねえ、春児《チユンル》」

対《トエ》、と大総管《ダアツオンクワン》は肯いて答えた。

「その馬賊の活劇ならば、南府劇団の新作脚本になっておりまする。義兄弟役として、鎮安県の湯玉麟《タンユエリン》という頭目も登場いたしますが」

「それも張作霖の手下だ」

と、総督は思わず興奮して指を振った。

「そればかりではござりませぬぞ、陛下。張作霖の遠縁にあたる、張作相《チャンツオシャン》というやぶれかぶれ、あるいは馬占山《マーチャンシャン》という若い突撃隊長、さらには近ごろ北三条子《ペイサンチャオツ》の浪人市場で、大枚一千元で買われたという凄腕の壮士《チヨアンシ》なども加わりましてな。ああ、あの男の名は何といったか。さよう、一千元壮士の李春雷《リイチュンレイ》――」

その名前を口にしたとたん、太后の顔からふいに笑みが消えた。言葉が無礼に過ぎたのだろうかと、総督は青ざめた。

「おまえ、今、何て言ったの」

太后は怒りを鎮めるように、卓上の水煙管《みずぎせる》を引き寄せて胸深くに吸いこんだ。大総管が足元に膝を進めて、煙管に炭壺の火を入れた。

太后はその耳に何ごとかを囁きかけ、大総管はしきりに肯いた。

「その、一千元壮士の名前よ。はっきりとおっしゃい」

きつい口調で問われて、総督はもういちど答えた。

「李春雷でござりまする。その者が、何か」

太后は「ああ」と呻《うめ》いて肘置きに顔を伏せてしまった。その足元に跪《ひざまず》いた大総管の蟒袍《マンパオ》の背が、いちど打たれたように伸び上がり、それから力なく縮むのを総督は見た。

いったい何がどうしたというのであろうか。李春雷という馬賊について、総督が知るところはほかに何もなかった。思いうかぶのは、総督府の執務室で自分の額に拳銃の銃口を狙い定めた、不敵な髯面《ひげづら》ばかりである。

「その馬賊の齢は、いくつほどでござりましょうか」

背を向けたまま、大総管が訊ねた。

「はて、よくはわかりませぬが、頭目の張作霖と同じほどかと」

言ったとたんに総督は、ある奇妙な符合に思い当たった。

一族のうちの同世代の兄弟や従兄弟は、同じ排行《はいこう》を持つことが多い。すなわち、わかりやすく皇族の御名でいうならば、先帝の「載淳《ツアイチユン》」、光緒帝の「載湉《ツアイテン》」、醇《チユン》親王「載澧《ツアイリー》」、鎮国公「載沢《ツアイツオ》」、というふうに。そしてさらには、それら共通の「載」の排行の下に、水にかかわる一字を付けて御名となさっている。ちなみに一世代前の排行は「奕《イー》」であり、一世代下は「溥《プウ》」である。

このならわしは何も皇族に限ったものではなく、庶民に至るまでごくふつうに行われる命名の習慣であった。

大総管《ダアツオンクワン》太監《タイチエン》の名は、「李春雲」と書く。あの一千元壮士の名前が「春」と「雷」であるとすれば、この符合は果たして偶然であろうか。

「もし、李老爺《リイラオイエ》――」

総督は敬意をこめて大総管の名を呼んだ。

「こちらを向いて、あなたのお顔をよく見せていただけませんか。ちと思い当たるふしがござりますゆえ」

大総管は太后に背を向けることを怖れて、壁のきわまで歩み、そこでまっすぐに総督と向き合った。

わからぬ。力強い大きな目が似ているといえばそうとも思えた。だが、小柄で色白の大総管と熊のような大兵の馬賊は、あまりにも印象を異にしていた。

「もういいよ、菊人《ジュレン》。なに、たいしたことじゃない。その張作霖《チャンツオリン》とかいう馬賊のことはよく覚えておくわ。おさがり」

太后は身を起こして命じた。

何だか後味の悪い謁見であったが、伝えるべきことは伝え、聞くべきことは聞いた。それなりの実りはあったと思う。

総督は椅子から下りると、石床の上で正しい三跪九叩頭の礼をつくした。

「では、臣徐世昌《シュシイチャン》、これにてお暇《いとま》つかまつりまする。聖寿の万々歳をお祝い申し上げ奉りまする」

「ごくろう。たいぎであった」

何ごともなかったように、大総管が大声で謁見の終了を宣言した。

「咋《チャ》ーッ！　東三省総督徐世昌閣下、ただいま拝謁の儀をおえご退出になる」

鉦《かね》と太鼓が鳴り響き、黄色い帳《とばり》が開かれた扉から総督の帰りをせかせるように溢れ出た。

鐘粋宮《チョンツイクン》を罷《まか》り出て再び紅牆《こうしょう》の径《みち》に立ったとき、皇上のご様子について一言も訊ねなかったことを、徐世昌はひどく悔やんだ。

十八

袁世凱《ユアンシイカイ》が中南海の離れ小島に幽閉されている光緒皇帝のご機嫌を伺ったのは、同じ日の夕昏《ゆうぐれ》どきであった。

例によってまったくの思いつきである。家長として竈送《かまどおく》りの儀式をいやいや執り行なったあと、ふと思いついて、たまにはあちらの点数も稼いでおこうと考えたのであった。

今や西太后《シータイホウ》の信頼は篤い。少くとも袁《ユアン》自身はそう信じている。

しかし太后は何ぶん高齢であり、囚われの身とはいえ皇帝は三十七歳という若さであった。つまり、太后にもし万一のことがあれば、その意志によって幽閉されている皇帝は呪縛を解かれるわけであるから、復権をなすのは道理である。

そうなったとき、西太后の腹心であるおのれの立場はいかにも殆《あや》うい。むろん軍権を一手に掌握している自分に滅多なことはできまいが、まさか皇帝という一大権威と争うつもりはなかった。

義和団戦争で西安に逃れていた皇帝が、北京に戻ったのは光緒二十七年、すなわち西洋暦でいう一九〇一年のことである。最後に龍顔を拝したのはそのときであったから、かれこれ六年もの間、お会いしていないことになる。以来、袁に限らず文武百官のことごとくが皇帝を無視していた。

袁の屋敷からは内城壁を隔てているが、さほど遠くはない。紫禁城の西側には、什刹西海《シーシャシーハイ》、什刹後海《ホウハイ》、什刹前海《チエンハイ》、北海《ベイハイ》、中海《チヨンハイ》、南海《ナンハイ》という、たしかに海と見紛《みまご》うほどの巨大な人造湖がつらなっており、そのうちの南海の孤島である瀛台《インタイ》に皇帝は幽閉されていた。

もともとは景勝の地に営まれた離宮である。瀟洒《しょうしゃ》な宮殿も建ち、外界と結ぶ道は長い一本の石橋だけであるから、貴人のおしこめ場所としてはまさしくおあつらえ向きといえた。

その石橋のたもとで、袁は自動車を降りた。突然の訪問である。総司令官の予期せぬ出現に、衛兵たちはうろたえあわてた。

南海は枯れた蓮の葉を醜い瘡《かさ》のように閉じこめて凍りついていた。時おり夕まぐれの静寂を、鞭《むち》うつような音が走り抜けた。昼の暖気に緩んだ氷が、ふたたび緊密に結び合う音である。

夕陽は輝きを喪《うしな》い、鮮かな朱色の盆のように西空に浮かんでいた。石橋は厚い氷で被《おお》われており、衛兵たちは袁の前後をせわしなく行きかって足元に筵《むしろ》を敷いた。

思えば気の毒な皇帝である。宣宗道光帝の孫として、醇王府《チュン》に生まれた王子なのだから、順序からすれば帝位にはほど遠かった。醇親王家には恭《クン》親王、惇《ドン》親王という二つの兄宮家があり、それぞれに男子がいたのである。咸豊帝と西太后の間に生まれた同治帝が世継ぎを得ずに早逝したところで、醇親王家の載湉《ツァイテン》に玉座がめぐってこようとは誰も思わなかった。ましてや従兄の同治帝が崩御したとき、載湉はわずか四歳だったのだから。

清朝には長子相続の定めがない。そもそもが満洲の狩猟民族であるから、子らのうちの最も力強い者がハーンの位に就く。つまり帝位継承の序列も定められてはいなかった。

先帝は生前に、ハーンにふさわしい子供の名をひそかにしたため、内廷乾清宮《チエンチンクン》の、三代順治帝の手になる「正大光明」の額の裏に隠す。いわゆる密建の法である。

しかし、わずか二十歳で急死した同治帝は、その密建の遺書を記してはいなかった。夫の咸豊帝と息子の同治帝がともに暗愚であったがために、皇帝の執務のすべてを代行していた西太后が、次の皇帝を指名するのは当然であった。

四歳の載湉《ツアイテン》に白羽の矢が立ったのは、先帝の従弟であるというより、その生母が西太后《シータイホウ》の妹であったからである。つまり、父が兄弟、母が姉妹という血の濃さによって、載湉と同治帝はよく似ていた。

そして同治帝載淳《ツアイチユン》と光緒帝載湉の似て非なるところはただひとつ——「暗愚」と「聡明」であった。

衛兵の敷き続ける筵の上を大股で歩みながら、袁世凱《ユアンシイカイ》はしみじみ思うのである。もし今上の光緒帝が、外見ばかりでなく中味まで先帝と同じであったら、悲劇は何も起こらなかったであろう、と。

西太后はわが子が甦《よみがえ》ったのだと信じて、光緒帝を溺愛した。しかし長ずるに及んで、わが子とはあまりにちがうその聡明さに、暗い嫉妬を覚えるようになった。かくて二人は離反してしまった。

いわゆる「帝党」はクーデターを起こして西太后を弑《しい》そうとした。軍権を握る袁世凱にすべてを打ち開けたのは、彼らの賭けである。その瞬間、一国の命運は袁の決断に委《ゆだ》ねられた。

人間は神ではない。また人間である限り、その立場の貴賤にかかわらず、考えることはみな同じであると袁世凱は思う。

西太后が一国の施政者でありながら、母の情によって光緒帝を憎んだのと同様に、袁もまた軍の支配者としての立場など忘れて、帝党の「無私の正義」を憎んだのだった。

嫉妬。神は持たず、人間誰しもの抱く感情。古今東西を問わず、施政者たるものがみな神の国をめざしながら、けっしてそれを実現することができないのは、ひとえにその人間的感情を捨てられぬせいであろう。捨てられぬばかりか多くの場合、嫉妬はあらゆる行為の動力となる。

瀛台《インタイ》の離れ小島には、玩具のように小さな宮殿が所狭しと甍《いらか》をつらねていた。

「袁世凱閣下におかせられましては、突然のお渡り、恐懼《きょうく》の至りに存じまする。しかしながら、何ぴとも通すことは罷《まか》りならぬと、大総《ダアツオンクワン》管様よりきつく申しつけられております。どうかお引き取り下されませ」

石橋を渡りおえたところに、老太監《タイチエン》が膝を屈していた。

「大総管とは誰だ」

勲章をかけ並べた軍服の胸をそらせて、袁世凱は訊ねた。

「皇太后宮大総管太監の、李春雲《リイチュンユン》様にござりまする」

「ふん。春児《チュンル》のやつめ、ずいぶん偉くなったものだな。あいつには後から何とでも言っておく」

袁世凱は宦官の頭の上に、一摑みの銀貨を撒いた。李春雲が西太后の命を享《う》けてそう指示したのはたしかであろうが、この宦官の目論見《もくろみ》は見えすいていた。

「まあ、春児に報告する必要はなかろう。俺も物は言わぬ。それでいいではないか」

「かしこまりました」

老太監は氷の上に散らばった銀貨を掻き集めると、御殿に向いて小さな叫び声を上げた。

「咋《チャ》ーッ。軍機大臣袁世凱閣下、お通りになられます」

白松と柏の大樹が枝を凍らせたまま繁り立つ庭をめぐり、袁は奥御殿へと向かった。

「もしや陛下は、ご夕食のお時間ではないか」

今さら思いついて、袁《ユアン》は老太監《タイチエン》に訊ねた。

「万歳爺《ワンソイイエ》のお食事は、城内の御膳房からはるばる運ばれて参りますので、たちまちにしてお召し上がりになられます」

膳を待つ間に腹がへってしまわれるから、すぐ食べ終わるという意味であろうか。

しかし、薄雪が掃かれるでもなく宦官の布靴の足跡を刻む石段を昇り、翔鸞《シャンラング》閣の御殿に入ったとたん、袁はその意味を知った。

広い殿内に火の気といえば、真鍮の火鉢がひとつ置かれているきりである。そのかたわらに漆の剝《は》げた八仙卓《バーシエンチユオ》が置かれ、皇帝の食べ残した夕食があった。

あまりにも粗末な献立なので宦官の食事かとも思ったが、まさか彼らが龍の描かれた黄色い皿を使うはずはない。

飯も菜もほとんど手つかずのまま凍っていた。饅頭《マントウ》には歯型が残っていた。

「まさか陛下に、凍った食事をお出ししているわけではあるまいな」

袁は老太監に訊ねた。饅頭の歯型など、そうでなければつきようもなかろう。

「奴才《ヌーツァイ》、謹しんで袁老爺《ユアンラオイエ》にお答えいたします。瀛台《インタイ》の厨房は使用を禁じられております。ご進膳は城内から届きますが、その間に凍ってしまいます」

聞いたとたんに袁は、足元に跪《ひざまず》く太監の胸を軍靴で蹴り倒した。

これは怖ろしいことだ。自分も聖上《おかみ》をないがしろにしているけれど、いやしくも清朝の臣として敬意を失ったわけではない。

「物乞いでも凍った饅頭など食わぬ。おまえらはそれでも愛新覚羅《アイシンギョロ》家の使用人か。よし、明日からはおまえらにかわって、北洋軍の衛兵に陛下の警護をさせよう。少くとも冷たいものを温めるくらいの知恵は働く」

そのとき奥の間の扉が開いて、女のように細い声が袁の怒りをたしなめた。

「兵隊なんか、いやだよ。太監を叱らないで」

みすぼらしい灰色の袍《パオ》を着た少年が戸口に立った。いや、子供ではない。

袁はその場に膝を屈して、三跪九叩頭《さんききゆうこうとう》の礼をくり返した。額を石に打ちつけるたびに、袁は考えねばならなかった。これは自分が皇帝の信を裏切り、西太后《シータイホウ》に阿《おもね》った結果なのだ。ほんの思いつきで瀛台を訪ねてしまったことを、袁はようやく悔いた。見るべきではないもの、あるいは見てはならぬものを見てしまった。

「你呢《ニイナ》？」

だあれ、と皇帝は子供の口調で訊ねた。

「軍機大臣の、袁世凱《ユアンシイカイ》閣下でござります る」

太監が袁にかわって答えた。皇帝は少し考えるふうをしたが、興味がなさそうに広い殿内を横切り、壁を向いて座りこんでしまった。

蹴られた胸のあたりを撫《な》でさすりながら、太監が小声で言った。

「万歳爺は、かつての万歳爺ではござりませぬ。お悲しみのあまり、大御心《おおみこころ》はとうに天に昇ってしまわれました。おいたわしいかぎりにござりまする」

宦官の言いわけなど聞きたくはなかった。袁《ユアン》は軍靴を軋《きし》ませて、小さな背中に歩み寄った。

「陛下は、何をなさっておられるのですか」

皇帝は石床に座ったまま、まるで蓮《はちす》の茎のように細く殆《あやう》いうなじを倒して何かを繕《つくろ》っていた。胡座《あぐら》をかいた膝のまわりには、夥《おびただ》しい螺子《ねじ》や機械のかけらが拡げられていた。

「時計を組み立てているの。ずっと昔、まだ珍妃《チエンフエイ》が生きていたころにね、少荃《シヤオチユエン》がくれたスイス製の置時計だよ」

忠義な恩師の名が、袁の胸を摑んだ。李鴻章《リイホンチヤン》は若き皇帝について語るとき、まるで血を分けた孫の話をするように老いた目を細めたものであった。

「これは愕《おどろ》いた。陛下は西洋時計の仕組みなどおわかりなのですか」

「うん。毎日ばらばらにして、毎日組み立てているんだ。時計ばかりじゃないよ。オルゴールも、電信装置も、からくり人形もね。朕《ちん》にできないことは何もないんだ」

あれほど並はずれて聡明であった光緒帝は、狂ってしまっていた。真黒な悔悟が袁をおし包んだ。師があれほど愛しみ、康熙乾隆の再来と期待した光緒帝を、自分は高みくらから引きずりおろしたばかりか、その聡明な頭脳すらも狂わせてしまったのだと思った。

いつしか陽は翳《かげ》り、瀛台《インタイ》には闇が忍び寄っていた。殿のところどころに灯《ひ》をともすと、老太監《タイチエン》は去ってしまった。

翔鸞閣《シヤンランク》の凍えた石畳の上で、皇帝と袁世凱《ユアンシイカイ》は二人きりになった。細い指先で時計を組み立てる皇帝の背後に、袁は軍服の膝を抱えて蹲《うずくま》った。

もしあのとき、自分が皇帝の信に応えて兵を挙げていたならば、この国はどうなっていたのだろう。

戊戌の政変から九年の歳月が流れた。その間に若き皇帝とその忠臣たちは、憲法と議会とを持った立憲君主国家を立派に打ち立てていたかもしれなかった。日本との戦も、義和団の騒動も起こらなかったかもしれない。

「ねえ、慰庭《ウエイテイン》」

いきなり字《あざな》を呼ばれて、袁はひやりと肩をすくめた。皇帝は自分が誰であるかを知っている。

「はい、陛下。臣はこれに」

「いつか訊きたいと思っていたんだけど、いいかな」

「何なりとご下問くだされませ」

「おまえはどうして、朕よりも親爸爸《チンパアパア》のほうを選んだの」

袁世凱は青ざめた。狂った皇帝は忌わしい記憶を、はっきりと胸に括《くく》りつけていた。

「それは、陛下。天下万民のためと信じたがゆえにござりまする」

「うそ」

と、皇帝は指先の動きを止めずに言った。

「おまえは、朕のまわりにいた家来たちが嫌いだったんだろう。みんな頭がよくて、誠実で、孔子様の訓《おし》えと西洋の学問を知る者たちだった。おまえは悪いやつだから、いい人が嫌いなんだ」

「そのようなことはございませぬ。慰庭《ウエイテイン》めは心の底から天下万民のためを思うて――」

そこまで言いかけて、袁《ユアン》はある仮定に気付いた。光緒帝は正気なのではないか。人前で狂気を装っているのではないのか。

完成した置時計が、ふいに時報の鐘を鳴らして袁をおののかせた。

「できたよ、慰庭。おまえが邪魔をしなかったから、とてもうまくできた」

皇帝は黄金に宝石を鏤《ちりば》めた時計を胸の高さに捧げ持って、ゆっくりと振り返った。燭台の灯に照らされた龍顔に狂気のいろはなく、汚れた袍《パオ》に包まれてはいるが、玉体は天子の威厳に満ちていた。

袁は腰を滑らせて後ずさった。かつて太和殿の高みくらの上から百官に号令した光緒帝の朗々たる声が、ひとけのない薄闇に響き渡った。

「慰庭よ。天下万民のためを思うて朕を裏切ったという、そちの言葉を信じようではないか。よしんば嘘であろうとも、もはや詮なきことゆえ」

袁は石床に叩頭した。

「恐懼の至りにござりまする」

「そちはさきほど、太監《タイチエン》を叱った。その憤りは忠義の心より出でたるものではなくとも、他者を憐れみ慈しむ心の怒りであろうと朕は思うた。ゆえに朕は、そちの天下万民に対する仁慈の心を、今いちど信ずることにした。ついては是非ともそちの耳に、入れておかねばならぬことがある。よいか慰庭。朕はそちがいずれ、わが愛新覚羅《アイシンギヨロ》にかわって天下をしろしめす者と信じて、この秘密をあかす。心して聞け」

光緒帝は置時計を膝の中に収め、けっして狂気ではない輝かしい瞳で袁世凱《ユアンシイカイ》を見据えた。そして、おもむろに愕くべき秘密を打ちあけた。

「遥か三皇五帝の昔から、歴代の中華皇帝は天下をしろしめす天命のみしるしを持っていた。龍《ロン》玉《ユイ》と呼ばれる、赤児の頭ほどもある巨大なダイアモンドじゃ。しかしわが祖、乾隆陛下はそのみしるしを、いずこかに匿《かく》してしまわれた。その理由は知らぬ。龍玉なき王朝は次第に衰弱し、かくのごとき危殆《きたい》に瀕することとなった。朕は、さなる伝説に抗《あらご》うて親政を行わんと試みたが、結果はそちの知る通りである。朕と親爸爸《チンパアパア》が仲たがいをしたのではなく、いわんやそちの裏切りによってわが親政が挫折したのではない。すべては朕が、龍玉を持たざる中華皇帝であったからなのだ。遠からずわが清王朝は滅びる。龍玉の行方は誰も知らず、またその隠匿が乾隆様のご遺志であるかぎり、愛新覚羅の末裔《まつえい》はそれを探してはならぬ。ならば慰庭よ。そちが天下万民を安んずる真の皇帝たらんと欲するのであれば、まず何ごとを企むにも先んじて龍玉のありかを求めよ。それはたしかに、四海の底に砂粒を求むるがごとき話ではあるが、もしそちが天命を得るにふさわしき大丈夫であれば、龍玉は必ずや求めるそちの手に入るであろう。さよう。わが祖順治帝の幼きお手の中に、おのずと転がりこんだごとく。朕は龍玉の行方について考えあぐねてきたが、手がかりは何もない。乾隆様の定められたこの広大無辺の国土のうちの、ど、こ、か、というほかには。あるいは、すでに何者かの手のうちにあるのやもしれぬ。もしそうであるとしたら慰庭よ、そちはけっしてそのあるじと干戈《かんか》を交うることなく、もしその者が今は匪賊馬賊の類いであるとしても、潔くその幕下に服《まつろ》え。天命ある者と戦うても、それはかつてわが祖順治帝に挑んだ李自成《リイヅチヨン》のごとく、蟷螂《とうろう》の斧をふるうに如《し》かぬゆえ。よいか、慰庭《ウエイテイン》よ。朕が希《ねが》うものは天下万民の平安である。泰平の世が開かれるのであれば、この身は瀛台《インタイ》の虜《とりこ》はおろか、たちまち八つざきにされてもかまわぬ。裏切り者のそちをけっして憎まぬばかりか、のみならずかような秘密を語るのも、おそらく龍玉《ロンユイ》に最も近い者はそちであると信ずるがゆえじゃ。朕はこの告白をなさんがために、狂気を装うてそちとの対面を待ち続けていた。朕は今もなおそちを股肱《ここう》と恃《たの》んで、この秘密を語った。裏切り者を股肱と恃むは、そちが愛新覚羅《アイシンギヨロ》の臣である前に、朕は中華皇帝であり、そちこそが天下の大丈夫であると信ずるがゆえである。どうした、慰庭。何を慄《ふる》えておる。丈夫四海に志さば、万里も猶《な》お比隣のごとしと叫んで藍衣《らんえ》を井の底に投げ棄てたそちの手に、必ずや龍玉は転げ入る。乾隆様がお匿しになられた天命のみしるしは、そののち嘉慶、道光、咸豊、同治、光緒の天命なき天子の頭上を超えて、そちの手に禅譲されるのだと思うてほしい。乾隆大帝ともあろうお方が、いったい何をお考えになられたかは、朕がごとき凡俗の知るところではない。しかし、いつかその禅譲がなされずんば、わが民草は永遠に救われぬ。天命ある者にとっては、万里の漢土もなお比隣のごとくであろう。よいな、袁世凱《ユアンシイカイ》よ。これを光緒帝の、愛新覚羅載湉《ツアイテン》の遺言と心得て龍玉のありかを探せ」

皇帝は袁世凱の掌《て》を握ると、玉体の懐深くに引き寄せた。

「もったいのうございまする。孔子様の訓えなど知らぬかようなる無学者に、天命をお譲りになるなどと」

袁は感激のあまり涙した。

「いや。わが太祖公など、孔子様の訓えどころか目に一丁字《いってい じ》もなき人であったと聞く。天地開闢《かいびゃく》の英雄とは、あんがいそういう人であろう。頼むぞ、慰庭。民草の平安のために」

天子なる人はそう言ったなり、もとの魂なき子供の姿に戻ってしまった。

そして袁世凱がどれほど願っても、二度と再び正気に返ることはなかった。

十九

光緒三十三年丁 未《ひのとひつじ》の年もいよいよ押し迫ると、新民府に屯《たむ》ろする馬賊たちはそれぞれの郷里に帰って行く。

もっとも、大方は帰郷と称してどこで何をしているやらわかったものではない。年越しの給金を親元に届けるのは、馬賊見習として総攬把《ツオンランバ》に預けられている乾児子《カンアルツ》ぐらいのものであろう。

正月休みをとる者は総攬把から給金を貰《もら》い、攬把たちをひとりずつ訪ねて餞別をふるまわれ、気の合う者が何人か馬をつらねて町を出て行く。やがて攬把たちも家族の待つ根城に帰ってしまうと、張作霖《チャンヅオリン》のもとに残って正月を迎える者は、わずか三十人ばかりとなった。

二当家《アルタンジア》の張景恵《チャンチンホイ》は八角台に帰って、正月用の豆腐を作るのだそうだ。同じ村に女房のいる三当《サン》家の白猫《パイマオ》も一緒に帰郷した。四《スー》当家の麒麟《チーリン》攬把の縄張りは鎮安県の桑林子《サンリンツ》でひどく遠いが、八十騎もの子分を引き連れて帰って行った。

こうなると新民府の町はもぬけのからである。残った三十人は、帰る家などないうえに遊ぶのも面倒な横着者か、さもなくばかたときも白虎張《パイフーチャン》のそばを離れたくない、忠義な壮士《チョアンシ》だった。だが居残った顔ぶれを見渡すと、横着者も忠義者も、実は同じ人物であるところが面白い。つまり馬賊とはそういう人間なのである。

いくら何でも、張作霖《チャンツオリン》の取り巻きが三十人ばかりというのは物騒な気もするのだが、正月を平安に迎えるのは馬賊たちの暗黙の掟だから、心配は何もなかった。これもやはり、満洲とはそういうところだとでもいうほかはない。

居残った攬把《ランバ》は李春雷《リイチユンレイ》ひとりであり、包頭《パオトウ》は馬占山《マーチャンシャン》をはじめとする三人きりであった。だが、この横着な残留もまんざら捨てたものではない。馬賊の数が少なくなれば、村人たちはそのぶん大切にしてくれる。食事はあちこちの家からお呼びがかかるし、廠子《チャンツ》で寝ていても近所から酒や食い物が山のように届けられた。給金を貰って懐は温いから、夜は馬賊たちが寄り集まっての博奕《ばくち》三昧である。それよりも何よりも、暮と正月は枕を高くして眠ることができた。一年を命のやりとりで過ごしてきた馬賊にとって、酔い潰れて寝こけることのできる暮らしは、何よりの贅沢《ぜいたく》である。

休みが終わっても、すべての男たちが新民府に戻るわけではない。軍隊ならば脱走だが、馬賊にそうした枷《かせ》はなかった。年が改まればよその馬賊団に雇われてもいいし、戻ってくれば引き続きその年も張作霖の配下だった。給金は暮にまとめて支払われるので、おたがい後くされはなかった。

そもそもは食いつめ者ばかりである。命を的に一年を働き、生き残って得た金は百姓庶民の収入とはけたがちがう。だから中には出稼ぎのつもりで馬賊になり、何ごともなかったように給金を貰って帰郷する者もいる。たとえば手柄を立てて包頭に推されても、ご免蒙《こうむ》りますと引き下がるのは、だいたいがこの手合いだった。

しかし、ほとんどの男たちはまた新民府に帰ってくるだろうと、春雷は読んでいた。張作霖の支払う給金は、それまでに出会った攬把とは比較にならなかったし、規模も実力も格段にまさっているからである。よほどの決心をして稼業から足を洗うか、つまらぬいざこざで殺されでもしない限り、彼らはまた新民府に戻ってくるはずだった。

そして何よりも、張作霖という総攬把《ツォンランパ》はこの先どこまで力を持つかわからなかった。男たちはみな、張の子分である限り明日を夢見ることができた。

「なあ雷哥《レイコォ》。俺たちはお邪魔じゃねえのか」

骨牌《クーパイ》をかきまぜながら秀芳《シウファン》が囁《ささや》いた。じきに年も越えるというのに、明るいうちから始めた麻雀はまだ終わりそうにない。

「何の話だ」

「とぼけるんじゃねえよ。あの阿媽《アマ》のことさ」

温床《オンドル》の肘置きに身を伏せて眠っているのは、総攬把の屋敷の賄《まかな》い女である。

「銀花《インホワ》がどうかしたか」

春雷《チュンレイ》の顔色を窺《うかが》って、ほかの包頭《パオトウ》たちも苦笑した。

「どうかしたかはねえでしょう、五当家《ウータンジア》。何ともねえ女が、用もねえのに男の家で寝てるもんかね」

「博奕のほかにやることがありなさるんなら、いつだってやめますぜ。どうせこの勝負は五当家の独り負けだ」

答えようにも馬鹿らしくなって、春雷は骨牌《クーパイ》を積んだ。

春雷の廠子《チャンツ》は張作霖《チャンツオリン》の屋敷の門前である。粗末な煉瓦《れんが》積みの小屋だが、厩《うまや》の隣なのでいざというときには都合がよかった。銀花《インホワ》は三度の食事を、屋敷の厨《くりや》から運んできてくれた。

「ここで羽根を伸ばしているだけさ」

「へえ。そんじゃ、何もねえってわけか。そうは見えねえけどなあ」

と、秀芳《シウファン》は女の寝姿を振り返った。

商売女の肌しか知らぬ春雷には、かたぎの女というものがまるでわからなかった。銀花は夕食の片付けが終われば、残り物を持って廠子にやってくる。そして、春雷が帰れというまで、ろくに口もきかず温床《オンドル》に座っていた。

銀花という名で、齢が三十というほかには何も知らない。色気を感ずるほどの女ではなし、邪魔になるわけでもないから、なすがままにさせている。いつの間にやら洗濯や掃除もするようになった。なるほどはたから見れば、ただの賄い女ではあるまい。

「総攬把《ツォンランパ》に言われてるんだろう。俺の面倒を見ろって」

「まさかよ。総攬把がそんな気遣いをなさるもんか」

骨牌を積んだまま、男たちは小声で噂話を始めた。「老狗《ラオゴオ》」という二ツ名を持つ年かさの包頭が言った。

「あいつは気の毒な身の上でよ。知っていなさるか、五当家」

「いや、何も知らねえ。ひどく無口な女だ」

「何年か前に、一家でここまで流れてきたんだ。小せえガキと、まだ生まれて間もねえ赤ん坊を連れていた。驢馬《ろば》は死んだんだか食っちまったんだか、荷車を亭主が引いていた。この町を通り過ぎりゃ、とてもじゃねえけど冬は越せねえ。そこで見かねた好大人《ハオダアレン》が納屋を貸して、しばらく面倒を見ていた――」

亭主は馬賊になれるような男ではなかった。そこで、夫婦は子分どもの雑居する天主堂の賄いをして暮らすことになった。三度の炊き出しと、掃除洗濯だ。給金は毎月、世話になっている子分どもが出し合った。よほど死ぬ思いをして新民府までたどり着いたのだろう、夫婦はそんな暮らしでも幸せそうに、毎日をかいがいしく働いていた。

仕事に慣れてくると、亭主はあちこちから用を言いつかって奉天の町にも行くようになった。馬賊たちは故郷への便りを代書屋に書かせて、亭主の手に托した。家族からの返事も届くようになって、大喜びの馬賊たちは亭主にしこたま小遣をはずんだ。

「貧乏人が小金を持つと、ろくなことにはならねえ」

と、老狗はいっそう声をひそめた。

「亭主は奉天の町で、悪い博奕に嵌《は》まった。相手は兵隊だったらしいが、きょうびの官兵は馬賊にもなれねえチンピラさ。軍服を着た兵隊ならば阿漕《あこぎ》はするめえと、亭主は気を許しちまったんだろう。身ぐるみはがされたばかりか、故郷に送る預りものの金までぶんどられちまった。それもすぐにそうとわかりゃ何とでもなったんだが、負け分を取り返そうとしていよいよ深みに嵌まった。で、しめえには天主堂の雑居部屋の、枕を探るようになった」

ことが露見したとき、総攬把《ツォンランパ》は亭主を許さなかった。

子分なら容赦はしないところだが、かたぎの命はとらねえ、と白虎張《バイフーチャン》は言った。女房子供を連れてこの町を出て行くか。さもなくば女房子供は置いてひとりで出て行くか。それが総攬把の言いつけだった。

ところが、亭主はそのどちらも選ばなかった。季節は冬のさなかで、町を捨てるのは凍え死ぬのも同じだった。

「亭主は真夜中に、二人のガキを絞め殺したんだ。目を覚ました女房を包丁で斬りつけたが、仕留めそこねて追い回した。どうせ凍え死ぬんなら、一家揃ってあの世へ行こうってわけよ。まあ気持ちはわからんでもねえが、無理心中はいただけねえな。まったくびっくりさせやがるぜ、たまたま天主堂の暖炉を囲んで、白猫攬把《バイマオ》と俺たちがとっておきの白酒《バイジユウ》をやってるときに、血まみれの銀花《インホワ》が亭主に追われて駆けこんできやがった。何も知らねえ俺たちは、ただの夫婦喧嘩だと思った。だが、三当家《サンタンジア》はのっぴきならねえいきさつを知っていたんだ――」

白猫はとまどわなかった。相当に酔ってはいたが、振り向きざまにコルトを抜いて、狙いたがわず亭主の包丁を撃ち落とした。それから、投げ撃ちの姿勢で右手を高く掲げたまま、マリア様の前に立ちすくむ亭主に歩み寄った。

「俺たちは三当家の武勇伝を、小馬鹿にして聞いていたんだがな。あのお人は齢も若《わけ》えし、口で言うほどの修羅場など踏んでるわけはなかろうと思っていたんだ。だが、話に嘘もハッタリもねえのは、そんときよくわかった。総攬把の遠縁だそうだが、血は争えねえもんさ」

子供が殺された、この人が子供を絞め殺した、と銀花はわめいた。白猫は亭主を睨《にら》みつけた。事情を訊《き》こうとはしなかった。

ひとことだけ銀花に向かって訊《たず》ねた。

是生存《シーションツン》、還是死亡《ハイシースーワン》――おまえ、生きるか、死ぬか、と。

銀花は答えられずに、マリア様の足にすがりついて合掌した。白猫はその祈りのしぐさを、回答と決めた。

「忘了《ワンラ》」

忘れろ、とひとこと言って、白猫は迷わずに亭主の眉間を撃ち抜いた。

「三当家はその晩のうちに、亭主と子供らの亡骸《なきがら》をひとりで始末しちまった。どこに埋めてきたかは誰も知らねえ。忘了。忘一切了《ワンイーチエラ》。何もかもなかったことにしろ、ってえわけさ。銀花は気の毒だが、三当家の始末ぶりにはほとほと感心したぜ。銀花ひとりを生かすにァ、ほかに手だてはあるめえ――ま、話はそんなところだ。忘れちまった人間にかわってしゃべるのもおかしいが、五当家《ウー》も承知しておいたほうがようござんしょう」

春雷《チュンレイ》は安らかな寝顔に目を向けた。身の上を聞いておいてよかったと思った。もし何も知らずにいたら、ふとした会話で忘れていたことを思い出させてしまったかもしれない。おそらく老狗《ラオゴオ》も、そのつもりで言わでもの話をしたのだろう。

「情にほだされやしねえかい、雷哥《レイコオ》」

秀芳《シウファン》が苦笑しながら言った。

「おめえらが勘繰ってるような間柄じゃねえよ」

「やれやれ、冷てえおっさんだ。もっともそのぐれえじゃなきゃ、一千元の値はつかねえか」

何ごともなかったように闘牌が始まったが、春雷は眠り続ける銀花《インホワ》が気になって仕方なかった。

忘れようにも忘られぬことは、誰にもある。馬賊ならば命のやりとりの間には忘れてもいるが、おそらく銀花は飯を炊《た》く間にも、洗濯をしているときも、悪い記憶に苛《さいな》まれていることだろう。

「さあて、ぼちぼち年も越えるぜ。たいがいにしておこうじゃねえか。五当家《ウータンジア》もとことんついてねえようだし、過年《グオニエン》の粥《かゆ》も食わにゃなるめえ」

老狗の提案で長い遊びは終わった。年越しには腹いっぱいの粥を食うのがならわしである。天主堂の前庭では、大釜の粥がふるまわれているという話だった。

金勘定をしながら、もうひとりの包頭《パオトウ》が言った。

「粥だ、粥だ。それればかりじゃねえぞ、鶏も羊も潰していた。どうです、五当家。奥方もご一緒に」

「そうもいくめえよ、鉄哥《ティエコオ》」と、老狗が軽口をたしなめた。

「ああ、そうか。しっぽりと二人で過年ですかね」

「いや、そうじゃねえ。銀花は天主堂には行かねえのさ」

三人の包頭は軽く抱拳《パオチユエン》の礼をして、廠子《チヤンツ》から出て行った。

骨牌《クーパイ》を片付けているうちに、夜の黙《しじま》を縫って爆竹の音が聴こえてきた。天主堂の庭で過年の仕度が斉《とと》ったのであろう。

小さな悲鳴を上げて銀花がはね起きた。

「爆竹だ」

春雷は悪い夢を払うつもりで言った。ほっと肩の力を抜いて、銀花は定まらぬ瞳を硝子《ガラス》窓に向けた。

情にほだされやしねえよ、と春雷は声には出さずに言った。自分の胸にそう言いきかせねばならぬほど、銀花がそれまでとは別の女に思えたのだった。

「ごめんなさい。ぐっすり寝ちゃった」

「かまやしねえ」

「みんな、変に思わなかったかしら」

「思わせときゃいいさ」

部屋が暗い。春雷はランプの蓋《ふた》をはずして灯芯を引き伸ばした。あたりが明るむと、よけい所在ない気分になった。

銀花《インホワ》は歪《ゆが》んだ窓硝子に向いて、長い黒髪を束《つか》ねた。麻紐ではまたじきに乱れてしまうだろうと思い、春雷《チュンレイ》は褲子《クウツ》のポケットを探った。太い輪ゴムは拳銃の弾丸をまとめるために使う。春雷はいつも弾倉と弾帯のほかに、五発を一束にした弾丸をポケットに詰めこんでいた。

輪ゴムを膝に投げると、銀花はにっこりと笑った。笑顔を見たのは初めてのような気がした。麻紐を輪ゴムに代えただけなのに、銀花の顔は凛と引きしまって見えた。苦労とは無縁に思える肌の白さだった。たとえば男の筋肉が汗のたまものであるように、女の肌は涙で磨かれるのだろうかと春雷は疑った。

かぐわしい香りが胡同《フートン》の奥にまで漂い流れてきた。空腹を感じた。

「秣《まぐさ》をくれてくる」

春雷は馬褂《マーコワ》の上に革の上衣を羽織って廠子《チャンツ》を出た。馬に餌をくれる時間ではなかった。その足で天主堂へ行こうと考えていた。

厩は廠子の並びで、扉を押し開けると何頭もの馬が首を振って春雷に媚《こ》びた。総攬把《ツォンランバ》の白馬も、春雷の竜騎馬《ロンチユイマ》も、秀芳《シウファン》の斑馬《まだらうま》も轡《くつわ》を並べていた。桶に秣を投げ入れ、水を替えた。

過年《グオニエン》は眠らぬ晩である。人々は男も女も子供も、飲みかつ食い明かす。爆竹の音も歌声も音曲も、夜通し続く。

張《チャン》家の屋敷からも歌声が聞こえた。銀花はなぜ帰らないのだろうと思った。さほど考えるまでもなかった。銀花には居場所がないのだ。町じゅうのどこに行こうが歌声と笑い声の渦だった。

歌うことも笑うこともできぬ銀花は、春雷の廠子のほかに行く場所がない。

もしかしたら、これまでにも廠子にしばしばやってきた理由は、それなのかもしれないと思った。歌うことも笑うこともない春雷の住いは、銀花にとってはかけがえのない安息の場所なのだろう。

厩の扉を閉めて、さてどうしたものかと煙草《たばこ》に火をつけた。腹はへったし、粥を食わねば年が明けぬ。

春雷は夜空に向けて煙を吐いた。旧暦過年の空に月はない。そのかわり、漆黒に砂子を撒《ま》いたような満天の星だった。胡同も屋根も槐《えんじゅ》の枝も、雪を抱いたまま青白く凍りついていた。

拍車を曳きずりながら灯りの洩《も》れる窓辺まで歩き、たちまち凍った髯面《ひげづら》をわさわさとこすって、春雷は硝子窓を引き開けた。

「粥を食いに行こう」

誘いをむげに断われず、銀花は俯《うつむ》いてしまった。

「おまえを泣かせたくはねえんだが」

続く言葉が思いつかずに、春雷は拍車で氷を蹴った。風のように細い声で、銀花は泣いた。拍車は胡同の氷を噛み続けた。

やはり黙って粥を食いに行けばよかった。人を生かすことは、人を殺すより何倍も厄介だと思った。誘いの言葉を口にしてしまったからには、もう引き下がるわけにはいかなかった。戦さを仕掛けてしまったようなものだった。

「そうやって、一生お悔やみをしてるつもりか」

だったら死んじまえ、という声を、春雷《チュンレイ》はあやうく呑み下した。こいつは言葉でも死んでしまうかもしれないと思った。せっかく白猫《パイマオ》がつないだ命を、自分が奪ってはならなかった。言葉で人を殺すのは鬼の仕業だ。

ふと、名を呼んでみようと思った。商売女が名を呼ばれると妙に喜ぶことを、春雷は知っていた。

「インホワ」

勇気をふるって声に出した。きれいな名前だと思った。

姓は知らない。この名を赤ん坊に付けるとき、親は心から幸せを願ったにちがいなかった。

銀花《インホワ》は洟《はな》をすすりながら、それでも「対《トエ》」と答えてくれた。春雷は氷柱《つらら》を叩き折って、窓ごしに銀花と向き合った。

「おまえは、何ひとつ悪いことをしてねえだろ」

銀花はまっすぐに春雷を見て、涙を嚙み潰しながら呟《つぶや》いた。

「子供らを殺した」

「おまえが殺したのか」

強くかぶりを振ったなり、銀花の顔は毀《こわ》れてしまった。

「だったらおまえは悪くねえよ」

「忘れられないの。総攬把《ツォンランバ》も三当家《サンタンジア》も忘れろっていうけど、あたしは忘れられないの」

春雷は窓辺を離れて、廠子《チャンツ》に踏みこんだ。ありったけの弾を撃ちつくしてしまえば、体で戦うほかはなかった。粗末な袍《パオ》の腕を摑《つか》んで、廠子から引きずり出した。

銀花は抗《あらが》って胡同《フートン》に座りこんでしまった。怒りの塊が腹の底からつき上がってきた。それは銀花への怒りではなく、不幸という得体の知れぬ獣に向けられた怒りだった。

春雷は反吐《へど》でも吐くように言った。

「俺はこの手で、百人の人間を殺してきた。他人の命なら惜しくはねえか。だったら、俺はこの手で、おふくろと、歩くこともできねえ兄貴と、弟と、よちよち歩きの妹を捨てた。芋蔓《いもづる》も育たねえ曠野《あれの》にうっちゃってきたんだ。この手で殺したも同じこった。そんなにガキが恋しけりゃ、もういっぺん俺が産ましてやる。五人でも十人でも産ましてやる。俺はガキが好きだから、まちがったって殺しやしねえ。それでよかろう。忘了《ワンラ》、忘了、忘一切了《ワンイーチエラ》！　要忘得一干二浄《ヤオワンダイーガンアルジン》！　何もかも、みんな忘れちまえ」

春雷は銀花を引き起こすと、上衣の懐にくるみこんだ。

「人が見るよ」

「かまやしねえ」

「あんたは五《ウー》当家だ。こんなことしちゃいけない」

「文句をつけられたら、おまえを拐《さら》って逃げるだけだ」

人質を拐うように銀花を抱きしめて、春雷は凍った胡同を歩き出した。情にほだされたわけではないと、もういちどおのれに言いきかせた。ではなぜこんなことをするのかと考えれば、答えは何もなかった。

「粥を食いに行こう」

歩きながら、はじめの一言を春雷《チュンレイ》は口ずさんだ。涙も抗いも怒りも何もなく、その一言に銀花《インホワ》がすんなり応えてくれたのだと思うことにした。

しばらく行ってから、星明りがきっぱりと影を落とす石塀に銀花を押しつけて、荒々しく唇を吸った。

「もういっぺん名前を呼んでよ」

「二度は言えねえ」

それから二人は、槐の幹に背をもたせて腕をからめたまま、めまいのするような星空を見上げた。

「やっぱり総攬把《ツオンランパ》は人を見る目がおありだ」

と、銀花は独りごつように言った。無口な女の言葉が、懐しい河北なまりであることに気付いたが、生まれ育ちを聞くつもりはなかった。

「ああ。喧嘩なら誰にも負けやしねえ」

「そうじゃなくって――」

思うところをうまく言葉にできぬ苛立《いらだ》ちが、真白な溜息になった。黙りこくったまま、銀花は布靴の先で雪を蹴った。

春雷は考えねばならなかった。馬を御する技と拳銃の腕前のほかに、取柄は何ひとつないと思う。

「壮士《チョアンシ》」

銀花は春雷の横顔を見上げて呟いた。

「馬賊はみんな壮士だ」

「ちがうよ。強いだけが壮士じゃない」

「弱きを扶《たす》け、強きを挫《くじ》くのが壮士だ。弱いおまえを、みんなして助けたじゃねえか」

「でもあたしは、ずっと死ぬことばかり考えてた。だから、あたしを労《いたわ》るみんなの目がつらくてならなかったの。あんただけはそういう目であたしを見なかったから」

「だから俺のところは居心地がよかったってわけだな」

銀花は小さく肯いて、「ごめんなさい」と言った。

口下手な女の胸のうちが、ようやくわかった。みんなが労ってくれたが、銀花は救われたわけではないのだ。

俺はいったい何をしたのだろうと春雷は考えた。不幸を労るのはたやすいことだ。だが、救うことは難しい。

「壮士」

銀花はもういちど呟いて、春雷の胸にしがみついた。

「お願いよ、五当家《ウータンジア》。あたし、死ぬことも生きることもできないの。どうしていいかわからないの」

春雷《チュンレイ》は天に向かって吼《ほ》えた。人がそう呼び、みずからもそうと信ずる「壮士」の意味を、春雷は初めて知ったのだった。

それは義を貫く男の謂《いい》ではなかった。死ぬことも生きることもままならぬ不幸な人間を、天にかわって殺すか生かすかする男のことだ。

「俺は、おまえを憐《あわ》れんでいるわけじゃねえ。それほどたいそうな男じゃねえからな」

神仏のできぬことでも、壮士ならばできると春雷は思った。

「インホワ」

小さな白い顔を両掌《りょうて》でくるんで、春雷は女の名を呼んだ。もういちど口にすることは恥ずかしかったけれど、初めてこの女を抱き上げた見知らぬ父の声を真似て勇気をふるった。

唇を貪《むさぼ》った。儚《はかな》く頼りない陶器のようなその感触を、春雷はかつて知らなかった。

「俺はおまえを憐れまない。だからおまえも、俺を憐れむな」

銀花《インホワ》の耳元で、春雷はそう願った。

冷えた体を上衣に包みこんだまま、天主堂へと向かった。胡同《フートン》を抜けて町を南北に貫く大街《ダアチエ》へ出ると、過年《グオニエン》の篝《かがり》に照らし上げられた尖塔が見えた。

この町が東洋鬼《トンヤンクイ》と大鼻子《ダアビイヅ》の戦争に呑みこまれたとき、宣教師は教会を捨てて逃げてしまったそうだ。以来、立派な石造りの天主堂は馬賊の棲家《すみか》になった。

広場の歓声が近づくほどに銀花は身を固くし、爆竹が鳴るたびに立ちすくんだ。

「粥を食わにゃ、年が明けねえ」

春雷は慄《ふる》える体を抱きすくめながら歩いた。人々は二人を珍しげに見たが、けっしてからかいはしなかった。

天主堂は銀花にとって、つかのまの幸せを夢見たふるさとにちがいない。だとすると静海《チンハイ》の生まれ故郷に帰る勇気のない自分が、銀花にこんなことを強いるのはおかしいと思った。

命を的に得た金を持って、静海に帰ろうとしたことは何度あったかしれない。だがいつも決心は挫《くじ》けてしまった。ときには道のなかばまできて、手綱《たづな》を返したこともあった。家族を救うことよりも、いまわしい過去に立ち帰りたくはなかった。挫けるたびに、春雷は親兄弟を捨て続けたのだった。まるで成仏できぬ魂が自死をくり返すように、決心と挫折は春雷の行事となった。

自分のことは棚に上げて、仁だの義だのと論《あげつら》う、壮士やら馬賊の正体は所詮そんなものだ。

斑に氷の溶けた天主堂の前庭で、人々はさかんに飲みかつ食っていた。

爆竹の音に紛《まぎ》れて銃声が響いた。酔いどれの馬賊たちが、夜空に投げた饅頭《マントウ》を撃つ腕くらべをしているのだった。銃声を聞くと、銀花はたまらずに蹲《うずくま》ってしまった。

「好打《ハオタア》！」

喝采が沸き起こった。高々と投げ上げた饅頭を、秀芳《シウファン》のモーゼルが仕留めたのだ。左手を腰に添えた立ち撃ちの姿勢のまま、秀芳は振り返ってにっこりと笑った。

「よう、雷哥《レイコオ》。その阿媽《アマ》におまえさんの腕前を見せてやれ」

秀芳は焚火《たきび》にかけられた蒸籠《せいろ》の上から、饅頭を手に取った。唇をひしゃげた笑顔は無頼だが、悪意はあるまい。いや、むしろ秀芳は思うところがあって、そんな酔狂を勧めるのかもしれない。

「俺の腕前が見たいか」

と、春雷《チュンレイ》は足元に蹲る銀花《インホワ》に向かって言った。銀花は褲子《クウヅ》の膝を抱えて震えていた。

「おまえに見てもらいてえんだ」

ゆっくりと顔を起こして、銀花は篝火《かがりび》に照らされた夜空を見上げた。

春雷は革の上衣を肩から羽織ったまま、雪の上に足場を固めて仁王立ちになった。

「二つ投げろ」

群衆は沸いた。

「ひとつっつじゃねえぞ。いっぺんに二つ投げろ」

秀芳《シウファン》は二個の饅頭《マントウ》を握った。

「さあみなさんお立ち会い。一千元壮士の李春雷《リイチュンレイ》あにいが、お得意の二丁拳銃で饅頭を二つ仕留めるそうだ。こんな芸当は見たことも聞いたこともねえぞ。しかもよ、あの格好からすると、どうやら抜き撃ちらしい。せいぜい高く放り投げてやるが、それにしたってもし二発とも命中したら、この馬占山《マーチャンシャン》が土下座してやるぜ」

二丁のブローニングは両腋《りょうわき》の銃嚢《じゅうのう》に収《しま》われている。常に安全装置はかけず、弾倉も装着しておくのは馬賊の心得だった。二丁を同時に抜くときは両手を交差させるから、的に正対しなければならない。

「投《トウ》！」

春雷が叫ぶと、二つの饅頭は漆黒の高みに投げ上げられた。右手が左の銃把を摑む。そのまま頭上に振りかざして、的が頂きをきわめるのを待つ。饅頭が力を奪われて落下する少し下を狙って、春雷は立て続けに二丁の引金を引いた。

一個の饅頭は粉々に砕かれ、もうひとつはみごとに弾け飛んで見えなくなった。二つの煩悩が夜空に砕け散った。

「好打了《ハオタアラ》！　こいつァまいった。俺は土下座しなけりゃならねえ」

群衆は声もなく静まり返ってしまった。拳銃を収めると、春雷は銀花を抱き起こした。手を引いて天主堂の石段を昇った。

「おまえに頼みがある」

それを口にしようとして、言葉より先にこぼれそうになった涙を、春雷は硝煙の匂う指先で拭った。

「いつか俺の骨を拾って、生まれ故郷に届けてほしい。静海《チンハイ》の、梁家屯《リアンジアトン》という村だ。もう家も墓もなかろうが、どこでもいいからふるさとの土にぶちまけてくれ」

大扉《おおど》を押し開けると、荒れた堂内の奥にマリア像が微笑《ほほえ》んでいた。蠟燭《ろうそく》の炎に向かって春雷は歩いた。

「あたしはあんたを憐れまない。だからあんたも、あたしを憐れまないで」

歩むほどに、銀花の手が春雷の体を支えてくれた。

天主教の作法などは知らないが、関帝や太上老君《タイシャンラオチュン》に額ずくようにして、二人はマリア像に祈りを捧げた。

破れた高窓からは、星明りの青い帯が解き落ちていた。

二十

新民府の城壁を彼方に望むあたりから、列車は雪に被《おお》われた湿原を這《は》い出て勾配を登り始める。北京と奉天を結ぶ京奉鉄道の最後の難所である。

若い缶焚《かまた》きはせっせと石炭をくべながら、新年早々に乗務を割り当てられた愚痴を言い続けていた。

圧力計が下がり、機関車は喘《あえ》ぎ始めた。並走する狼の群に目を向けて、機関士は缶焚きをせかせた。

「狼が汽車を襲ったりするもんか。おおかたやつらの目には、馬か牛に見えるんでしょうがね」

「文句を言うひまに手を動かせ」

たとえ列車が止まっても、狼を怖れる必要はない。しかし窓の近くまで寄ってくれば乗客は怯《おび》えるから、銃で追い払わねばならなかった。

去年の冬に、射殺した狼の毛皮を剝《は》ごうとして不用意に降りた車掌が、列車の下に隠れていた別の狼に食われるという事件があった。怖れるほどではないが、かかわりあってはならないのが原則である。

途中の山海関では乗務員の交替がなく、仮眠をとってからまた走り出した。辛抱たまらなくなって錦州でも長いこと停車したから、列車は半日遅れである。愚痴をこぼしたいのは缶焚きばかりではなかった。

「それはそうと、保衛団は乗ってきませんでしたね」

「保衛団も強盗団も正月休みだ。働いてるのは俺たちだけさ」

「ばかくせえ」

圧力計が少し力を取り戻した。しばらくは立木もない雪原である。紙のような白一色の世界では速度の感覚がなくなるから、動輪の音に耳をそばだて、圧力計から目を離すことができない。

ばかばかしいといえば、そもそも元旦に北京から汽車が出るということがばからしい。乗客も荷もないわけではないが、ふだんに比べればわずかなもので、むしろわけありの客や荷に手を貸しているような気がした。

「貨物の大方は阿片で、お客は駆け落ちか女郎の足抜け、ってところだな」

機関士は言いながら自嘲した。この列車の乗務は籤引《くじ》きで決まった。籤運がないのは生まれつきである。

やはり運のない缶焚きが答えた。

「日本軍の将校が乗ってますぜ。まだ若い少尉か中尉だけど、ぴかぴかの軍服に外套《がいとう》を着て、あれァ士官学校出だな」

「まさかそいつのための列車じゃあるまいな」

「さて、どうですか。途中で降りた様子もなし、奉天までおでましなら北洋軍の軍事顧問かもしれませんぜ」

「だったらいよいよばかくせえな」

「まったくです。いっそ汽車を止めて、狼に食わせちまいましょうか」

京奉線の列車の運行には、奇妙な習慣があった。山海関で長城を越えれば、「馬より速く走れ」が鉄則である。錦州の駅からは、包頭《パオトウ》に率いられた一個分隊の武装馬賊が乗りこんできて、石炭の山に黄色い三角旗を立てる。旗には「張」という字が書かれていた。つまり錦州から先は張作霖《チャンツオリン》の縄張りで、京奉鉄道は馬賊に保票銭《パオピヤオチエン》を支払っているということなのだろう。彼らは信用のおけぬ軍隊にかわって列車を護衛する、保衛団員だった。

「ばかばかしいけど、何だか気楽な仕事だぜ。馬賊も休み、盗賊も休み、働いているのは狼と日本の兵隊と俺たちだけだ」

缶焚きは煤《すす》まみれの顔を軍手の甲で拭った。近ごろ支給された風除けの眼鏡をはずすと、目のまわりだけが猿のように白かった。この顔を見て大笑いをするのは、乗務員たちの眠気ざましに役立っている。

「おお、おお、よく働いた。そのまんま孫悟空の役が務まるぜ。いっそ觔斗《きんと》雲《うん》でも呼んで、阿片も将校も奉天まで運んでくれりゃ大助かりだ」

機関士は笑いながら警笛を鳴らした。雪原の空は低い雲に被われているが、東北の冬にしてはそう悪い日和ではなかった。

「そんなに面白えかよ。どれ」

と、缶焚きは凍った窓を押しあけて、鏡を覗《のぞ》きこんだ。

「こら、笑ってねえで缶を焚け」

「ああ、わかってるって。だがよ、おやじさん。どうやら白虎張《パイフーチャン》の親分は、正月でも働いていなさるようだぜ」

機関士は鏡を見た。勾配を懸命に登る列車の脇に雪煙を巻き上げて、一群の馬賊が疾駆していた。

あと一走りすれば白旗堡《パイチーパオ》の駅である。そこには何騎かの馬賊が昼夜わかたず常駐していて、ときには腹ごなしに列車を出迎えることがあった。

「馬より速く走らにゃ、白虎張に申しわけねえぞ、缶を焚け」

老練の機関士の顔からは笑みが消えていた。腹ごなしの遠駆けにしては、馬の数が多いのである。左右の鏡にどう目を凝らしても、白虎張の三角旗は見当たらなかった。雪煙は列車の両側に迫っていた。

「石炭を崩さにゃならねえや」

「早くしろ、圧力が下がる」

缶焚きはシャベルを握って石炭の山に登った。

「おい、何をしてやがる。さっさと缶を焚け」

機関士は怒鳴った。石炭もろともに、血まみれの缶焚きが崩れ落ちてきた。

「おい、何だよ、何だってんだよ」

足元に仰向いて、いちど咳きこむように血を噴くと、缶焚きはうつろな瞳を剝《む》いたまま動かなくなった。とっさに機関士は運転席を離れて、ありったけの石炭を缶に投げこんだ。今はどうあっても、馬より速く機関車を走らせねばならなかった。

圧力計がはね上がり、列車は速度を増した。白旗堡《パイチーパオ》の村が見えてきた。正月でもそこに白虎張《パイフーチャン》の手下がいることを、祈るほかはなかった。

「起きろ、雷哥《レイコオ》。出撃だぞ」

秀芳《シウファン》の声に、春雷《チュンレイ》の夢は破られた。

「冗談はよせ。正月だ」

銀花《インホワ》の体を抱き寄せて春雷は答えた。温床《オンドル》に敷かれた蒲団の中で、二人は裸のまま抱き合って寝ていた。通りすがりの馬賊たちが、押城《ヤアチヨン》だの出撃だのと茶化す声には閉口している。だが、廠子《チャンツ》の扉を開けて入ってきた秀芳の身なりを見たとたん、春雷ははね起きた。まさか弾帯を十字に懸けた喧嘩装束で、冗談でもあるまい。

「白旗堡の駅で列車がやられた。老狗《ラオゴオ》の伝令がすっとんできやがった。どこのどいつか知らねえが、敵は三十ばかりもいるらしい」

白旗堡はいわば新民府の前衛にあたる、沿線の要衝である。老狗が数騎の子分を連れて護《まも》りについたのは元日の朝であった。正月早々に仕事をする掟破りもいるめえが、北京からの列車はくるのだから仕方あるめえと、いかにも律義な老包頭《パオトウ》らしく出かけていった。

白虎張の広大な縄張りの中には、はみ出し者の馬賊や兵隊くずれが跋扈《ばっこ》していた。正月は悪さをしないという、暗黙の掟の裏をかかれたのだろうか。

「まだくたばりゃしねえよ」

身仕度をしながら、春雷はぼんやりと蒲団にくるまる女に向かって言った。

「そんなこと、わからない」

銀花は瞬《まばた》きもせずに春雷を見つめていた。

「俺は不死身だそうだ」

白太太《パイタイタイ》のお告げを思い出して、春雷は言った。その言葉を信じてみようと思ったのは初めてだった。

緋赤《ひあか》の布を頭に巻いて胡同《フートン》に出ると、厩《うまや》から総攬把《ツオンランパ》の白馬が駆け出てきた。

「続け、続け、ぼやぼやするな」

春雷の胸に炎が燃え立った。いったんこの気分になれば、ほかには何ひとつ考えなかった。女も正月も、たちまち嘘のように消えてしまった。

厩に駆けこみ、手早く鞍《くら》を据えた。出陣を知った竜騎馬《ロンチユイマ》は鶴首をめぐらせ、前脚をしきりに掻いて春雷の騎乗をせかした。

秀芳の斑馬《まだらうま》が先に駆け出た。大街《ダアチエ》に出ると、総攬把の白馬は遥かな城門に消えかかっていた。天主堂の門から次々と躍り出た騎馬が、蹄《ひづめ》を轟《とどろ》かせて春雷の後に続いた。

手綱をしごきながら秀芳《シウファン》が叫んだ。

「どこのどいつか知らねえが、お蔭さんでとんだ正月だぜ。ひとり残らずぶち殺してやる」

噂には聞いていたものの、満洲がこれほど物騒なところだとは思わなかった。ましてや旧暦の正月である。いくら何でも新年に荒稼ぎをする匪賊もおるまいと、北京を発つときには誰もが言っていた。

「多勢に無勢だ。もう勝手にさせたほうがよかろう」

駅長室の窓からプラットホームをちらりと覗いて、吉永少尉は傷ついた馬賊をたしなめた。

「そうはいかねえ。貨物なんざどうだっていいが、新年早々に縄張りを荒らされたんじゃ勘弁ならねえ」

プラットホームの雪は鮮血に染まっていた。激しい銃撃戦は終わったが、ときおり客車の中から銃声が響いた。つい今しがたまで汽車旅をともにしていた乗客たちが、ひとりずつ殺されているのだと思えば、歯の根が合わぬほど体が震えた。

「ところでおめえさんは漢人か」

馬褂《マーコワ》の胸から血が噴き出ているというのに、老いた馬賊は落ち着き払っている。

「いや、日本人だ」

「へえ。あんましうまい北京語を使うから、てっきり日本帰りの留学生かと思ったぜ」

「俺の家はその留学生の下宿屋をしているんだ」

「はあ、そうかね。それで言葉を覚えたんだな」

「おかげでこんな目に遭わなきゃならん」

いったい何が起こっているのだろう。列車が駅に止まったとたん、激しい撃ち合いが始まった。駅舎にいた馬賊と、列車を追ってきた馬賊の戦いなのだが、いきさつはまったく不明だった。

そのうち騎馬の馬賊が客車の窓ごしに撃ちこんできたので、ともかく一方が敵であることはわかった。がむしゃらに拳銃を撃ちながら列車を飛びおりて、駅舎に逃げこんだ。どうやら列車の積荷と乗客の懐が目当ての強盗団を、近在の保衛団が迎撃しているらしかった。だがじきに、保衛団員たちは撃ち殺されてしまった。這いこんだ駅長室の中に、傷ついた生き残りがいたのだ。

「どうするつもりなんだ」

老馬賊は十字に背負った弾帯から弾丸を抜いて、見たこともない大型拳銃の弾倉に詰めこんでいた。

「おまえさんは逃げなさるがいい。日本軍の将校が殺されりゃ、あとが面倒だ。俺はひとりでも戦う」

「無茶はよせ」

「じきに援軍がくる。やつらを逃がすわけにはいかねえ」

強盗団は二人に気付いていないらしい。ここにじっと身を潜めていれば、やがて立ち去るにちがいなかった。

列車内の銃声は絶えた。プラットホームのうしろでは、貨車から荷を引き出す作業が続いていた。

「少尉さんよ、足を撃たれてるぜ」

言われて初めて、吉永は軍袴《ぐんこ》が血に染まっていることに気付いた。無我夢中で、傷ついたことも知らなかった。左脚のふくらはぎが、火傷《やけど》をしたように熱かった。

「誰だって初めての喧嘩のときはそんなもんさ。場数を踏んでるうちに、飛んでくる弾だって見えるようになる。これを使え」

老馬賊は麻縄を投げた。血を止めろという意味にちがいなかった。吉永は衛生教本を思い出して、太股のあたりをきつく縛り上げた。

「あなたも手当てをしなけりゃならん」

「俺か。これじゃ血止めのしようもねえさ。どのみちここが死に場所だ」

「援軍は奉天の兵か」

「いや。新民府の仲間がくるはずだ。知ってっか、少尉さん。俺の親分は張作霖《チャンヅオリン》総攬把《ツオンランパ》さ。ここでくたばっても、必ず仇《かたき》はとってくれる」

張作霖――その名前には聞き覚えがあった。白虎張《パイフーチャン》の二ツ名を持つ、満洲馬賊の大頭目だ。

どうやら夢ではないらしい。もし自分がここで死ぬようなことになれば、関東軍はそれを口実として出兵するにちがいない。大ごとになってしまうと吉永は思った。

拳銃を握ったままの手は、寒さと恐怖とにかじかんでしまった。吉永は震えながら弾倉を替えた。

「撃つんじゃねえぞ。そんなおもちゃみてえな拳銃じゃ喧嘩にもならねえ。馬賊の得物はこのモーゼルか、四五口径のコルトかブローニングだ。なに、めっかったってあんたは殺されねえよ。日本軍の将校をやっちまったら、あとが面倒くせえってことぐれえ、盗ッ人にだってわかるだろう」

老馬賊は替弾倉にも弾丸を詰めこむと、唸り声を上げて立ち上がった。

「そんじゃ行くぜ。達者でな」

まるでプラットホームの汽車に乗って旅立つように、男は薄笑いをうかべて駅長室から出て行った。あたりには駅員や乗客の死体が散乱していた。男は身を低めてそれらを飛び越えながら、プラットホームと列車のすきまにすべりこんだ。

吉永は窓辺を離れて机の下に蹲《うずくま》った。怯懦《きょうだ》を恥じる余裕すらなかった。暖炉が何ごともなく燃えていることがふしぎでならなかった。やがてプラットホームの先から、乾いた銃声が聴こえた。

吉永は耳を塞いだ。あの馬賊は列車の下を走り抜けて、強盗団のまっただなかに顔を出したのだろう。何人かの敵を倒したところで、死ぬことの意味は何もあるまいと思った。

大義なき死というものが、吉永には理解できなかった。ただひとつだけわかったのは、清国人が日本人の考えているほど弱くはないということだった。つまりこの国は、日本人が高をくくっているほど甘くはない。

銃声が近付いてきた。男は列車の下を這いながら抵抗しているのだ。その抵抗も、駅長室の間近で終わった。

「手こずらせやがって。白虎張《パイフーチャン》の子分か」

「とっととずらかろうぜ。張の援軍がきたら厄介だ」

「なあに、今ごろは寝正月をきめこんでやがるさ。びくびくするこたァねえ」

吉永は息を殺して人声が去るのを待った。やがて蹄の音も遠ざかっていった。

どうやら命ばかりは助かった。机の下から這い出すと、吉永はおよび腰に拳銃を構えて駅長室から出た。白旗堡《パイチーパオ》という駅の名を、そのとき初めて知った。

いったいいくつの命が失われたのだろう。列車が強盗団に襲われたのではなく、この小駅をめぐって軍隊の戦闘があったとしか思えぬ惨状だった。

「誰かいるか、生きている者はいるか」

吉永は足を曳きながら、列車の窓ごしに呼んだ。銃声が起こったとき、多くの乗客は列車から逃げ出した。プラットホームで撃ち殺された者も多いが、首尾よく駅から離れて町に遁《のが》れた客もいることだろう。

肩ごしに銃弾がかすめ飛んで、吉永は血まみれのプラットホームに俯《うつぶ》せた。

「撃つな。俺は日本人だ」

死体の中から、拳銃を構えた人影がむっくりと身を起こした。相手が誰であるにせよ、生身の人間に向けて引金を引くことはできなかった。吉永は呪文を唱えるように、「撃つな、撃つな」

と呟《つぶや》き続けた。

意外なことに気付いた。血と硝煙に汚れてはいるが、その顔立ちは女にちがいなかった。

「逃げろ、じきに援軍がくる」

女は盗賊の仲間に捨て去られたのだろう。足を撃たれているのか、立ち上がろうとして仰向けに転がった。そして天に向かってあらん限りの弾を撃ち上げ、拳銃を投げ捨ててわめき泣いた。

遠くから銃声が聴こえた。蹄の音が地を揺るがして近づいてきた。女は顔をもたげてプラットホームの先に目を向けたが、目的を遂げた盗賊たちが戻ってくるはずはなかった。

やみくもに拳銃を撃ちながら、二騎の馬賊が駅舎に駆けこんできた。

「撃つな、日本人だ。列車が襲われた」

吉永は立ち上がって両手を振った。まるで少年雑誌の口絵から脱け出たようなたくましい馬賊の姿に、吉永は目を瞠《みは》った。大きな黒鹿毛《くろかげ》の馬に跨《また》がった男は赤い頭巾を冠《かぶ》っており、斑馬に乗った若い馬賊は長い白布で頭を被っていた。

二人は馬から飛び下りると、拳銃を構えながらプラットホームに現れた。

「老狗《ラオゴオ》！」

赤い頭巾が人の名を呼んだ。その名前の主が誰であるかは見当がついた。吉永は最後の戦闘が交わされた列車のあたりを指さした。

男は列車とプラットホームのすきまを覗きこんで、力ない声をあげた。

「だめだ、みんなやられちまった」

もうひとりの白い頭巾の男は、銃口を向けたまま女盗賊に歩み寄った。

「不打《ブウタア》！　撃ってはならん。女じゃないか」

吉永は叫んだ。すべては終わってしまったが、もし日本軍将校の力が及ぶのであれば、命のひとつぐらいは助けたいと思った。正も邪も、善も悪も考えることができず、ただ生と死ばかりが頭の中に駆けめぐっていた。

硝煙がいまだに縞紋様を描くプラットホームで、若い馬賊は立ちすくんでしまった。

「何てこった」

壁にもたれかかって、女もぼんやりと馬賊を見つめていた。

「どうした、秀哥《シウコオ》」

相棒が声をかけた。

「どうもこうもあるもんか。どうしても会いてえやつに、仏様が会わしてくれたんだ。だがよ、雷哥《レイコオ》。やっぱし無理なお願いはするもんじゃねえな」

「知り合いかよ」

「俺の話は忘れちまったか。こいつが賛《ツアンツアン》賛だよ。俺の女房の、杜賛義《トウツアンイ》だ」

雷哥と呼ばれた男は、答えずに天を仰いだ。やがて静寂の果てから、銃声と蹄の轟きが聴こえてきた。

張作霖《チヤンツオリン》がやってくる。白虎の張と怖れられる総攬把《ツオンランパ》が、大地を震わせてやってくる。

「不可《ブウクウ》。不可殺《ブウクウシヤー》」

吉永は呪文のように呟《つぶや》き続けた。

もし聞きちがいでなければ、傷ついた女盗賊と白い頭巾の保衛団員は夫婦であるらしい。だとすると、いったい何というめぐり合わせであろうか。

赤い頭巾の相棒が女に歩み寄った。

「何をするつもりだ、雷哥」

「決まっとろうが。こいつは盗賊じゃねえ。列車の乗客だ」

雷哥は女の肩から弾帯を引きちぎった。あたりに転がった死体から袍《パオ》を脱がせて、かたぎの女に仕立て上げるつもりらしかった。

夫の白頭巾は相棒のとっさの機転を、ぼんやりと見守っているだけだった。なすがままに泥まみれの馬掛《マーコワ》をはぎ取られ、藍色の袍を羽織ると、女はたしかに生き残った乗客に見えた。

「髪をおろせ」

雷哥は女の頭からいかにも馬賊然たる風帽《フォンマオ》をむしり取った。女は巻き上げた黒髪を解き落とした。おののき汚れてはいるが形のよい顔立ちだった。

「いいか、秀哥。そこの日本人もよく聞け。こいつは盗賊の一味なんかじゃねえぞ。生き残りの乗客だ。わかったな」

援軍の雄叫《おたけ》びと銃声は間近に迫っていた。吉永は迷わず「対《トエ》」と答えたが、秀哥はきつく目をつむってしまった。雷哥が詰め寄ってその襟首《えりくび》を締め上げた。

「もし総攬把にばれたら、おめえが殺される。こんなことはやめてくれ」

雷哥《レイコォ》は相棒の頬を殴った。

「何を言いやがる。仏様がようやっと会わせてくれたんじゃねえか。いいな、秀哥《シウコォ》。おめえは黙っていろ。総攬把《ツォンランパ》には俺が釈明する」

それから雷哥は拍車を鳴らして吉永に歩み寄り、拳銃を咽元《のどもと》に押しつけて声を絞った。

「おめえさん、言葉が達者なようだが口をきいちゃならねえぞ。何を訊《き》かれてもわからねえふりをしていろ。是《シイ》も不是《プウシイ》も、ひとこと言ったとたんにあの世行きだぜ。俺ァけっして的をはずさねえ」

吉永は肯いた。こいつは本物の馬賊だ。

屍《しかばね》の累々と横たわるプラットホームで、秀哥はぽつねんと佇《たたず》んでいた。女は壁に寄りかかって目をつむり、雷哥という赤頭巾の男は仁王立ちになって頭目の到着を待っていた。

たがいに「哥《あに》い」と呼び合う二人は、義兄弟というやつなのだろう。詳しい事情は不明だが、できうることなら命を張った侠気の手助けをしたいと吉永は思った。

蹄の音はいちど静まり、やがて駅頭に馬を捨てた馬賊の一団がプラットホームに現れた。誰もが利き腕を真上に掲げて拳銃を握っていた。その姿勢が彼らの正しい臨戦姿勢であるらしかった。

「日本の軍人か」

語りかけてきたのは、熊皮の帽子を冠《かぶ》り、立襟の外套を着た小男である。吉永は言葉がわからぬふりをして、公用証を差し出した。

「奉天まで公用か。おめえさんが無事で何よりだった」

男は齢に似合わぬ威厳を感じさせた。肌の色が漢人には珍しいほど白く、面構えは剽悍《ひょうかん》だった。白虎張《バイフーチャン》という大頭目の二ツ名が、吉永の頭をかすめた。

「救命啊《チウミンア》」

足元でかぼそい声がした。血まみれの手が白虎張の長靴《ちょうか》を探った。虫の息の乗客である。北京から奉天に向かう商人であろうか、立派なホームスパンの外套の胸に穴があいていた。

白虎張は膝を折って男の傷を検《あらた》めた。そして扶《たす》けるかわりに、背広の内ポケットから厚い財布を抜き取った。何をする、という声を吉永はかろうじて呑み下した。白虎張は立ち上がって財布を子分に投げると、まるで空撃《からう》ちでもするようにたやすく、瀕死の男の顔に銃弾を撃ちこんだ。

「くたばる野郎に銭はいるめえ」

白虎張はいささかも顔色を変えなかった。

「助からねえやつは楽にしてやれ。怪我人は駅舎に入れて医者を呼べ」

プラットホームに何発かの銃声が轟いた。戦死した仲間たちの亡骸《なきがら》は、用意された白布にくるまれて運び出された。

雷哥が戦闘の様子を報告した。到着したときにはすでに盗賊たちの姿はなく、日本軍の将校と乗客らしい女が生き残っていたのだと、雷哥は落ちつき払って言った。

「そうか。かっぱらわれた荷は、あらかた阿片だろう。盗《ぬす》ッ人《と》どもの目星はついている。正月が明けたら皆殺しだ」

白虎張《パイフーチャン》は女に歩み寄った。いったい何を考えているのかと怪しむほど、長いこと睨《にら》みつけていた。

「秀哥《シウコオ》。おめえ、何をぼうっとしてやがる。どうかしたか」

目を合わせたなり、秀哥は顔をそむけてしまった。吉永は天に祈った。この大頭目は何かを察知している。おそらくそれは、数限りない修羅場を踏んできた馬賊の勘であろう。

白虎張は女の前に屈みこむと、右手を摑《つか》んだ。女はなすがままだった。

手の匂いを嗅《か》いだ。それから藍色の袍《パオ》の胸をめくり、「おい、雷哥《レイコオ》」と手下を呼び寄せた。

「この女は乗客じゃなかろう」

雷哥は答えなかった。

「火薬の匂いがするぜ。それに、袍の胸だけに風穴があいてやがる。妙な話もあったもんだ」

吉永はたまらずに足を曳《ひ》いて歩み出た。

「待ってくれ。事情は俺が話す」

雷哥の拳銃が吉永に向けられた。とっさにその腕を握り上げて、白虎張は言った。

「いよいよ妙な話だぜ。おめえ、言葉の通じる日本人を口止めしやがったな」

人が死ぬのはもうたくさんだ。吉永は命をひとつでも救いたい一心で、懸命の説得をした。

「詳しい事情は知らないが、この女はそっちの男の女房らしい。盗賊仲間が捨てて行ったんだ。だから相棒が、乗客に化けさせた。あなたも任俠と呼ばれる男なら、子分の立場をわかってやってくれ。たとえ盗賊でも女は殺すな。ましてや子分の女房じゃないか」

思うように回らぬ口がもどかしかったが、言葉は十分に通じたようだった。白虎張は意外そうに吉永を見つめた。

「わかったよ、少尉さん。おめえの出番はそこまでだ。二度と口をききなさんな」

白虎張の決断は素早かった。ほとんど何を考えるふうもなく、若い夫に向かって宣告した。

「よく聞け、秀芳《シウファン》。雷哥は俺に嘘をついた。ほかの誰でもねえ、この白虎張を欺《だま》しやがった。掟破りには死んでもらう」

白虎張は雷哥を振り返って、「決闘でもかまわねえ」と言い足した。

秀哥は頭巾をかなぐり捨てて平伏した。

「それだけは勘弁したっておくんなさい。悪いのは俺なんだ。俺が雷哥を迷わせちまった」

「だったら二つに一つしかあるめえ」

吉永はきつく目をつむった。選ぶべき二つの道はわかりきっていた。

「俺が雷哥を殺すか、それともおめえが女を殺すかだ」

白虎張はけっして表情を変えなかった。まるで正当な法であるかのようにそう言った。むろん、秀哥がどちらを選ぶかは知れきっていた。

「不可《ブウクウ》。不可殺《ブウクウシャー》！」

吉永は転げるように走って、女の体に被いかぶさった。

「この女は日本軍が預る。それでよかろう」

白虎張は咽を鳴らして、足元に唾《つば》を吐いた。

「勘ちがいするなよ、少尉さん。ここが漢土で、この女が漢人だということを忘れるな」

「ならば俺を殺せ。この女と一緒に俺を殺してみろ。できるものか」

「いや、できる」

と、白虎張《パイフーチャン》はモーゼルの銃口を吉永の額に向けた。怒りのかけらも感じさせぬ、冷ややかな目だった。

「俺は日本軍の将校だ。公用中の将校が殺されれば、日本軍は必ず出兵する。清国と日本はもういちど戦さをしなければならん」

「上等だぜ、少尉さん。おめえを殺すのは俺だ。包み隠さず名乗って出てやる。日本の相手は袁《ユアン》世凱《シイカイ》じゃねえぞ。この、張作霖《チヤンツオリン》だ」

「馬賊などひとたまりもない」

「そうかね。だが喧嘩はやってみなけりゃわかるめえ。袁世凱はどうか知らねえが、俺は東洋鬼《トンヤンクイ》なんぞに負ける気はしねえんだ」

白虎張はきりきりと引金を絞った。こいつは本気だ。物事の損得ではなく、おのれひとりの筋を通すことに命をかけている。これが満洲馬賊の総攬把《ツオンランバ》なのだと吉永は思った。

銃声が轟いた。耳元で頭蓋《ずがい》の砕ける鈍い音がした。吉永の肩に血が沫《しぶ》き飛んだ。女の眉間を貫いたのは、秀哥《シウコオ》の撃った弾丸だった。

「好打《ハオタア》。よくやった、秀哥」

白虎張は一言だけ手下を労《ねぎら》った。たちこめる硝煙の中に、若い包頭《パオトウ》は拳銃をだらりと下げて佇んでいた。

吉永の頬には、焼けるような感触だけが残っていた。紙一重で的を射止める、信じ難い射撃の技だった。

吉永は女の体を抱きしめた。うっすらと瞼《まぶた》をあけて夫を見つめ、思いのたけを告げるように「シウファン」と呼んだ妻の声を、吉永はたしかに聞いた。

「抱いてやってくれ。息の上がらぬうちに」

吉永は懇願した。だが秀芳《シウファン》は顔をそむけて立ち去ってしまった。遠巻きに見守っていた馬賊たちは何ごともなかったかのように、プラットホームの死体を片付け始めた。

「名は何というんだ。この女の名前は」

夫のかわりに、雷哥《レイコオ》が答えた。

「杜贇義《トウツアンイ》。贇贇《ツアンツアン》と呼んでやれ」

振り向く者はもういなかった。吉永は軍服の胸深くに女の顔を抱き寄せた。

「贇贇、聞こえるか。贇贇、贇贇」

言葉が思いつかずに、吉永は女の名ばかりを呼び続けた。瞳に宿るわずかな命の光が、吉永の顔を捉えていた。どんな人生であったのかは知らない。ただ、この女にはいいことなどひとつもなかったのだろうと吉永は思った。

「ごめんね、あんた」

かすかに唇を動かして、女はそれだけを言った。

混乱した気持ちを、何とかしなければならない。それにはまず、息を止めてしまった女を死体として打ち棄てることなのだが、吉永の腕は意に反した別の生き物のように、女を抱きしめたままこわばっていた。

馬賊たちは吉永を嗤《あざわら》った。歴戦の彼らからみれば、死体への執着は笑いぐさなのだろう。ここは戦場なのだと、吉永はおのれに言い聞かせた。士官学校の教官や、部隊の古参兵たちから聞いた武勇伝は、みんな嘘っぱちだと思った。もし嘘でないなら、彼らは自らの体験から故意に感情を抜き去って、見聞した物理のかたちだけを記憶していたのだろう。そうでもなければ、軍人という職業は務まらぬのかもしれなかった。

自分もいつの日かこの戦場の有様を、面白おかしい武勇伝に仕立て上げて口にするのだろうか。この現実よりも、その未来のほうが怖ろしいもののように思えた。

列車の下から、最後まで戦った年かさの馬賊の死体が引き上げられた。仲間たちはその亡骸《なきがら》に対しても、愁《うれ》いを見せなかった。まるで土嚢《どのう》か枕木のように、勇敢な男の死体は曳かれていった。

「小孩児《シャオハアル》」

おい小僧、と呼びかけながら、ひとりの馬賊が歩み寄ってきた。どこに落ちていたのか、その手には吉永の軍帽が握られていた。

「たいがいにしとけ。おめえだって人殺しが稼業の軍人だろう」

男は吉永の坊主頭に軍帽を冠せると、女の屍《しかばね》を引き離した。

「駅員や乗客はともかく、仲間が死んで何とも思わんのか」

勧められた煙草を受け取って、吉永は男に訊ねた。

「だから小孩児だってんだ」

マッチの炎を目の先にかざして、男は嗤《わら》った。

「何とも思わねえはずはなかろう。それが顔に出るか出ねえかが、大人とガキのちがいさ。だが、さすがに秀哥《シウコオ》は応えたようだな。あいつは馬占山《マーチャンシャン》といってな、黒山《ヘイシャン》馬賊を絵に描いたみてえな暴れ者だ。あの若さなら、惚れた女はこいつひとりかもしれねえ」

女は薄目をあけたまま横たわっていた。動かぬ視線のずっと先で、若い夫は所在なげにプラットホームを歩き回っていた。

「老狗《ラオゴオ》はどうだったね」

男は血だまりをよけて腰を下ろすと、抱えこんだ褲子《クウツ》の股に煙を吐いた。

「列車の下でくたばったおいぼれだよ。勇敢だったか」

吉永は煙草を喫いながら、老包頭《パオトウ》の最期を語った。虚飾の必要はなかった。むしろどれほど正確に語ろうとしても、その勇敢さは語りつくせなかった。

「謝謝《シエシエ》。俺と老狗は同郷でな。死ぬときは一緒と誓った義兄弟だった。誓いを果たすのは難しい」

吉永は男の横顔を窺った。老狗よりはずっと若いが、馬賊たちの中では古株なのだろう。死んだ義兄弟とは長く深い縁《えにし》があったにちがいない。それでも男の顔に、悲しみのいろはなかった。

「鉄哥《テイエコォ》、引き揚げるぞ」

仲間の呼ぶ声に、男はだぶだぶの袍《パオ》の長い袖を振って応えた。

「ところで小孩児《シャオハアル》。傷を負っているようだが、奉天まで送るか。それとも俺たちの根城で手当てをしていくか」

吉永の任務は奉天に駐屯する清国軍の軍事顧問である。だが士官学校を出て間もない新品少尉に、軍隊の指導などできるはずはなかった。使命の実体は満洲と奉天軍の状況を逐一北京の公使館に報告する、いわば公式の諜者である。

奉天城外にはすでに日本軍の一個大隊が進駐している。総督府にも何人かの軍事顧問が入りこんでいた。負傷が彼らの知るところになれば、出兵の理由にされぬとも限らなかった。

「根城とはどこだ」

「新民府。奉天から西に六十華里の町だ」

「すまんが、養生をさせてくれ」

「好《ハオ》。それがいい。奉天には伝令を出しておこう。白虎張《パイフーチャン》が預かっているといえば、誰も文句は言わねえ。満洲の正月も悪くはねえぞ」

北京の駐在武官から口達された任務の中には、馬賊の実態調査も含まれていた。傷を癒しながら、使命を果たすこともできそうである。

あたりに蟠《わだかま》っていた硝煙が、薄陽《うすび》のさす空に吸い上げられてゆく。死者の魂が天に昇ってゆくかのように。

鉄哥のたくましい腕に支えられて立ち上がるとき、吉永は見知らぬ女の頬にそっと掌《て》を添えた。

二十一

僕も行くから君も行け
狭い日本にゃ住みあいた
浪《なみ》の彼方にゃ支那がある
支那には四億の民が待つ
僕には父も母もなく
生れ故郷に家もなし
幾年《いくとせ》馴れたる山あれど
別れを惜しむ者もなし
ただいたわしの恋人や
幼き頃の友人《ともびと》も
何処《いずこ》に住めるや今は只《ただ》
夢路《ゆめ》に姿を辿《たど》るのみ

「暗い歌だな。軍歌か」

高粱酒《カオリヤン》を呷《あお》りながら、春雷《チュンレイ》が言った。赤い頰髯《ほおひげ》をたくわえたこの男は、白虎張《パイフーチャン》配下の頭目のひとりであるらしい。

「いや、軍歌ではない。題名は『馬賊の歌』だ」

馬賊歌《マーツエイゴ》、と吉永が言ったとたん、当の馬賊たちは卓を叩いて笑った。

「俺たちには似合わねえ」

と、男たちは口々に言った。

東京の街頭で、演歌師がヴァイオリンを弾きながら唄うこのごろの流行歌である。多くの日本人が夢見る満洲とはつまりそういうところで、馬賊とはそういうものであった。

酒宴の座興にと唄い始めたのだが、実態には似ても似つかぬと、じきに思い知った。日本語の歌詞が伝わらぬのは幸いだった。

新民府には身なりこそ馬賊なみだが、すこぶる腕のいい外科医がいて、ふくらはぎに食いこんだ弾丸を手早く摘出してくれた。医学を正しく学んだわけではないのだが、イギリス人の医師の助手を長く務めているうちに、西洋外科学をすっかり覚えてしまったという話であった。白虎張の屋敷の門前にある春雷当家《タンジア》の廠子《チャンツ》で一日を養生し、あくる日は午後から馬秀芳《マーシウファン》と呉鉄仙《ウーテイエシエン》の二人の包頭《パオトウ》がやってきて、新年の祝いと仲間の弔いを兼ねた酒盛りが始まった。賄《まかな》いをしてくれているのは、どうやら春雷の女房であるらしい。

「ところで小孩児《シャオハアル》。おめえの名前をまだ聞いてねえな」

鉄哥《ティエコオ》は相変わらず吉永のことを小僧呼ばわりする。親しみは感じても、けっして不愉快ではなかった。歴戦の馬賊から見れば、士官学校を出たばかりの将校など、ほんの子供にちがいない。

手帳を取り出して、「吉永将《よしながまさる》」と書いた。

「ジイ・ヨン・ジャン。わかるか」

馬賊たちは揃って読み書きが苦手らしいが、幸いどの字もさほど難しくはない。「吉」と「永」は吉祥の字としてあちこちで見かけるし、「将」は馬賊ならば近しい文字であろう。

「本名か」と、鉄哥が疑わしげに訊いた。どうやら「吉永将」は漢人にもありそうな名前なので、偽名だと思ったらしい。

「対《トエ》。れっきとした日本人の名前だ。ただし、吉の字が姓ではない。我姓《ウオシン》『吉永《ジイヨン》』、名字叫《ミンツチヤオ》『将《ジャン》』。日本語の読みは、ヨシナガ・マサル。漢語ではジイヨン・ジャン。わかるかな」

馬賊たちは理解した様子だったが、口々にかわす雑談を聞くところでは、かなり怪しかった。

つまり彼らの話を要約すると、こういうことになる。

漢人の姓は大部分が一文字だが、満洲族や蒙古族やそのほかの少数民族には複数の文字が多い。だから日本人の姓も二文字なのだろう——中《あた》っているようでもあり、はずれているようでもある。

鉄哥はしたり顔で、「乃木《ナイムウ》」「大山《ダアシヤン》」「東郷《トンシアン》」と、日本人の姓を口にした。ともあれ姓が「吉」ではなく「吉永」であることはわかってくれたようであった。

「日本の士官学校では北京語を教えるのか」

と、春雷《チュンレイ》が興味深げに訊《たず》ねた。北京の日本公使館に赴任してからというもの、ことごとに同じ質問を受ける。そもそも吉永が北京に派遣されたのは、通訳要員としてであった。むろん士官学校に清国語の教程はない。

吉永は言葉を覚えたいきさつを語った。

漢学者であった父は北京語も流暢に使った。しかし吉永が幼いころに亡くなってしまったのだから、父親から正しい教えを受けたわけではなかった。

母が留学生相手の下宿屋を始めたのは、父のおかげで多少の北京語を使えたからだった。日清戦争の後に大挙して来日した留学生たちは、母を「太太《タイタイ》」と呼んで慕った。彼らの遊び相手になっているうちに、吉永も自然に言葉を覚えたのだった。

吉永の家は牛込の北町にあった。市電を使えば留学生たちを受け入れている大学や専門学校への通学は便利であったし、市ヶ谷台の陸軍士官学校も近かった。士官生徒の留学生はむろん兵舎住まいだが、外出するたびに友人を訪ねてきて、吉永の家をいわゆる日曜下宿のように使った。

留学生たちの子供好きは、たぶん彼らの国民性なのだろう。日がな机にかじりついている帝大や医専の秀才も、休日のたびにわがもの顔で家のあちこちにごろごろしている軍人たちも、みな吉永を末の弟のように可愛がってくれた。

そんなわけだから、家の中ではほとんどの会話が北京語だった。父の遺した漢籍や清国の出版物も、日本語で読み下さずに漢語の発音で読んだ。府立中学の漢文の授業では、教科書をのっけから正しい北京語で読んで、教師を仰天させた。

中学二年の一学期をおえてから、少年たちの憧れの的である陸軍中央幼年学校に入学した。試験のできばえにはさほど自信はなかったのだが、どうやら口頭試問のときに試された「特技」が物を言ったらしかった。

「たまたま試験官のひとりが、北京の駐在武官から転任した人物でね。口頭試問を北京語でやったのだが、俺のほうがよほどうまかったんだ。そりゃそうだ、何しろその日の朝飯だって、十人の留学生と冗談を言い合いながら食っていたんだから」

吉永が話しながらそう言うと、馬賊たちはわがことのように手を叩いて喜んだ。

「射撃も剣術も座学も、成績はよろずびりっけつだったんだが、落第も退学もなかった。なぜだかわかるか」

馬賊たちは考えようともせずに、話の先をせきたてた。

「清国からは続々と留学生が送りこまれてくる。俺は留学生の区隊に住みついて、ずっと齢上の彼らの通訳兼日本語教官というわけさ。おかげで幼年学校から士官学校を卒業するまで、通信簿は甲乙丙の丙ばかりだったのに、無事卒業することができた」

「明白了《ミンバイラ》」

と、鉄哥《テイエコオ》が手を叩いて言った。

「それでよくわかったぜ。北洋軍もロシアもやっつけたはずの日本軍の将校が、きのうの戦さで真っ青になってやがったわけがよ。つまりおめえさんは、言葉ばかり達者なできそこないの将校ってわけだ」

「ひどい言い方だが、まあそんなところだ」

馬賊たちは大笑いに笑いながら、かわるがわる吉永の茶碗に強い高粱酒《カオリヤン》を注いだ。酌をされれば一息で飲み干さねばならぬのが、この国の礼儀である。

「腰抜けのくせに、酒だけは強いな。日本人は水で薄めた酒で酔っ払っていると聞いたことがあるが」

と、春雷《チユンレイ》がなかば呆れて言った。

「これにも種明かしがあるんだ。ほんの子供の時分から、留学生たちに酒を飲まされていた。おふくろはいつもかんかんに怒って、連中を叱りつけていたっけ。しまいには、出去《チユーチユイ》！　と怒鳴るんだが、もちろん出て行ったやつはいない。おかげでこんな酒飲みにされちまった」

ふと吉永は、馬賊たちとこうも打ちとけている自分をふしぎに思った。もしや夢ではなかろうかと、氷に被《おお》われた硝子《ガラス》窓を見た。ランプに照らされた廠子《チャンツ》の宴は、まるで現《うつつ》ならざる物語の一場面である。

将校外套を肩から羽織り、軍服の襟をはだけた自分の姿が、胡同《フートン》を隔てる夜の鏡に映っていた。

椅子を少し動かして、馬賊たちの姿を覗《のぞ》いた。髯面の春雷と、毛皮の帽子を阿弥陀《あみだ》に冠った鉄哥《テイエコオ》が卓に向き合ってしゃべっており、白布を頭に巻いたままの秀芳《シウファン》の背が見えた。女が厨房から湯気の立つ鍋を提《さ》げてきた。

やはり夢ではない。街頭の演歌とはずいぶん様子がちがうが、ともかく自分は満洲馬賊の根城で、本物の馬賊たちと酒を酌《く》み交わしているのだ。何よりも夢ではない証拠には、酔いが回るほどにふくらはぎの傷が疼《うず》いた。

「銀花《インホワ》、屋敷に帰れ」

春雷が女に向かって言った。夫婦ではなかったのかと吉永が考える間に、女は貧しい袍《パオ》の上にフェルトの布を巻いて廠子から出て行った。一言も口をきかぬ女だった。

窓の向こうを歩み去るとき、女は氷柱《つらら》の間から覗きこむようにして、にっこりと笑った。春雷がわずかに手を挙げて応えた。

「べつに追い払うこともなかろうに」

と、鉄哥が言った。

「女に聞かせたくねえ話もある」

春雷は笑顔をとざして秀芳の顔を見つめた。

彼らがきのうの悲劇を、酒で洗い流そうとしているわけではないと吉永は悟った。

「俺も席をはずそうか」

「いや、それには及ばねえ。おめえもまんざらかかわりがなかったわけじゃなし。よかろう、五《ウー》当家《タンジア》」

鉄哥が言うと、春雷は秀芳を見つめたままひとつ肯いた。

底抜けに笑い、かつ飲み食いしていたことが嘘のように、秀芳の顔色は暗くなっていた。プラットホームでなすすべもなく佇んでいた、あの顔に戻ってしまった。

「やめてくれ。改まって話すことなんざ何もねえ」

兄貴分たちの前で、秀芳《シウファン》は肝を抜かれたようにしぼんでしまった。横顔は思いがけずに若い。もしかしたら自分より齢下かもしれないと吉永は思った。

鉄哥《テイエコオ》がうなだれる肩を摑んだ。

「おめえも手下を束ねる包頭児《バオトウル》なら、こういうときの始末のつけようは知っておろうが。いやなことがあったときには、酒をくらって毒を吐かにゃならねえ。さあ、恨みつらみをしゃべって泣きわめけ。老狗《ラオゴオ》が生きていたら、きのうのうちにやらせていたろうが、俺も五当家《ウータンジア》もそこまで気が回らなかった」

秀芳はいよいようなだれた。ランプの灯の下に身を乗り出して、春雷《チユンレイ》が言葉少なに言った。

「腸《はらわた》が腐っちまうぞ」

それから春雷は、うしろの棚に手を伸ばして、線香や酒や紙銭《ツイチエン》の供えられたモーゼルと弾帯を摑み、秀芳の目の前に置いた。勇敢な老馬賊の形見の品々である。

「俺たちに言いたくねえのなら、この拳銃と弾に言え」

秀芳はしばらく拳銃を見つめていた。

「俺が毒を吐かにゃ、老狗は成仏できねえか」

吉永はかたずを呑んで馬賊たちの表情を窺った。大変な場面に居合わせてしまった。これはたぶん、彼らがけっしておろそかにせぬ儀式なのだろう。

「不逃跑《ブウタオパオ》！　你是包頭《ニイシイパオトウ》、你是壮士的《ニイシイチヨアンシダ》！」

逃げるな。おめえは包頭だろう、壮士だろうと鉄哥は叱りつけた。秀芳はその手を振り払うと、やおら卓を揺るがせて立ち上がった。そして両拳を天に向かって突き上げ、大声で泣きわめいた。

洟水《はなみず》と涙とよだれが、仰向いた顔から噴き上がるほど、秀芳は嘆きに嘆いた。

「俺は惚れた女を殺した。女房の賛賛《ツァンツァン》をこの手で殺した！」

けっして懺悔《ざんげ》ではなかった。腹に蟠《わだかま》る毒を義兄弟たちの前でそうして吐きつくすことが、馬賊の儀式なのだった。

吉永の胸に白旗堡《バイチーバオ》の惨劇が甦った。何十もの無辜《むこ》の命が、一瞬のうちに盗賊の手で奪い去られる事件など、留学生たちの口から聞いたこともなければ、北京の新聞記事にも、町の噂にもありえなかった。だが馬賊たちの様子からすると、そんな事件はべつだん珍しいことではないようだった。

満洲は無法地帯なのである。そのまっただなかに生きる馬賊たちは、吉永が生まれてこの方そうと信じてきた道徳や慣習とは無縁にちがいなかった。

毒を吐かねば腸が腐ると春雷は言った。おそらくそのことに、合理的なほかの意味は何もないのだろう。苦悩はすなわち毒なのだ。

鉄哥が席を立って、廠子《チャンツ》の扉を開けた。風の音と氷のかけらが舞いこんで、ランプの炎をおののかせた。

「俺は、この手で女房を殺しちまった！」

秀芳《シウファン》がもういちど天井を見上げて叫ぶと、二人の馬賊は「わあっ」と奇態な大声を上げた。

「賛《ツアン》 賛《ツアン》を殺した。女房の頭をぶち抜いた！」

わあああっと男たちはさらに声を張り上げた。

くり返されるふしぎな応酬を見ているうちに、吉永はやっと理解した。秀芳の吐き出した毒を、男たちは大声で戸外に追いやっているのだ。

馬賊たちの原始の儀式に、吉永は心を揺り動かされた。

一声ごとに男たちの興奮はつのった。やがて床に蹲《うずくま》って反吐《へど》を吐くと、秀芳は大の字に寝転んでしまった。

「大丈夫か」

吉永は仰向いた秀芳の顔を覗きこんだ。

「かまうな。そのままでいい」

襟巻《えりまき》で汗を拭いながら、春雷《チュンレイ》は厨房に入っていった。薄氷を割る音がした。碗に汲《く》んできた水を指先でつまんで秀芳の体にふりかけ、頭を扶《たす》け起こして口に含ませた。そうする間に、鉄哥《ティエコオ》が廠子《チャンツ》の扉を閉めた。

「これでいい。毒は追い出したし、老狗《ラオゴオ》も極楽へ行ったろう。さあ、飲み直しだ」

何ごともなかったように、男たちは卓についた。

「びっくりしたか、小孩児《シャオハアル》。士官学校出の将校にァ、何が何だかわかるめえ」

吉永は黙って鉄哥の酌を受け、一息に飲み下した。

「おかげですっきりしたぜ。やっとうめえ酒が飲めそうだ」

秀芳はたて続けに高粱酒《カオリヤン》を呷ってから、毒を吐きつくした胸のうちを、静かに語り始めた。


ありがてえ。ありがてえ。

実を言うとな、俺の腸はもう腐りかけていたんだ。

口にこそ出さなかったが、今の今まで俺は、総攬把《ツオンランパ》を殺しててめえも死のうと思っていた。もしここで毒を吐かなかったら、俺は今夜のうちにやっちまっていただろう。危ねえところだった。


俺が十ばかりのガキで、賛賛が十三のときに俺たちは知り合った。別れたのは十五と十八だ。それから八年の間、俺はあいつのことを忘れたためしがねえ。ただの一日も、ただの一晩もだ。毎朝目が覚めるたびに、女房が腕の中にいねえと知ってがっかりした。

八年前に、俺はいちどあいつを殺しそこねた。俺が大前門《ダアチエンメン》の銃口を向けて引金を引かなかったのは、後にも先にもその一度きりさ。俺はそれくらい、賛賛を愛していたんだ。空や風を愛するより、もっと強く、もっと深く。

殺せねえんだったら、捨てるほかはなかろう。

俺はその足で哈拉巴喇山《ハラバラツシヤン》に登り、吉林馬賊の群に身を投じた。

十五のガキは、よっぽどひでえツラをしていたんだろうぜ。入隊を許された晩の酒盛りで、俺は初めて毒を吐かされた。

これで二度めさ。八年の間にはずいぶんむごいことをした。女子供や、手を合わせて命乞いをする年寄りをぶち殺したこともある。傷ついた仲間も、臆病風に吹かれた子分も殺した。それでも、毒を吐かにゃならねえほどつらい思いをしたためしはなかった。

だが、今度ばかりはそうもいくめえ。誰にわかってほしいとも思わねえけどな。

俺には夢があった。白虎張《バイフーチャン》は満洲一の総攬把《ツオンランパ》だ。広い縄張りを、縦横無尽に駆け回ることができるのは子分の役得さ。ひとりの人間なんて芥子粒《けしつぶ》みてえなものだけど、賛賛《ツアンツアン》はこの縄張りの中のどこかにいるはずだった。

いつか必ず見つけ出す。今すぐじゃなくたっていいんだ。十年先でも二十年先でも、おたがい生きてさえいればきっと会えると、俺は信じていた。

俺が柄にもなく神仏に手を合わせる癖があることは、知っておろう。願いはいつだってひとつきりだった。

喧嘩のときはいつも先駆けで、誰よりも働いた。ほんとのことを言うとな、それは銭金のためでもなけりゃ、出世めあてでもねえんだ。俺が先につっこまねえと、その村にいるかもしれねえ賛賛が、誰かに殺されちまう。だから俺はまっさきに馬を走らせて賛賛の姿を探し、賛賛じゃねえ人間は片っ端から撃ち殺した。

そうさ。俺と賛賛を残して、世界中の人間が皆殺しになったってかまやしねえ。

頭に巻いたこの白い布も伊達《だて》じゃなかった。このごろじゃ、白虎張の先駆けといったら白頭巾の秀芳包頭《シウファンパオトウ》ときまっている。真白な布を風になびかせて俺が馬を走らせれば、たいていの敵は撃ち返す前に逃げ出す。

「馬占山《マーチャンシャン》だ、白頭巾の秀芳だ」と、悲鳴を上げながらな。

白頭巾の看板を背負って、名前もそれだけ売れりゃ、賛賛のほうから俺を見つけ出してくれるかもしれねえだろ。どんな激しい押城《ヤアチヨン》の最中だって、俺はいつも胸の中で叫び続けていた。

「賛賛、俺はここにいるぞ」、とな。

なあ、雷哥《レイコオ》。俺がむきになってあんたとせり合うわけが、これでわかったろう。銭金でも意地でもねえんだ。俺は賛賛を探すために、弾丸から賛賛の命を守るために、あんたの馬の尻を舐《な》めるわけにゃいかなかったのさ。

だがよ。もうこれからは先駆けする理由もなくなった。次の出番からは、先に行ってくれ。俺の賢い馬も、あんたの竜騎馬《ロンチユイマ》に二度とせりかけようとはしねえだろう。馬は主人の気持ちを知っているからな。

きのうはあんたとの、最後の先陣争いだった。白旗堡《パイチーバオ》までの道を、俺たちは馬の鼻づらを並べて走った。

列車が襲われた。もしかしたらその列車に、賛賛が乗っているかもしらねえ。巻添えにされる村人たちの中にいるかもしれねえんだ。

今から思えば、何だかいつもとちがう胸騒ぎがしていた。今度こそ会えるかもしれねえってな。もし出会えたのなら、あいつを馬の尻に抱き上げて、地の果てまで走るつもりだった。他人の女房になっていようが、乞食に身を堕《お》としていようがかまうものか。黒龍江《ヘイロンジアン》の向こう岸か、蒙古の砂漠までつっ走って、知る人など誰もいねえ場所であいつと暮らすんだ。

別れてから八年の間、ずっと考え続けていた。俺は命知らずの馬賊だけれど、賛賛《ツァンツァン》は俺の命だった。かけがえのない命は、俺のこの命じゃなくって、賛賛だった。

十のガキのころから、あいつのことが好きで好きでたまらなかった。どうしていいのか、どうすればいいのかわからねえほど、あいつが大好きだった。

満洲の空よりも風よりも、山よりも河よりも、杜賛義《トウツァンイ》を愛していた。

なあ、雷哥《レイコオ》。あんたは俺よりも、ずっと度胸があるし、腕もたしかだ。俺はあのときほど、あんたを怖れたことはねえ。もし俺より先に白旗堡《バイチーバオ》の駅に飛びこめば、あんたは動いているもののすべてをぶち殺しちまうだろうと思った。あんたの度胸は一千元で、拳銃の腕は百発百中だ。だから俺は、先を譲れなかった。一緒に駆け出した仲間たちを、俺たちはたちまち置き去りにした。

俺はもう神も仏も信じねえ。観音様も文殊菩薩も、太上老君も孔夫子も関帝様も、くそくらえだ。

信じられるのは人間だけだと、俺はあのとき思い知らされた。神仏のひどいいたずらを、あんたは体を張って被い隠そうとした。

賛賛と出会ったとき、俺は魂が天に飛んじまった。馬の尻に乗せて逃げるどころか、頭も体もかちかちになって、何もできなくなった。

長いこと馬賊をやっていれば、賛賛の正体はひとめでわかる。あのなりと面構えは、乗客でも村人でもねえさ。傷ついて、仲間たちに捨てられた盗賊の一味だ。肩から弾帯を背負っていたし、顔つきは獣だった。

俺と別れてから八年の間、いったいどんな苦労をしたんだろうな。ガキはどこで産んだんだろうな。

大勢の男どもに抱かれ、捨てられ、流れ流れたあげくに、とうとう正月に列車強盗を働くような、無法者の匪賊の一味にまで身を堕としたのだろう。

すべては俺のしわざだと思った。そう思ったとたん、体と頭が凍りついちまった。

神様も仏様も、ひでえことをなさるもんだぜ。正月に盗みを働いて何十人もの人間をぶち殺すなんざ、ならず者の中のならず者がやるこった。その鬼たちの中に、賛賛がいたんだ。

しかも新民府とは目と鼻の先の白旗堡だ。老狗《ラオゴオ》と四人の手下もなぶり殺された。いくら俺の女房でも、そんな悪党どもの一味を白虎張《バイフーチャン》が許すはずはねえよ。

もういっぺん会わせてくれという、俺の願いは通じた。たしかに会えるだけは会えたんだ。だが、これよりひでえ会い方なんざ、誰も考えつくめえ。神や仏だからこんな悪さができるんだな。

なあ、雷哥。あんたはあんな芝居が、白虎張に通用すると思ったか。たぶん自信はなかったろう。だとすると、あんたはてめえがぶち殺されるのを覚悟で、賛賛の命を助けようとしたことになる。

たしかに神仏は信じられねえ。だが、人間は信じられると、俺はあのとき初めて思い知ったんだ。

いってえどうするつもりだったんだよ。白虎張《パイフーチャン》と決闘をする気だったのか。腕前は五分かもしれねえが、勝ったところであんたはなぶり殺しだ。

吉永《ジイヨン》、といったな。おめえも、神仏に欺《あざむ》かれた俺に、人間を信じさせてくれた。おめえは雷哥《レイコオ》みてえに強くはねえ。人を殺したこともなかろうし、命のやりとりを見たのも初めてだろう。そんな見ず知らずの人間が、体を張って俺の女房を助けようとした。俺は日本人が大嫌いだが、おめえみてえなやつもいるんだな。

あのとき、総攬把《ツォンランパ》は本気だったぜ。本気で頭にきたんだ。なぜ怒ったかわかるか。漢人のもめごとに、日本人が首をつっこんだからだよ。「この女は日本軍が預る」と言ったおめえの一言が、逆鱗《げきりん》に触れたんだ。

白虎張は大人《ダアレン》だ。めったなことで怒りゃしねえ。だが、ちょいとでも触ろうものなら激怒する鱗《うろこ》のありかを、俺は知っている。

いいか、吉永。これだけは承知しておけ。張作霖《チャンツオリン》は愛国者なんだ。けっして理屈を捏《こ》ねることはねえが、漢土や漢人を虚仮《こけ》にされようものなら、後先もわからねえようになる。あのときも本気でおめえを殺すつもりだった。たとえその一発がどんな大騒動を招こうが、知ったこっちゃねえのさ。おめえに悪気はなかろうが、言っちゃならねえことを言ったんだ。

袁世凱《ユアンシイカイ》なんて野郎はどうか知らねえが、張作霖は日本を敵に回して戦うぜ。むろん勝てはしねえが、負けもしねえ。

大変なことになると、俺は思った。

おめえは総攬把の銃口から、しっかりと賛賛《ツアンツアン》をかばってくれていたが、俺の立っていたところからは、わずかに頭が見え隠れしていた。空に投げた饅頭《マントウ》を撃つよりは簡単だった。

すべては俺のせいだった。

誰も悪くはない。俺ひとりが悪い。

ちがうか、鉄哥《テイエコオ》。俺のほかに悪いやつがいるというのなら教えてくれ。

こんなにも賛賛に惚れちまった俺が悪いんだ。俺に力がなかったから、賛賛はほかの男に抱かれた。そのせいで親父も殺された。

十五の俺は賛賛を殺すこともできなかった。殺せねえから捨てた。そして、馬賊になった。忘れられずに、ずっと神仏にお願いした。もういっぺん、会わせてくれろと。

いちど殺しそこねた人間を、もういちど殺すのはいやなもんだぜ。惚れた女房を殺すより、そのことのほうがずっといやな気がした。

だが、否も応もあるめえ。すべては俺ひとりのせいなんだから、尻は拭かずばなるめえよ。

総攬把が今にも引金を引こうとしたとき、賛賛は吉永の背のうしろから、ひょいと顔を出しやがった。

阿吽《あうん》の呼吸とかいうやつさ。俺たちはやっぱり夫婦だったんだ。あいつは俺の射界に額をさらした。その一瞬を、俺は見逃さなかった。

賛賛は悲しい目で俺を見た。大前門《ダアチエンメン》の一発は、狙いたがわず眉間のまんまん中に当たった。

「好打《ハオタア》。よくやった、秀哥《シウコオ》」と、総攬把《ツォンランパ》は俺を労ってくれた。たしかに、好打だったぜ。駆け寄って息の上がるまで抱いていてやろうと思ったが、やっぱりやめた。夢に見続けていた女房のぬくもりは、未練になると思ったからさ。

あいつだって、それくらいはしてくれると思っただろう。吉永《ジイヨン》を俺だと信じてくたばりゃ、それでいいさ。

賛賛《ツァンツァン》がどんなふうに死んだか、どんな顔で何を言ったか、俺には聞かせないでくれ。

あいつは死んじまった。これで俺は、満洲の空や風が一等好きになれるさ。山よりも河よりも好きだったあいつが、いなくなったんだ。

雷哥《レイコオ》。鉄哥《ティエコオ》。毒を吐かせてくれて、ありがとうよ。柄にもねえがこの通りお礼を言わしてもらう。これでまだしばらくは、白虎張《バイフーチャン》の子分でいられる。

吉永にも礼を言わずばならねえ。大嫌いな日本人に、俺が頭を下げるのはこの一度きりさ。おめえのおかげで、賛賛は人を憎まずに死んだはずだからな。

謝謝《シエシエ》。真在感謝不尽《チエンツァイカンシエブウチン》。俺のあやまちを、どうか許してくれ。

秀芳《シウファン》の嘆きは見るに忍びなかった。

「小便をしてくる」

吉永は席を立って廠子《チャンツ》から出た。胡同《フートン》を少し歩き、槐《えんじゅ》の古木の根方で用を足した。小便は雪の上に落ちるそばから氷の柱になった。

振り仰ぐ胡同の夜空は、満天の星座に埋めつくされていた。溢《あふ》れる星ぼしが吉永を泣かせた。馬賊の歌は二度と唄うまい。彼らに詞の意味はわからなくとも、天上の星にはきっと通じているはずだから。

凍えた胡同には、すべてを喪《うしな》った若い馬賊の泣き声が、弦《つる》を弾《ひ》くように細く長く聴こえていた。

（第二巻につづく）

初出　「小説現代」二〇〇四年五月号〜二〇〇五年二月号

浅田次郎（あさだ・じろう）
一九五一年東京都生まれ。
九五年『地下鉄《メトロ》に乗って』で
第十六回吉川英治文学新人賞を受賞。
九七年『鉄道員《ぽっぽや》』で第百十七回直木賞、
二〇〇〇年『壬生義士伝』で
第十三回柴田錬三郎賞、
二〇〇六年『お腹召しませ』で
第一回中央公論文芸賞をそれぞれ受賞。
著書に、本作につながる中国歴史小説
『蒼穹の昴』、『珍妃の井戸』のほか、
『霞町物語』、『天国までの百マイル』
『天切り松　闇がたり』シリーズなど多数。

中原の虹《ちゅうげんのにじ》　第一巻《だいいっかん》

二〇〇六年九月二十五日　第一刷発行

定価はカバーに表示してあります。

著　者　浅田次郎《あさだじろう》
発行者　野間佐和子
発行所　株式会社講談社
東京都文京区音羽二—一二—二一　〒一一二—八〇〇一
電話　編集部　〇三—五三九五—三五〇五
販売部　〇三—五三九五—三六二二
業務部　〇三—五三九五—三六一五
印刷所　大日本印刷株式会社
製本所　黒柳製本株式会社
本文データ制作　講談社プリプレス制作部

ISBN4-06-213606-6
N.D.C.913　314p　20cm
JASRAC　出0612020-601

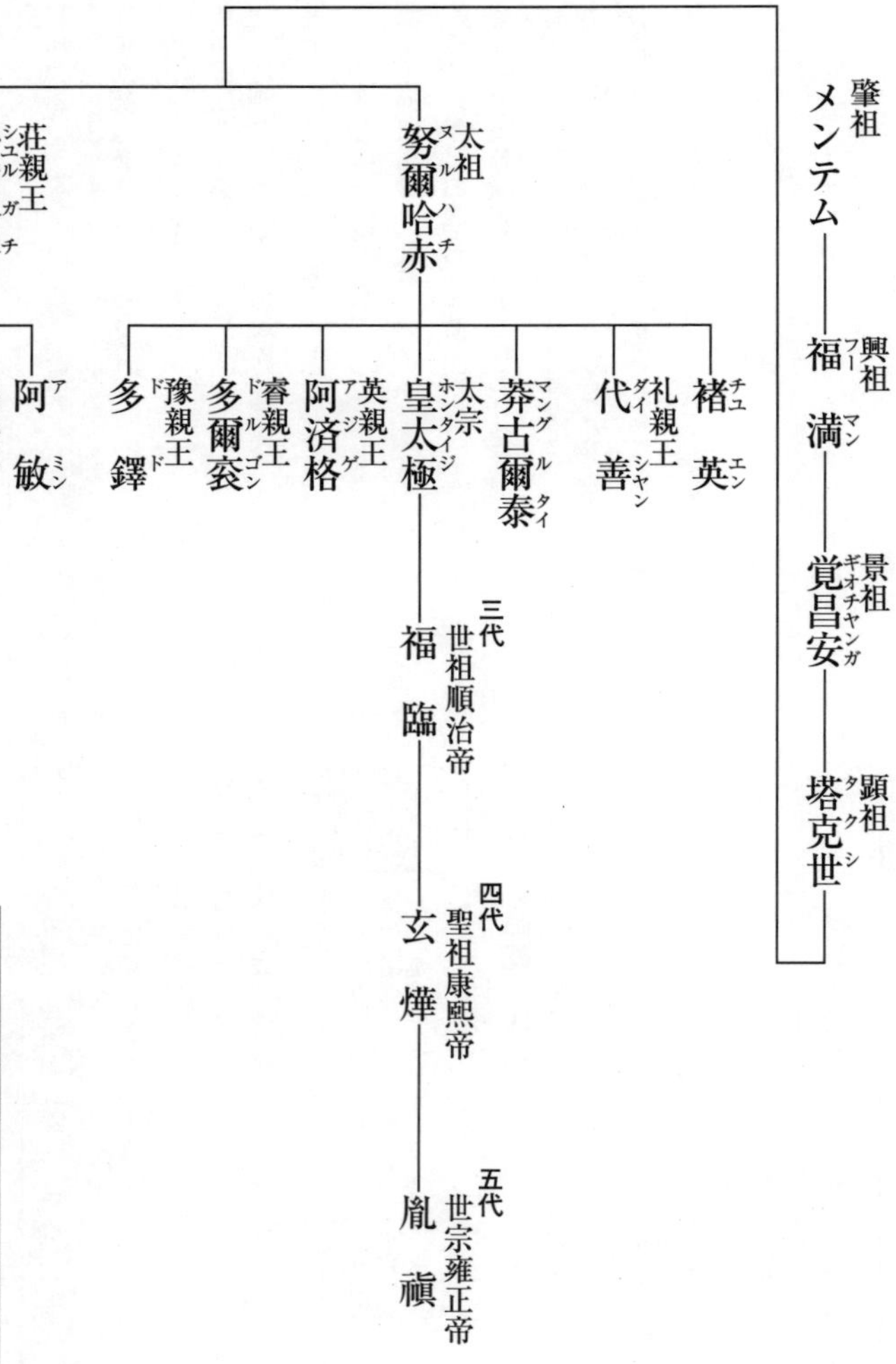

愛新覚羅《アイシンギョロ》努爾哈赤《ヌルハチ》略系図

清朝関係略系図

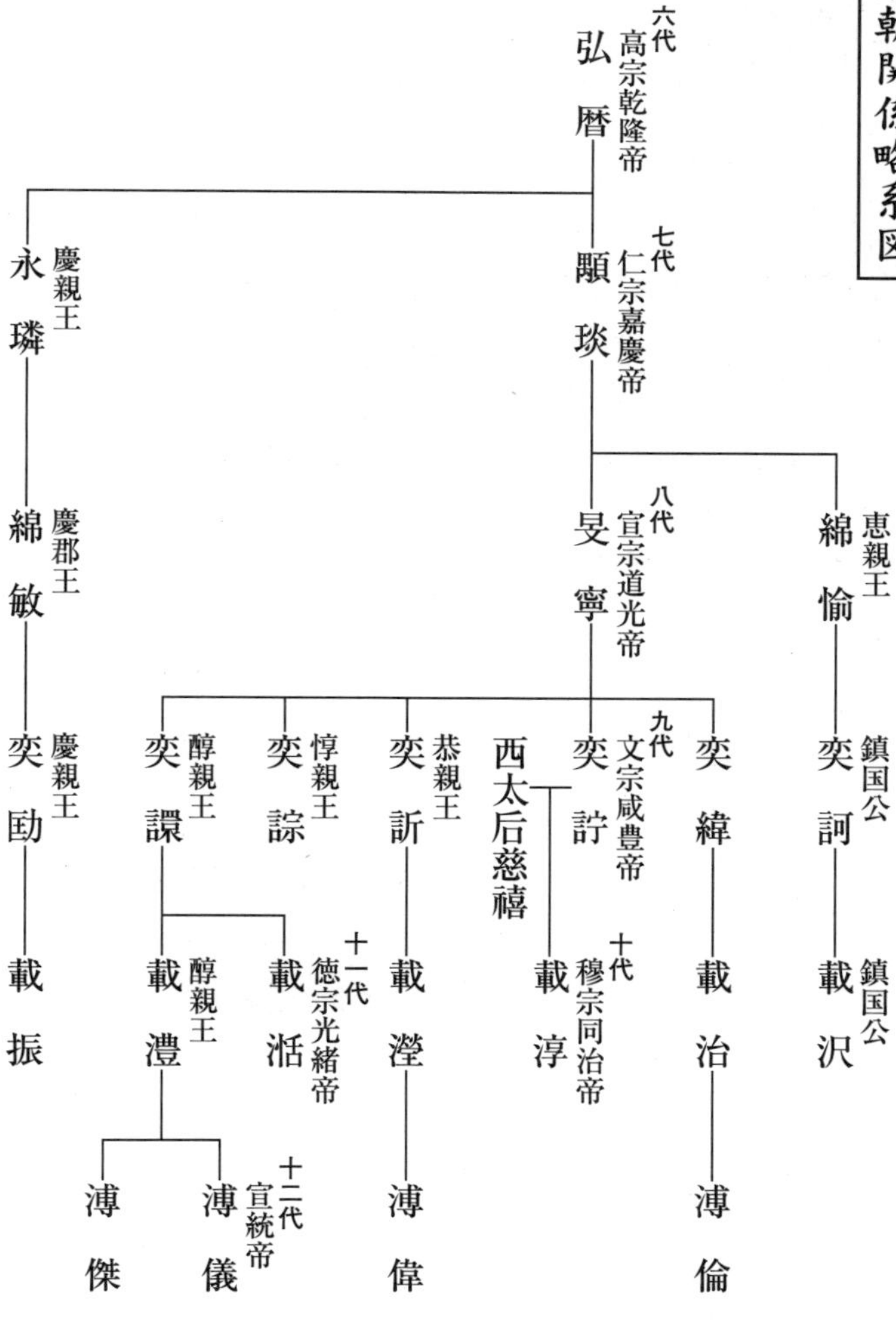
六代 高宗乾隆帝 弘暦
七代 仁宗嘉慶帝 顒琰
慶親王 永璘
慶郡王 綿敏
慶親王 奕劻
載振
八代 宣宗道光帝 旻寧
恵親王 綿愉
鎮国公 奕訶
鎮国公 載沢
奕緯
載治
溥倫
九代 文宗咸豊帝 奕詝
西太后慈禧
十代 穆宗同治帝 載淳
恭親王 奕訢
載瀅
溥偉
惇親王 奕誴
醇親王 奕譞
十一代 徳宗光緒帝 載湉
醇親王 載灃
十二代 宣統帝 溥儀
溥傑